侍たちの沃野
大久保利通最後の夢

植松三十里

集英社文庫

目次

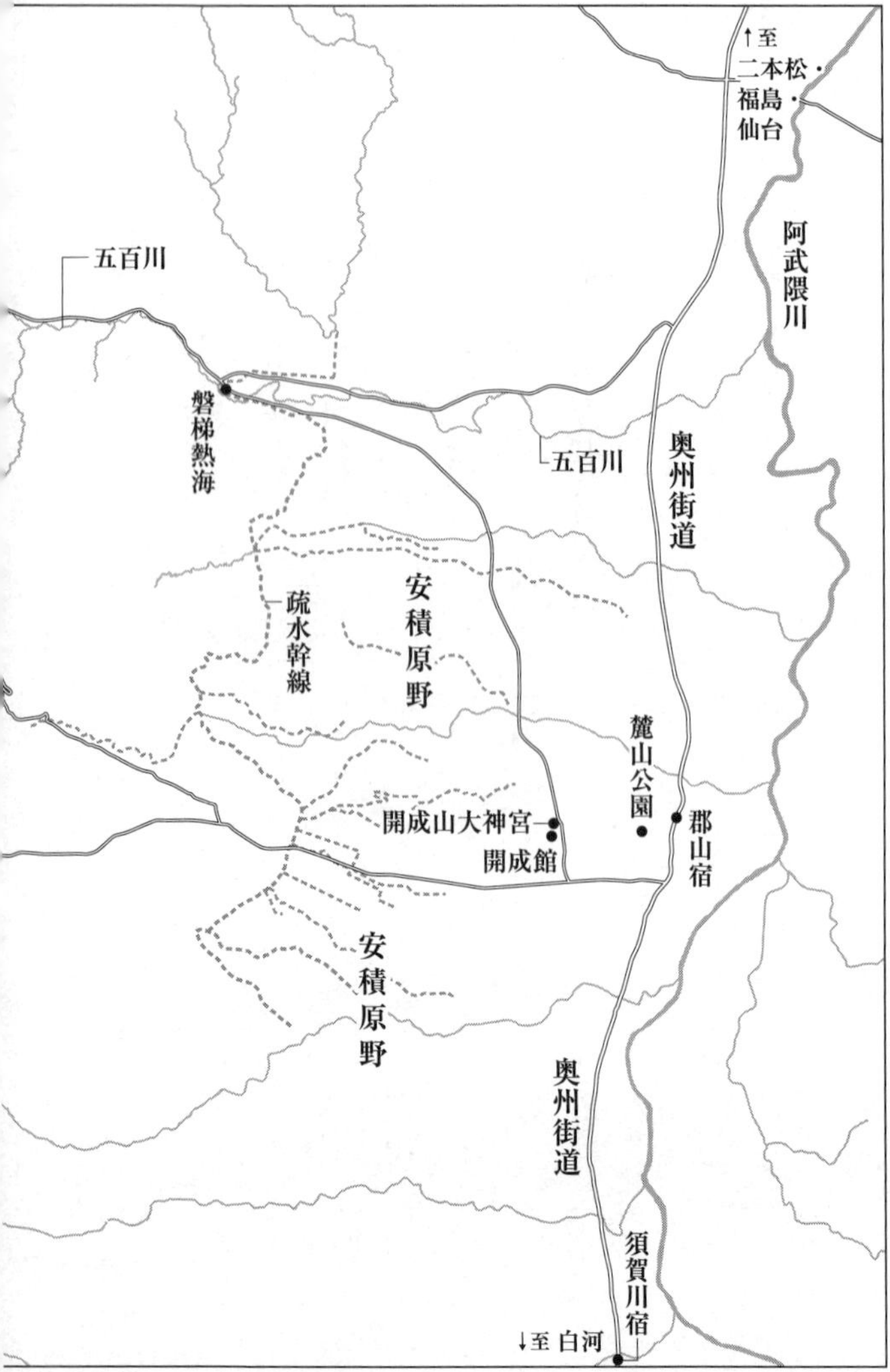

↑至
二本松・
福島・
仙台
阿武隈川
五百川
磐梯熱海
五百川
奥州街道
安積原野
疏水幹線
麓山公園
郡山宿
開成山大神宮
開成館
安積原野
奥州街道
須賀川宿
↓至 白河

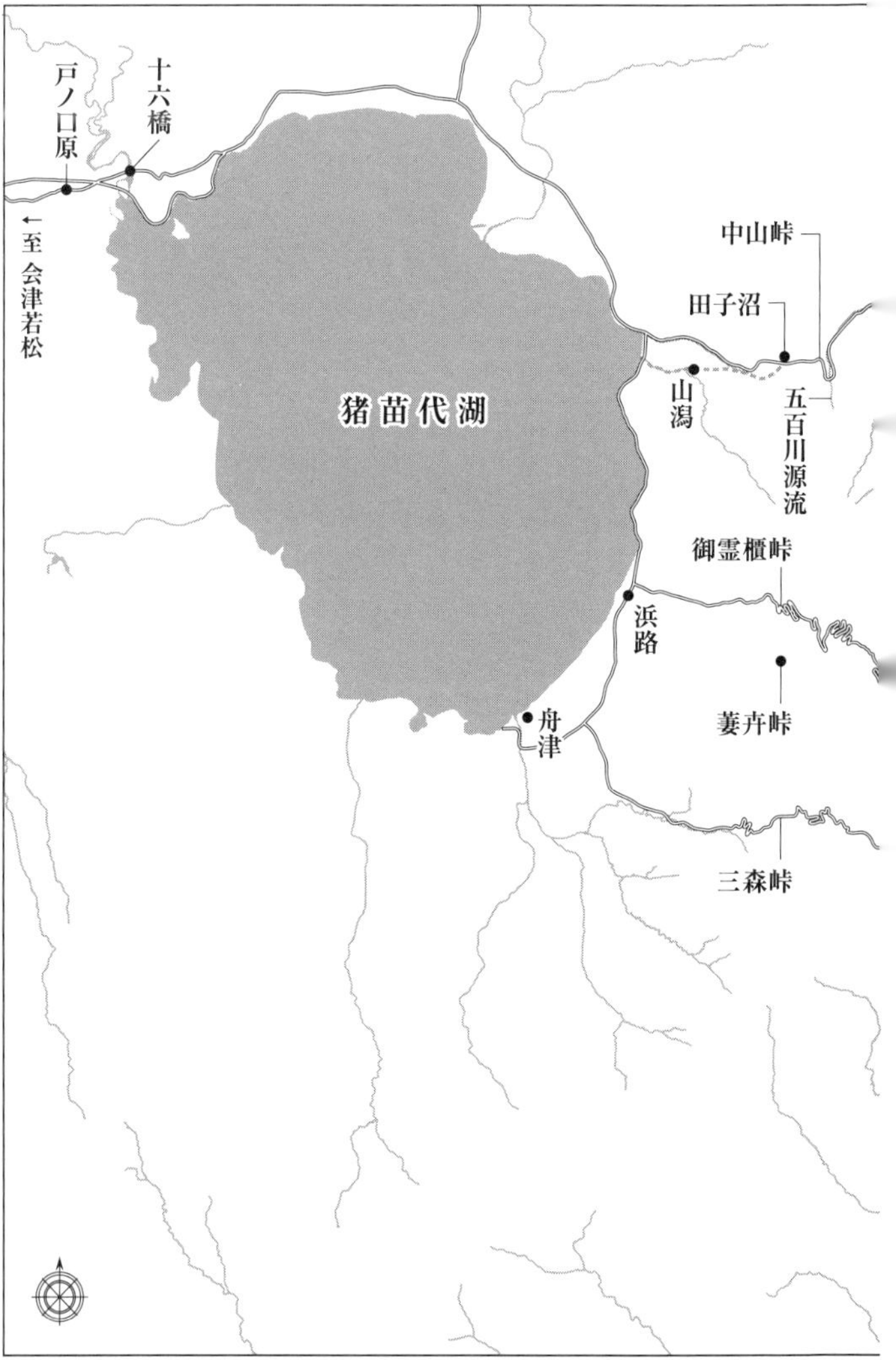
戸ノ口原
十六橋
←至 会津若松
猪苗代湖
中山峠
田子沼
山潟
五百川源流
御霊櫃峠
浜路
舟津
萲卉峠
三森峠

侍たちの沃野《よくや》　大久保利通最後の夢

序章　真珠湾から三年

ゴーッという鈍い音とともに、バーナーの突端から朱色の炎が吹き出す。猪苗代湖畔《いなわしろこはん》の森に響いていた蜩《ひぐらし》の声が、たちどころに消えた。

溶接工が木製の脚立の上に立ち、手元でガスの出力を調節する。炎は細く鋭い形に変わった。色も青くなる。

溶接工は、その場の責任者である渡辺信任《わたなべのぶと》を見おろして言う。

「じゃあ、始めますね」

開襟シャツ姿の渡辺は、平静を装い、作業ズボンの腰に手を当てて、白髪まじりの頭を縦に振った。

「ああ、やってくれ」

溶接工は錆《さび》の浮く大きな防護面をかぶり、炎の先端を銅像の右足に当てた。火花が激しく飛び散り、緑青色《ろくしょういろ》の足先が、熱で赤く染まっていく。

それは西洋人の銅像だった。三つ揃《みぞろ》えの背広姿で、両足を少し開いて立っている。左脇には、ゴツゴツした太い柱状のものが、台座から伸びており、上に書類の束が載っている。そこに軽く手をかける姿だ。

下の台座は二メートル半ほどの高さで、大きな石を積んでセメントで固めてある。正面の縦長銅板には「長工師ファンドールン君」と文字が刻まれている。

昭和十九年九月三日の午後遅く、銅像前の小さな広場には、渡辺信任を始め、すぐ近くにある水門管理事務所の職員全員が集まっていた。

初秋の北の湖畔は、日が傾くと肌寒いくらいだが、だれもがかたずを呑《の》んで、銅像撤去を見守っている。若者は、あらかた兵隊に取られ、男は年配者ばかりだ。

渡辺の背後では、女性職員たちのすすり泣きがもれる。大事な銅像が、戦争による金属供出の犠牲になるのが、たまらないのだ。

猪苗代湖は、福島県のほぼ中央に位置し、日本で四番目に大きな湖だ。かつて湖水は西方向にのみ流れ出し、日橋川《にっぱしがわ》として会津《あいづ》盆地を潤して、日本海へと流れていた。

だが明治十二年からの三年間で、安積疏水《あさかそすい》という人工水路が東向きに掘られ、太平洋側にも流れるようになった。日本初の巨大土木事業であり、その功労者がファン・ドールンだった。

水門管理事務所は猪苗代湖の西岸にあり、日橋川へ流れ出す水を、日常的に管理している。

渡辺は、この水門だけでなく、安積疏水全域の責任者でもある。来年は還暦を迎え、とっくに定年は過ぎているが、人材不足で後任がおらず、ここでは所長と呼ばれている。

溶接工がバーナーを外した瞬間、少し銅像が傾いた。だれもが息を呑む。右足が台座から少し離れていた。でも倒れる懸念はない。

銅像の頭上には丸太が高々と組まれ、そこからチェーンブロックの滑車が下がっている。銅像本体には、首元から腰まわり、ズボンにまで鎖が巻きついて、チェーンブロックへとつながっている。書類台の太柱にも、鎖が掛けまわされている。

溶接工はバーナーを左足に向けた。ふたたび火花が散る。それが終わるなり、最後は太柱の根本にも炎を向けた。

渡辺は背後を振り返って言った。

「五十嵐《いがらし》くん、太柱が台座から切り離されたら、ウィンチの操作を頼む。少し持ち上げるだけでいい」

五十嵐昭一《しょういち》という、たったひとり残っている若手職員が、手動ウィンチのかたわらにしゃがんで、深くうなずいた。チェーンブロックのワイヤーは、ウィンチにつながっている。

五十嵐は分厚いレンズの丸眼鏡をかけており、仕事には不自由しないものの、弱視と見なされて、徴兵検査で撥《は》ねられていた。

とうとう太柱も切り離された。だが、まだ倒れない。像の内部は空洞ながら、太柱と両足の中に心棒が通っていて、台座深くまで埋め込まれているらしい。

溶接工は、あえて像を傾かせ、三本の心棒を覗《のぞ》き込みながら、次々と断ち切った。

今度は全身が大きく傾く。倒れんばかりになりながらも、鉄鎖がピンと張り詰めた。

五十嵐がウィンチのレバーを引いたのだ。

二度、三度とレバーを操作する音がして、像が台座から離れ、わずかに宙に浮く。

渡辺は両手のひらを下に向けて、上下させて言った。

「ゆっくりおろしてくれ。ゆっくりでいい」

五十嵐は額に緊張の汗をにじませ、丸眼鏡越しに銅像を見つめながら、逆回転のレバーを何度も操作した。

宙吊《ちゅうづ》りの銅像が、ゆらゆらと揺れて、少しずつ下がってくる。像本体と書類台の太柱とは、左手一本でつながっている。そこが今にも千切れそうで、心もとない。

年配の職員たちが駆け寄り、せいいっぱい手を伸ばして、銅像と太柱を受け止めた。

銅像は職員たちの手で導かれ、地表へと近づいていく。片足が地面に着くなり、職員たちが、あちこちに手を添えて、丁寧に横たえた。

下から見上げる印象よりも、はるかに巨大だった。でも地面に置かれると、いかにも哀れで、見るに忍びない。

巻きつけられていた鉄鎖が、何人もの手でほどかれていく。左手と書類束のつながりは、なんとか無事だった。

渡辺は職員たちに聞いた。

「持ち上げられるか」

渡辺自身も加わって、男たち全員で銅像を持って、いっせいに掛け声を発した。

「わっせえの、せッ」

一気に持ちあがった。中が空洞だけに、予想していたよりも重くはない。

「このまま、筵《むしろ》の上に」

渡辺の指示で、あらかじめ敷いてあった筵の上に、ゆっくりと銅像を移した。銅像から手が離れるなり、だれもが首にかけた手ぬぐいで、いっせいに顔の汗をふく。

女性職員はポケットからハンカチを出して涙を拭い、銅像に駆け寄って、筵と荒縄で包み始めた。

その間に溶接工は脚立から降りて、道具箱からノミと木槌《きづち》を取り出し、台座に足をかけた。

「長工師ファンドールン君」の縦長銅板と台座の、わずかな隙間にノミの先をねじ込み、木槌で打ち込む。二度、三度と打つうちに、セメントが砕けて欠片《かけら》が飛び散り、銅板が剥《は》がれ始めた。

渡辺は内心、不満を抱えながらも、黙って作業を見つめた。

この十二月がくれば、真珠湾攻撃による日米開戦から、丸三年になる。日本軍が支配していた南方の島々が、ここのところアメリカ軍の猛攻撃を受けて、次々と敵の手に渡っていた。

新聞は「敵が日本に近づけば、一挙にたたく好機」などと、意味のない論調を続けているが、戦況が劣勢なのは明らかだった。

勝てる見込みのない戦争であり、渡辺としては一日も早い終戦を望むばかりだ。とにかく銅像を供出せずにすませたかった。

オランダ人のファン・ドールンは敵国人と見なされる。オランダは日本の同盟国であるドイツに抵抗したからだ。金属供出すれば、たちまち溶かされて影も形もなくなる。

溶接工は銅板も剝がし終えて、道具とバーナーを片づけ始めた。

渡辺は、ちらりと腕時計の針を確かめて、職員たちに告げた。

「そろそろ夕方の列車の時刻が近い。みんな、乗り遅れないように帰りなさい」

女性と年配者たちは、会津若松《わかまつ》か郡山《こおりやま》方面から汽車で通勤してくるが、列車の本数が極端に少ない。

銅像の近くにある水門管理事務所は、小ぶりながらも瀟洒《しょうしゃ》な木造洋館で、二階が単身者と当直用の宿舎になっている。

今は単身者は五十嵐ひとりしかおらず、今夜の当直は渡辺自身だった。男の人数が少ないために、いつも自分から当直を買って出ている。

渡辺は両手を打って声を張った。

「供出の期限には、まだ間があるし、明日、私が事務所のトラックで連隊まで運ぶから、今日は、これで仕舞いにしよう」

銅像の供出先は会津若松だ。会津盆地のただ中にある城跡が、今は練兵場になっており、堀を隔てた北側に、歩兵第二十九連隊がある。銅像は、そこまで持参するように命じられていた。

溶接工が道具類や大きなガスボンベを、小型トラックの荷台に載せるのを、男たちが手伝った。それから小型トラックは、真っ黒な排気ガスを撒《ま》き散らしながら、森の中の道を走り去った。

「さあ、あとは明日だ。明日」

渡辺は、ふたたび両手を打ちながら、五十嵐以外の全員に帰りを促した。

その夜、渡辺は足音を忍ばせて階段を降り、ひとりで水門管理事務所を出た。

満月で夜空は雲ひとつない。晴れてよかったと胸をなでおろす。おかげで月明かりだけで遠くまで見通せた。

事務所の外壁の白ペンキは、だいぶはげてはいるものの、海老茶色《えびちゃいろ》の瓦屋根が美しい。縦長の上げ下げ窓は、すべての電灯が消えていた。五十嵐は慣れぬ作業に疲れて、二階の小部屋で寝入っているにちがいなかった。

森の奥からフクロウの声が聞こえた。静かすぎて、自分の足音さえ耳につく。

ゆっくりと湖畔まで出た。目の前に黒々とした湖面が広がり、一部に月明かりが映り込んで、銀色に輝いていた。

左手には十六橋《じゅうろつきょう》が望める。橋桁の間が水門を兼ねており、それが十六も連なる、ここにしかない美しい橋だ。

橋の向こう岸に、かすかに人影が動くのが見えた。目を凝らすと、何人もが連なって橋を渡ってくる。

思わず安堵《あんど》の声がもれた。

「ああ、来てくれたか」

今夜、磐越西線《ばんえつさいせん》の最終列車で、郡山から仲間たちが手伝いに来ると約束していた。それでも本当に来るかどうか、渡辺は心の隅で懸念していた。今夜は、まさに危ない橋を渡ることになるのだ。

人影が近づいてきて、六人いるのが確認できた。人数も約束通りで、ひとりとして欠けていない。それぞれの顔も見えてきた。

渡辺は郡山郊外の丸守《まるもり》という村の出身だが、六人とも同じ村の幼馴染《おさななじ》みだ。口の固さは信用できる。普段は農家で米づくりに励んでおり、今夜の作業に備えて、全員が野良《のら》着姿《ぎすがた》だった。

渡辺は片手をあげて、笑顔で迎えた。

「よく来てくれた。待ちかねたぞ」

仲間たちと肩や腰をたたき合い、たがいに約束が守れたことを喜んだ。

ひとりが声をひそめて聞く。

「台座からおろせたか」

「ああ、筵に包んで、あとは運び出すだけになっている」

「だいぶ重いのか」

「いや、これだけの人数がいれば、事務所のトラックまで運べる」

「そうか、そんなら、すぐ取りかかるべ」

そこからは黙って行動した。こんな夜中に、まして、こんな森の中で、ほかに人がいるはずはない。それでも、だれかに聞きとがめられないかと、つい気になる。

渡辺は仲間を案内して、大きな筵包みを示した。

「これだ。とにかく戸ノ口原《とのくちはら》まで運ぼう」

全員が筵包みに手をかけた。昼間とは異なり、掛け声なしで持ち上げた。思ったほどではないが、重量が両手にかかる。

足並みを揃えて、月明かりを頼りに歩いた。錆だらけの中型トラックが事務所の前に停《と》めてある。

渡辺は筵包みから手を離し、先に荷台に駆け寄った。音を立てないように金具を外して、そっと後ろのアオリをおろす。

力を合わせて、筵包みを荷台に載せてから、声をひそめた。

「私が運転席に座るから、みんなは後ろから押してくれ。しばらく進んで、エンジンがかかったら、すぐに荷台に飛び乗るんだ」

どうしても五十嵐を起こしたくはなかった。ひとりが不満そうに言う。

「そこまで気にしなくても、いいんでねえか。ここの職員なら、たとえ知られたって、密告はしねえべさ」

「それはそうだが、将来ある若者だ。知らないままにさせたい」

責任は自分ひとりで負うつもりだった。

渡辺はボンネット型のエンジンを指さした。

「それにポンコツで、押さなきゃ走り出さないんだ」

「そうとうなロートルだな。おらたちと同じだ」

皆、笑いをこらえる。

渡辺は運転席に乗り込んでから、取っ手をまわして窓を開けた。床から伸びる棒状のギアをニュートラルにして、サイドブレーキのレバーを外した。

窓から顔を出して、背後に小声をかける。

「押してくれ」

楕円形《だえんけい》のバックミラーの中で、仲間たちが荷台の周囲に取りついて押すのが見えた。

ゆっくりと車体が前に進み始める。

事務所から充分に離れ、ここなら音が届かないと見計らって、渡辺はハンドル脇の鍵をまわした。しばらくセルモーターが空まわりしてから、ブルルンとエンジン音がした。

ヘッドライトを点《つ》け、バックミラーに目をやると、仲間たちが次々に荷台に飛び乗るのが見えた。

わずかながら下り坂に差し掛かり、だんだん速度が増す。まだ乗れない者たちが真剣な表情で走る。

この状態でブレーキを踏むと、エンジンはプスンと音を立てて止まり、二度とかからなくなるのが常だ。

渡辺は開けたままの窓から顔を出し、後ろに向かって叫んだ。

「早く乗れッ」

まだ乗れていないのは、尋常小学校のころから運動神経が鈍くて、ニブと渾名《あだな》されていた男ひとりだった。

荷台から何本もの手が伸びて、ニブの野良着をつかむ。そのまま力まかせに引きずりあげた。

「乗ったぞお」

荷台から威勢のいい声が響く。

「向かうは会津の古戦場、戸ノ口原。いざいざ出陣じゃあ」

渡辺はハンドルを握り直して、アクセルペダルを踏み込んだ。

そのとたんに石にでも乗り上げたか、車体が大きく弾んで、荷台から悲鳴があがった。

「いでえよ」

「もっと丁寧に運転してくれ」

幼馴染みの気安さから、文句が噴出した。


明治維新の戊辰《ぼしん》戦争で、会津藩は新政府の大軍を迎え討つことになった。新政府軍の先鋒《せんぽう》が険しい峠を越えて、猪苗代湖畔まで進軍してきた。それを防ごうと、会津藩兵たちは日橋川に架かる橋の破壊を試みた。だが手間取っているうちに、軍勢が迫り来て、退却せざるを得なくなった。

それからは会津藩兵は地形的に有利な高台の森に潜んで、平原を進んでくる敵を狙った。しかし形勢は逆転できなかった。その戦場が戸ノ口原だった。

十代半ばの少年たちの白虎隊《びゃっこたい》も、会津若松の城から戸ノ口原まで進軍していた。しかし夜になり、雨にも見舞われて、まして年長者の隊長とは、はぐれてしまった。その結果、何も戦功を立てられないまま、少年たちだけで会津若松方面に戻った。

白虎隊は夜を徹して歩き続け、トンネルをくぐって、会津盆地の東の外れに出た。当時は、洞門や隧道《すいどう》などと呼ばれていた水路のトンネルで、袴《はかま》もズボンも水浸しになった。

すでに夜が明けており、近くの飯盛山《いいもりやま》に登ると、城下が盛大に燃えているのが望めた。それで少年たちは集団自刃の道を選んだのだ。

白虎隊が追い詰められていく発端となったのが戸ノ口原だった。ファン・ドールンの銅像も、今や金属供出という危機に追い詰められている。だからこそ隠し場所に最適だと、渡辺は判断したのだ。

古戦場跡を示す石碑が、ヘッドライトに照らされた。それを過ぎると、菰槌山《こもつちやま》という高台に入る。会津藩兵たちが潜んだ場所だ。

鬱蒼《うっそう》とした森の中、ひときわ大きな欅《けやき》の根元で、渡辺はトラックを停めた。

ライトの灯《あか》りを頼りに、ノッポという渾名の背の高い男が、荷台から降りて松明《たいまつ》を作った。乾いた枝葉や枯れ草を、手早く足元から拾い集め、蔓《つる》で束ねる。

マッチを擦って火をつけるのを見極めてから、渡辺はヘッドライトを消した。一瞬で漆黒の闇に包まれる。木々にさえぎられて、月明かりは届かない。

木が燃える匂いがただよい、目が慣れてくると、松明の灯りで、森の一隅が、ほのかに明るく見えた。

その灯りを頼りに、数人で力を合わせ、筵包みを斜めにしながら、獣道もない斜面を登った。荷台に載せてあったシャベルやツルハシを、何本も抱えて運ぶ者もいる。

あらかじめ渡辺は下見に来ており、場所の目星をつけてあった。トラックが入れる道から少し登ったところに、樹木の混み合っていない場所があって、掘りやすそうだった。

「さっき登り口にあった欅の大木が目印だ。みんな、場所を覚えておいてくれ。戦争が終わったら、掘り出すんだから」

筵包みを地面におろし、松明を地面に突き立てて、全員で穴を掘った。

筵包みが、ちょうど入るほどの縦長の穴ができると、ノッポがシャベルを持ったままで言った。

「こりゃ、まるっきり墓穴だな」

渡辺が、あえて明るく言い返した。

「墓は墓だが、いずれはファン・ドールン先生に生き返っていただくための墓穴だ」

「それもそうだ。ここに入ってもらわなきゃ、溶かされて、本当に、お陀仏《だぶつ》だもんな」

つい笑いが起きる。するとニブが人差し指を口の前で立てた。

「静かにしろよ。だれかに聞かれたら、どうすんだ」

「こんな山ん中、だれもいねえよ」

「でも用心しねえと」

「ニブは足が遅いだけじゃなくて、昔から、おっかながりだったけど、まるで変わってねえな」

笑いが収まるなり、また力を合わせて筵包みを持ち上げて、ゆっくりと穴の中に納めた。

結んであった荒縄を、渡辺が持参の小刀で断ち切った。筵を開くと銅像が現れた。書類台の太柱も並んでいる。

だれひとりとして言葉がなく、黙って銅像を見おろした。松明の炎が風に揺れ、高い鼻梁《びりょう》の影が際立つ。

「長工師ファンドールン君」という縦長銅板が、胸元に載っている。かつて長工師《ちょうこうし》は工部省の土木部門で、技術者としての最高位だった。しかし今は、その誇らしい肩書も、精悍《せいかん》な表情さえも痛々しい。

ニブが口を開いた。

「ファン・ドールン先生、しばらくの間、どうか、ここに、お休みになっててください。きっと掘り起こして差し上げますから」

渡辺も言葉に力を込めた。

「猪苗代湖の台座に、かならず戻っていただこう。かならず」

だれからともなく、両手を合わせて、頭《こうべ》を垂れる。本当に弔《とむら》いのようだった。それから筵を元に戻し、それぞれがスコップで土をかけた。

すっかり埋め戻してから、木の葉や雑草をかき集めて、土の上にばら撒き、掘った場所を隠した。

もういちど手を合わせてから、ニブが心細そうに言った。

「戦争が終わるまで、おらたちは生きていられるかな。本土決戦だって、あるかもしんねえし」

渡辺が力強く応えた。

「死んでたまるか。なんとしても生き抜いて、銅像をよみがえらせよう。そのために生きるんだ」

「けんど、みんな、いい歳《とし》だし。全員が死んだら、隠し場所がわがらなくなるよな」

「そろそろ仲間が少なくなったなと思ったら、娘でも孫でもいいから、ひとりだけには伝えておけばいいさ」

「生きてても呆《ぼ》けて、場所自体を忘れたら、お手上げだべ」

「心配なら、折を見て書き残しておけよ。仏壇の引き出しにでも入れておけば、そのうち、だれかが見つけるだろう」

　ほかの仲間たちも賛成した。

「それがいい。そうしよう」

「でも今すぐは、やめてくれよ。これに関わった証拠になると困る」

　渡辺の制止を、ノッポが鼻先で笑った。

「証拠になったたって、かまわねえよ。もう命が惜しい歳でもねえし」

「いや、この件には、だれも関わらなかったことにしてくれ。責任を取るのは、私ひとりでいい」

「おめえひとりを罪人にはできねえよ。みんな一緒だ」

「いや、前から言っているが、巡査が聞き合わせに来たら、シラを切り通してくれ。それぞれ家族もいるし。面倒が広がるのは困るんだ」

　それ以上、反論は出ず、また松明を掲げて、全員で斜面を下った。

　渡辺が浴衣《ゆかた》姿で事務所の二階で寝ていると、朝になって出勤してきた女性職員が、けたたましく扉をたたいた。

「所長、所長、起きてください」

　目をこすりながら寝台から起き上がり、扉を開けると、女性職員が慌て顔で聞く。

「所長、あれから銅像を動かしましたか?」

渡辺は、あくびを噛《か》み殺しつつ、芝居を打った。

「いや、動かさないよ」

女性職員は、いっそう顔色を変えた。

「ちょ、ちょっと来ていただけませんか。銅像が、なくなっているんです」

「なんだって?」

いかにも大慌てを装って、浴衣のまま階段を駆け下り、外に飛び出した。

女性職員は台座の前まで走っていって聞く。

「昨日、ここに置きましたよね。たしかに筵に包んで」

「ああ、間違いなく置いた」

渡辺は顎に片手を当てて、うなるように言った。

「夜のうちに盗まれたか。よもや、あんな重いものを、持っていく者がいようとは」

金属不足で、銅の引き取り価格は高い。盗難にあったとしても不思議ではない。

しだいに男性職員たちも出勤してきて、大騒ぎになった。

会津若松に人を送って、警察と連隊に届けると、巡査隊をはじめ、陸軍将校と数人の憲兵が、軍用ジープで駆けつけた。

憲兵が事務所の中を見まわしながら、居丈高に言った。

「盗まれたなどと申して、実は、自分たちで、どこかに隠したのではなかろうなッ」

職員たちは、ふるえあがって否定した。

渡辺は昨夜、どこにいたかを問いただされた。

「当直でしたし、仕事が残っていたので、事務所に泊まり込んで片づけていました。湖面の水位の計測が、いつもと違う結果が出て」

素人にはわかりにくい数値を連発して、煙《けむ》に巻いた。

憲兵は、ほかの職員にも昨夜の居場所を聞き、アリバイも尋問した。だれもが家族と一緒だったと申し立てた。

五十嵐が事務所にいたとわかると、憲兵は執拗《しつよう》に状況を聞き始めた。渡辺が割って入った。

「彼は、ここにいました。間違いなく、どこにも出て行っていません」

すると憲兵は怒声を放った。

「おまえには聞いておらんッ。黙っておれッ」

五十嵐はうつむき加減で、鼻先に下がってくる丸眼鏡を持ち上げて、思いがけないことを言った。

「僕は所長と、ずっと一緒でした。計算式が合わなかったので、何度もやり直して」

渡辺はギョッとした。五十嵐が保身のためではなく、何もかも心得ていて、渡辺のアリバイを証明しようとしていると感じたのだ。

だが憲兵も見抜いたのか、渡辺に向かって凄《すご》んだ。

「なぜ、さっき、この眼鏡男と一緒だったと言わなかった？　一緒だったというのは嘘《うそ》だろう？」

渡辺は、ひとつ息を吸うと、自分でも意外なほど落ち着いて言葉が出た。

「さっきは、だれと一緒かは聞かれませんでしたので、申しませんでしたが、たしかに五十嵐くんと仕事をしていました。私たちが二階の部屋に行ったのは、夜半過ぎです」

憲兵は、むきになって問いただそうとしたが、巡査隊長がさえぎった。

「待ってください。この件は金属供出そのものに関わることではなく、供出前の盗難であり、警察が扱うべき事件です」

正論だった。憲兵は不愉快そうに横を向いた。すると、それまで黙っていた将校が前に進み出て、渡辺に言った。

「見つかり次第、連隊に持ってこい。銅像のような特殊な形のものを、どこかに売りに行けば目立つ。すぐに足がつくだろう」

渡辺はうなずいた。

「わかりました。かならず持参します」

憲兵は不満顔ながらも、将校と一緒にジープで連隊に帰っていった。

その後、巡査隊長は、さっきの質問を、ひとつずつ確認してから言った。

「まあ、単なる金属泥棒だな。ここのところ多いのだ」

渡辺は目を伏せて応えた。

「盗まれたのは、私の責任です。ひと晩、放置したりせずに、昨日のうちに運んでおけばよかったのです。職員たちには何の落ち度もないので、処罰を受けるなら、どうか、私に」

巡査隊長は軽い口調で言う。

「その件に関して、いちど警察署に来てもらうかもしれないが、とりあえず今日は、これで。たしかに売りに行けば目立つし、そう騒ぐことはあるまい」

あっけないほど簡単に、巡査隊は引き上げていった。

五十嵐とふたりになったときに、渡辺は小声で礼を言った。

「さっきは助かった」

五十嵐は、かすかに表情を緩めた。

「いいえ、僕のアリバイも弱かったので」

そのとき渡辺は確信した。やはり五十嵐は何もかも気づいているのだと。

さらに思った。さっきの巡査隊長も実は勘づいていて、あえて見逃してくれたのではないかと。

その夕方、渡辺は空になった台座の前に立った。すでに足場も外してある。

昨日まであった銅像が除かれたことで、景色が一変していた。それでも振り返ると、十六橋の美しさは不変だった。

冬になると周囲の山に雪が積もって、湖の水位が下がる。春先に雪解け水が流れ込み始めたら、水門管理事務所では十六の水門を閉じて、水位を上げる。

梅雨時に、もっと水位が上がったら、田植え前に水門を開く。そうして日橋川に大量の水を流し、会津盆地の田植えに備えるのだ。

ことは反対方向の湖の東岸には、安積疏水の取水口が設けられている。やはり田植え前には、そちらから郡山側にも配水する。

顧みれば、安積疏水ができる前の郡山は、奥州《おうしゅう》街道の小さな宿場町にすぎなかった。それが疏水のおかげで、日本屈指の米どころに生まれ変わった。

その後、疏水開削の際にできた滝を利用して、水力発電が始まり、郡山は工業都市としても大発展を遂げた。

そんな巨大事業の中で、ファン・ドールンが務めた役割は、設計案の決定だった。いわば工事開始の突破口を開いたのだ。だからこそ、この地に銅像が建てられた。

しかし安積疏水の功労者は、実はファン・ドールンひとりではない。計画策定は大久《おおく》保利通《とし みち》であり、日本人技師たちが設計案を準備し、国と県の役人たちが実現に奔走した。それどころか、汗や泥にまみれて土を掘った人々も、立派な功労者にちがいなかった。

その中でも渡辺は、特に南一郎平《みなみいちろべい》という内務省の技官に注目していた。南一郎平は故郷の大分県宇佐《うさ》市内に銅像があった。それが最近、金属供出で失われたと聞く。

ほかにも郡山の神社には、別の功労者の銅像もあったが、やはり供出されてしまった。それで渡辺は決意した。ファン・ドールンの銅像だけは死守しようと。

ファン・ドールンの銅像は象徴だ。安積疏水開削のために働いた、すべての男たちに代わって、この地にあるべき誇りだった。

かならず、ここに取り戻す。戸ノ口原の、あの場所を掘り返して。もしも銅像の隠蔽が露見して、自分の命で償うことになっても、あとは仲間たちが何とかしてくれるにちがいない。

そもそも安積疏水と十六橋水門の計画が持ち上がったのは明治十年の秋。渡辺が生まれる八年前のことだった。

第一章　安積原野へ

福島の城下町を貫く阿武隈川《あぶくまがわ》の土手上に、小さな神社の社殿がある。

くたびれた背広姿の南一郎平は、境内にたたずみ、眼下を流れる大河を呆然《ぼうぜん》と見つめていた。何度も溜息《ためいき》が出る。

明治十年八月末、北国の短い夏が終わろうとしていた。川面《かわも》は曇天を映し込んで灰色に沈み、対岸の土手を覆う木々は、風上から風下に向けて、枝葉が大きく波打つ。

阿武隈川の水源は、関東から奥州への入口、白河《しらかわ》の山中にある。そこから北に向かって流れ、大河となって福島を含めた幾多の町を過ぎ、仙台に近い河口に至る。

途中の流域では、広大な田園を潤して、稲を育て、実りが人々を養う。水は山から流れ出て、海へと注ぐ。低から高へと逆流することは、決してない。

だが人の知恵で、高台へ水を導くことは不可能ではない。古くから新田開発として、川の上流から人工水路が掘られてきた。

かつて南一郎平も故郷の九州で、難しい水路の開削を成し遂げた。もとは農家であり、高台にある自分たちの村まで、水を引いたのだ。そうして芋や雑穀しか作れなかった土地を、豊かな水田へと変えた。

雑穀などとは比べものにならないほど、米は高価であり、農家にとっては何よりの収入源になる。

南は四十を過ぎた今、馴染みのない奥州で、新しい水路開削の候補地を探していた。探索を命じたのは内務卿《ないむきよう》の大久保利通。旧薩摩藩士で、実質的に明治新政府の先頭に立つ人物だ。

「今までにない大規模な新田開発を、奥州でやりたいのです。南さん、その適地を探してください」

大久保は部下に対しても、言葉づかいが丁寧だ。呼び捨てや「くん」づけではなく、「さん」づけで呼ぶ。だからといって態度が甘いわけではない。

奥州には阿武隈川のほかにも、北上川《きたかみがわ》や最上川《もがみがわ》など、全国屈指の大河川がある。その流域には、きっと手つかずの土地があると信じ、南は北国の雪解けを待って、意気揚々と出かけてきたのだった。

以来、数ヶ月にわたって、各地を踏破してきた。でも、なかった。よく考えてみれば、あるはずがない。そんな土地があったら、とっくに新田開発されている。

適地が見つからないまま、東京に戻って、復命すべき期限が迫りくる。南は内務省の所属ながら、まだ臨時雇いの身だ。今度の目的が達成できなければ本雇用になれない。

だからこそ是が非でも適地を見つけたかった。なのに、どうしても見つからない。途方に暮れて、神社裏手にある福島県庁に、ついさっき相談におもむいたところだった。

福島城の御殿を、そのまま流用した庁舎だった。古めかしい玄関で名乗ったところ、ずいぶん待たされてから、下働きらしき少年が出てきて告げた。

「中條政恒《なかじょうまさつね》という権参事《ごんさんじ》が応対しますので、すぐそこの神社の境内で、お待ちくださいとのことです」

南は若いころこそ血気盛んだったが、故郷での水路開削を経て以来、人柄が丸くなった。めったに腹を立てることもない。

とはいえ県の権参事といえば、実務官の補佐役だ。自分は、まがりなりにも国から派遣されて来ており、地位を笠《かさ》に着るつもりはないものの、外で待てと言われては、さすがにがっかりする。

今まで、あちこちの県庁を訪ね歩いてきたが、どこでも庁舎の座敷に、丁重に迎え入れられた。ただし用件を伝えると、一様に苦い顔をされてきた。

「お国で新田開発をしていただけるのは、ありがたいことですが、残念ながら、条件に合うような土地がありません」

それが今日は、端《はな》からこんな扱いでは、おのずから結果は見えている。

南は日頃から目立たない顔立ちだと言われる。くたびれた背広とズボンは、九州から出てきた際に、安い古着を買ったものだ。そんな風采のために軽んじられたのではないかと、つい、ひがみたくもなる。

それで溜息が止まらなかった。もはや東京に戻って、大久保に頭を下げるしかないのか。「まことに残念ながら、見つかりませんでした」と。

阿武隈川に顔を向けたまま、何度めかの溜息をついたときだった。背後から声をかけられた。

「内務省の南さんですね。お待ちしていました」

待っていたのは、こっちだと、ちょっとした反感を抱きつつ振り返ると、南に負けず劣らず古びた洋服姿の男が立っていた。肩が大きく上下しており、どうやら走ってきたらしい。

古風な顔立ちのうえに、唇の両脇に長めにたらした口髭《くちひげ》のせいで、ひと昔前の儒者のようだった。南より、四、五歳は若そうにも見える。

広い額に汗をにじませ、なおも息を弾ませて言う。

「申し遅れました。福島県庁で、安積原野の開拓を進めている中條政恒です」

一気に名乗るなり、儒者のように古風な顔を深々と下げた。

「このたびは東京から、ご足労いただきまして、ありがとうございます」

南は不審に思った。自分は勝手に訪ねたのであり、待っていたとか、ご足労とか言われる筋合いはない。

顔を上げるなり、こちらの怪訝《けげん》ぶりに気づいたようで、中條は確かめるようにして聞いた。

「大久保内務卿の指示で、いらしたのですよね？」

「そうですけれど」

中條は少し慌てた様子で言い訳をした。

「こんなところで待っていただいて、申し訳なかったです。役所の中だと、あれこれと、うるさく言う者がいるので」

南は何か勘違いされていると気づいた。

「ちょっと待ってください。内務卿の指示で奥州に来たのは確かですが、今日、福島県庁を訪ねたのは、私自身の判断です」

今度は中條が怪訝顔になった。

「では、安積原野の開拓のために、来てくださったわけでは」

「違います。新田開発ができる大きな土地を探しているのですが、どこかにないか、知恵を拝借できないかと思いまして」

中條は、わが意を得たりとばかりに言う。

「それなら、安積原野が最適です。ぜひ、行ってみてください」

「もう行きました。でも、あそこは無理でしょう」

阿武隈川に沿って奥州街道が通っており、福島から十里あまり南下した辺りに、郡山という宿場町がある。

阿武隈川は宿場の東側を流れているが、西側には雑草と低木しか生えない高台が広がっている。年間の降水量が少なく、わずかな小川しか流れていない。そのために土地が乾いて、まともに樹木も育たない。そこが安積原野だった。

南は地形を思い出しながら言った。

「たしかに手つかずの大きな土地で、地味《ちみ》も肥えていそうですが、阿武隈川は安積原野より、かなり低い場所を流れていて、水が引けません。水源がないのですから、残念ながら新田開発はできません」

ふたたび中條は勢い込んで言う。

「水源ならあります。猪苗代湖です」

南は即座に首を横に振った。

「そういう夢が、古くから地元にあることは、耳にしています。安積原野より、ずいぶん高いところにある湖だし、だれでも夢は見るでしょう。でも実際問題、猪苗代湖と安積原野の間には、あまりに険しい山が立ちふさがっています」

それは奥羽《おうう》山脈の一部だった。おそらくは、そうとう硬い岩盤の山であり、隧道を掘って水を通すのは、まず不可能だ。

それでも中條は食い下がった。

「大久保内務卿は、去年の六月に安積原野をご覧になって、猪苗代湖からの引水に、かなり乗り気になられました。そのすぐ後には、帝《みかど》がおいでになり、大いに励ましてくださいました」

中條の言う通り、去年、帝の奥州行幸《ぎょうこう》があり、その前触れとして大久保が行く先々を訪れて、受け入れ準備を確認してまわった。

しかし猪苗代湖からの引水など、南には初耳だし、とうてい信じがたかった。大久保利通は何ごとにも厳しく、見込みのない話には、決して甘い顔は見せない。

だいいち、そんな腹案を持っていたとしたら、自分に伝えないはずがない。単に安積原野と猪苗代湖の調査を命じればすむことだ。わざわざ奥州全域を調べさせるなど、無駄足でしかない。

もしかして大久保は、地元では妙案に思ったものの、東京に帰ってから、やはり素人考えだったと気づいて、あえて南に話さなかったのか。

考え込んでいると、中條は探るように声をかけた。

「南さん、もういちど安積原野を見に行ってもらえませんか。実は原野の開拓は、もう四年も前から始まっているんです。移住してきた者たちの頑張りを、どうか見てやってください。郡山の者に案内させますので」

南は困ったことになったと思った。どう考えても開拓に向かない場所なのに、すでに額に汗して土地を切り開いている者たちがいようとは。

とはいえ大久保利通ほどの人物が、まがりなりにも乗り気になったのであれば、見ておく価値はあるかもしれなかった。検討したけれど駄目だったと、言い訳も立つ。

だいいち探すべき場所は、もう、どこにもないのだ。それに郡山は東京への帰路にある。ちょっと立ち寄るには悪くない。

「わかりました。どういう結果になるか、わかりませんが、とにかく行ってみます」

古風な顔が、また一転、破顔した。

「ありがとうございますッ」

深々と頭を下げてから、改めて謝った。

「こんなところで立ち話で、申し訳ありませんでした。でも、いろいろなことを言い立てる者がいるのです。どうか、そんな話には耳を貸さないでください」

煩《わずら》わしそうな話だが、自分には関わりない。とにかく帰りがけに寄ってみようと決めた。

南は郡山の宿場町で、中條が書いてくれた紹介状を頼りに、阿部茂兵衛《あべもへえ》という商人を訪ねた。

そこは奥州街道沿いの大きな町家だった。大荷物を背負った旅姿の男たちが、ひっきりなしに出入りする。

南は暖簾《のれん》をくぐって中に入り、手代らしき男に紹介状を差し出した。すぐに取り次いで、男は急ぎ足で奥へと向かう。

上がり框《かまち》に腰かけて待つ間にも、かたわらでは旅人たちが背負子《しょいこ》をおろして、次々と荷物をほどく。

中からは白い生糸《きいと》の束が、いくつも現れた。油紙と薄紙で何重にも包まれて、いかにも大切そうに扱われている。

生糸ではなく白い繭を、背負子に満載してくる者もいる。どうやら店は生糸や繭の仲買いをしているようで、かなり繁盛していた。

ほどなくして奥から主人らしき男が、やはり急ぎ足で出てきた。いかにも大店《おおだな》の旦那らしく、渋い色合いの紬《つむぎ》の小袖と、対《つい》の羽織姿だ。南の前に滑り込むように正座して、深々と平伏した。

「ようこそ、お越しくださいました。阿部茂兵衛でございます」

上半身を起こすなり、ひと目で脳裏に焼きつく福相が現れた。黒々とした眉が三日月形で、鼻先は丸く、唇が厚い。耳も大きい。ただ声が優しげで、言葉が丁寧なせいか、人柄は穏やかそうだった。

「どうか、奥の座敷に」

阿部は店の奥を手で示すが、南は首を横に振って立ち上がった。

「いいえ、このまま安積の開拓地を案内してもらえると、ありがたいのですが」

「お急ぎでしたか。ならば、すぐに参りましょう」

阿部は黒足袋に桐下駄《きりげた》を突っかけて、土間に降りた。

「ここから少し離れていますので、人力車を呼びましょう」

近年、奥州街道沿いでは、人力車が普及しているという。

「いいえ、足腰は達者ですし、阿部さんさえよければ、歩きながら話を聞かせてくださ い。開拓が始まった事情などを」

阿部が承知したので、南は一緒に奥州街道に出た。

店前には大八車《だいはちぐるま》が置かれており、木箱が山積みになっている。どうやら阿部の店から出荷するところらしい。

「商売繁盛ですね」

南の言葉に、阿部は黒々とした眉を、少し寄せて応えた。

「早く生糸をよこせと、横浜から矢の催促でしてね。貿易が始まって以来、この辺でも養蚕や、生糸の手繰《てぐ》りが盛んになりまして」

古くから北関東の農家では、稲作や畑作の副業として、養蚕が盛んだったという。屋根裏で蚕を飼い、女たちが手繰りで繭をほどいて、生糸を作っていた。できた生糸は京都に送られて、絹の反物に変わった。

幕末に欧米各国と通商条約が結ばれると、生糸の輸出が始まった。ヨーロッパで蚕の病気が流行して、日本に供給が求められたのだ。

「それで養蚕や手繰りを、奥州にも広げることにしたのです。うちの店では、蚕の飼い方から繭のほどき方まで農家に教えて、できた生糸を買い集めては、横浜に出荷しています」

明治五年になると、群馬県下に富岡《とみおか》製糸場ができて、蒸気機関を使った量産が始まった。すると今度は、大量の繭も求められた。そのため近隣の農家では、いよいよ養蚕が盛んになっているという。

「おかげさまで、うちは繁盛していますが、まだまだ品物が足りません」

人通りの絶えない奥州街道を、阿部は南と並んで歩きながら、ふいに話題を変えた。

「中條さまが米沢藩士《よねざわはんし》だったことは、お聞きになりましたか」

「いいえ、彼のことは、何も」

「ならば最初から順繰りに、お話ししましょう」

もともと中條政恒は、米沢藩士の中でも秀才として知られていたという。

米沢藩は戊辰戦争で敗北したために、新政府によって、大幅に領地を減らされた。そこで中條は、食べていかれなくなった藩士たちを移住させようと、蝦夷地《えぞち》の開拓案を考えた。

だが、まもなく廃藩置県があり、米沢藩は消滅。開拓案も立ち消えになった。

長年の統治者だった藩主に代わって、県令が中央から派遣されてきた。

「すると福島の県庁に、新しく赴任された県令さまが、安積原野で養蚕農家を育ててはどうかと、思いつかれたのです」

蚕の餌になる桑の木は、土地を選ばない。暮らしが立ち行かなくなった県内の士族たちに、安積原野を切り開かせて、養蚕中心の農業に従事させようと考えたのだ。

そんなときに県令は、開拓に詳しい者が米沢にいると耳にして、福島県庁に呼び寄せた。それが中條政恒だった。

「中條さまは、まず二本松《にほんまつ》の士族に声をかけて、二十八戸を安積に移住させました」

二本松は、福島と郡山の間に位置する城下町で、やはり戊辰戦争で負けて、減封された藩だった。

「住まいや農具の代金は、福島県が出してくださいました。中條さまは、この二十八戸を規範にして、どんどん移住者を増やし、いずれは安積原野全域を開拓したいと考えておいでです」

阿部は話しながら奥州街道から西に折れ、幅の広い緩やかな坂道を登り始めた。

「この先が安積原野です」

宿場町の家並みが途切れると、荒野が広がっていた。わずかに起伏のある土地に、雑草と低木ばかりが続く。彼方《かなた》に青い奥羽山脈が望めて、その向こうには猪苗代湖があるはずだった。

「入植してきた人たちは、さっそく土地を耕して、桑の苗木を植えました。以来、四年で苗木が育ち、今や葉を収穫できるようになって、養蚕も始まっています。でも、せめて自分たちが食べる分だけでも、米を作らなければなりません」

ちょっとした小川は流れてはいるものの、日照りが続けば、たちまち干上がってしまう水量だという。

「そこで貯水池を掘ることにしたのですが、中條さまの計画は画期的でした。県のお金は限られているため、私ども郡山の商人たちに、会社の立ち上げを呼びかけたのです」

先々、養蚕農家が増えていけば、阿部の扱う商品が増し、輸送を担う問屋場《といやば》も儲《もう》かる。人の行き来が盛んになって、宿屋も繁盛し、そこに品物を納める八百屋も忙しくなり、宿場町全体が潤う。

中條は、そんなふうに商人たちを説得したという。

「それで私ども宿場の商人二十五人が、開拓の後押しをしようと、お金を出し合って、開成社《かいせいしゃ》を立ち上げたわけです」

阿部自身が社長を引き受けて、まずは貯水池掘りの費用を負担した。完成まで十ヶ月、毎日三百人が動員されたという。

その貯水池へと、阿部は南を案内した。周囲が二里半にも及ぶ人工池だった。

阿部は近くの集落を指さした。茅葺屋根《かやぶきやね》の小さな戸建てが集まっている。

「そこが最初にできた桑野村《くわのむら》です。二本松の士族以外にも、一般の入植が続き、今や六十戸にまで増えています」

村の周囲には、小さく区切られた稲田が連なり、稲刈り前の稲穂が黄金色《こがねいろ》に実ってい
た。

村人たちが腰をかがめ、稲の中にまじった雑草を手で選《よ》り分けながら、熱心に取り除いている。村ができて初めての収穫に、期待が高まっているという。

阿部は黒々とした眉を上げて、西方向を指さした。

「あそこに開成山大神宮《かいせいざんだいじんぐう》があります」

そこは、ちょっとした丘になっており、斜面に真新しい社殿が設けられていた。大鳥居もそびえ、立派な神社だった。

「桑野村の者たちは日々、手を合わせ、秋の収穫後には祭りを開こうと、皆、楽しみに

しています」

阿部は神社の隣地にも案内した。そこで南は息を呑んだ。坂の上に、堂々たる洋館がそびえていたのだ。

阿部は胸を張った。

「私ども開成社が建てた開成館です」

一階には西洋風の大窓が連なり、三階の窓はアーチ型で、ぐるりと回廊が設けられている。緑の窓枠と白壁、屋根の赤茶の彩りが鮮やかだ。中央の玄関は破風屋根《はふやね》で、和洋折衷の建物だった。

開成館から宿場まで、まっすぐに伸びる幅広の道も、開成社が金を出して整備したのだという。

南は違和感を覚えた。稲作が始まったとはいえ、さほど規模は大きくない。自分が農業をしていたからこそ、農家の暮らしが楽ではないことは、容易に想像がつく。そんな状況で、神社はまだしも、開成館は贅沢《ぜいたく》すぎて場違いな気がしたのだ。

南の感情を読み取ったのか、阿部は一転、眉を下げて言った。

「中條さまが、これを建てると言い出したときには、私どもは反対しました。分不相応だと」

しかし中條は、帝をお迎えするのに必要なのだと言い張って、押し通したという。

「帝に来ていただけるのかと、私どもは半信半疑でした。でも中條さまは、福島県から宮内省《くないしよう》に強く働きかけて、昨年夏の奥州行幸の際に、恐れ多くも帝にお泊まりいただいたのです。開成社としては、かなり無理をした出費でしたが、その甲斐《かい》はありました」

南は中條の思惑に気づいた。彼の本当の目的は帝ではない。その前に先触れとしてやって来た大久保利通だ。実力者の内務卿にこそ、開拓の実情を見せたかったのだ。

そうして猪苗代湖からの疏水開削を訴えたにちがいなかった。膨大な事業だけに、開成社はもちろん、福島県でも持て余す。どうしても国営事業でなければならない。それに対して大久保は、前向きの姿勢を見せたのだ。

そういえば南に奥州探索を命じた際に、大久保は「士族授産」という言葉を、たびたび口にした。その考えの発端は、三年前の明治七年二月に起きた佐賀の乱だった。

もともと佐賀藩は、明治維新を成し遂げた「薩長土肥《さつちようどひ》」の四藩の最後、肥前佐賀であり、戊辰戦争の勝者だった。なのに藩士たちは廃藩置県によって家禄《かろく》を失った。これを不満として、佐賀の士族が武装蜂起したのだ。

すると大久保は、みずから博多《はかた》まで出向き、圧倒的な量の武器弾薬を駆使して、反乱軍を鎮圧。わずか十日あまりで佐賀城を落とし、あっというまに首謀者十三人を斬首した。

特に先頭に立って指揮した二人の首は、刑場にさらすだけでなく、わざわざ写真に撮らせて、全国の県庁に配布したのだ。

それまで大久保は戊辰戦争にも出陣しなかったし、武張ったことには関わらなかった。だが佐賀の乱に対しては、断固たる態度を示した。

家禄を失ったことに不満を抱くのは、佐賀だけではない。日本のすべての士族が同じだった。だから佐賀の乱が引き金になって、武装蜂起が広がらないように、あえて厳しく処したのだ。

大久保は、奥州の士族たちの不満も重く見た。敗者だからこそ、慰撫《いぶ》する必要があると考えて、帝の行幸を計画したのは疑いない。

しかし不満は敗者ではなく、ふたたび勝者側から噴き出した。熊本を発端に、福岡の秋月《あきづき》から山口の萩《はぎ》へと武装蜂起が広がったのだ。どれも短期間で鎮圧した。

今年に入ってからは西南《せいなん》戦争が起きた。よりによって大久保の地元、鹿児島での騒乱であり、古くからの盟友だった西郷隆盛《さいごうたかもり》による蜂起だった。

それまでとは規模が異なり、鎮圧は長引いて八ヶ月を要した。政府の戦費も膨れ上がった。

南は安積開拓について、大久保が話さなかった理由を考えた。

帝の行幸の前に、大久保が中條の引水計画に乗り気になったのは、まさに士族授産になるからだ。不満を収めるには、食べていく道を示すことが何よりの具体策になる。

だが、その後の一連の反乱鎮圧で、政府は金を使い果たしてしまい、中條の計画を実行する余裕がなくなった。それでも士族授産はやりたくて、ほかに適地はないか、南に探させたのではないか。

しかしながら帝自身が開成社や入植者たちを励ましたのだから、そう簡単に撤回はできない。それに南には、開拓の可能性のある土地は、もうほかには見いだせない。ならば、ここに賭けるべきなのか。

南は開成館の回廊に立って、安積原野の背後にそびえる奥羽山脈に目を向けた。また否定の思いがぶりかえす。あれほどの山に隧道を掘り抜いて水を通すなど、どう考えても無理だった。


阿部と会った翌日、南は猪苗代湖まで歩いてみることにした。道筋は何本かあるというが、阿部は中山峠《なかやまとうげ》越えを勧めた。

郡山の宿場町から奥州街道を北上し、五百川《ごひやくがわ》という沢沿いに、西に向かう経路だった。途中に磐梯熱海《ばんだいあたみ》という温泉があるから、一泊するのに、ちょうどいいという。

南は熊よけの鈴を腰に下げて、山道を登った。日が傾くころには、予定通り、磐梯熱海に着いた。渓谷を見おろす風光明媚《ふうこうめいび》な温泉街だった。

五百川という珍しい名の由来を、宿の主人が教えてくれた。それによると昔、都に住む萩《はぎ》という姫が病にかかり、夢枕で、お告げを聞いた。都から五百番目の川をさかのぼり、その流域に湧く温泉に入れという。

お告げに従って、萩姫が旅に出て巡り合ったのが五百川であり、磐梯熱海温泉だった。ここで療養したところ、病は完治したという。

湯に入ってみると、かすかに軋《きし》む感じの肌触りで、いかにも薬効がありそうだった。これは工事で怪我人《けがにん》が出た場合に、傷の治療に使えるなと、南は直感した。だが、そう考えた自分自身に驚いた。無理と思いつつも、内心、着工する気でいるのかと。

翌早朝、磐梯熱海を出発し、さらに西に向かうと、傾斜がきつくなり始めた。深い森の中の一本道に、熊よけの鈴の音が響き、蜩の声が聞こえる。

かたわらを流れる五百川は源流に近づいて、小川程度の水量になっている。あちこちに簡便な丸木橋が架かっており、南は両手で水をすくって喉を潤した。

そこから先の山道は、五百川のせせらぎから外れて、いよいよ険しくなる。奥羽山脈の峰々が連なって、壁として立ちはだかる場所だった。

山歩きには慣れた南でも、岩や木の根が飛び出す九十九折《つづらおり》の急坂には息があがる。歩いても歩いても人と出会わない。ただ蟬《せみ》の声だけが響く。今にも藪《やぶ》の中から熊が出てきそうで、南は立ち止まって休む間にも、鈴を鳴らし続けた。

登りきると、急に傾斜が緩やかになり、わずかに開けた場所に出た。道端に丸太が立っており、「中山峠」という文字が彫り込まれていた。そこから先には、今度は下りの九十九折が続いていた。

下っていくと、突然、視界が開けた。谷間《たにあい》いっぱいに大きな沼が現れたのだ。水面には、びっしりと水草が浮き、岸辺には葦《あし》が生い茂る。

道は山際に続いているが、谷が広がるにつれて、一面が葦の原に変わった。その先には延々と湿地が続いており、山際を歩いていても、足元がぬかるむ。

もっと先に水田が現れ、小さな集落があった。家々のかたわらを進むと、突然、広大な水面が現れた。猪苗代湖の畔《ほとり》に出たのだ。

湖面は空を映し込んで青く輝き、緑の山並みに取り囲まれている。右手には巨大な孤峰がそびえ、それが磐梯山《ばんだいさん》だった。

水際に立つと、湖水が澄み切って、底の小石まで見通せた。これほど清らかで無尽蔵な水を、郡山方面に流せたら、たしかに安積原野を広大な水田に変えられる。

大久保の言った「士族授産」という言葉がよみがえる。安積で米が穫《と》れたら、どれほどの人数が救われるか。どれほどの士族が夢を持って生きられるか。

疏水を掘りたいという思いが湧き上がる。だが背後を振り返れば、険しい奥羽山脈が立ちはだかる。

南が九州の故郷で掘った疏水でも、山肌に隧道を掘り抜き、谷には石造りの水道橋を架けた。

もしも、ここで疏水を掘るとなれば、隧道の距離は、はるかに長くなり、水道橋の規模も格段に増す。故郷の水路とは、桁違いの難工事になるのは疑いない。費用も想像を絶する金額になる。何もかも前代未聞、日本初のことにちがいない。

やはり無理だという気持ちがぶり返す。南は美しい湖岸に立ち尽くし、揺れる心を持て余していた。


湖畔を磐梯山に向かって歩いていくと、北岸に水田が広がり、割合に大きな集落があった。そこが猪苗代村で、南は戸長の家に泊めてもらって、話を聞いた。

中山峠から下ってきたときに、突然、現れた沼は田子沼《たごぬま》といって、村の言い伝えによると、大昔は猪苗代湖につながっていたという。だが磐梯山の噴火で溶岩が流れ込んだり、樹木の落葉が積み重なったりで、いつしか浅瀬が湿地に変わり、田子沼は湖から切り離された。

沼の水深は意外に深く、底には泥が沈殿して、どんなに長い竿《さお》を差し込んでも、手応えはないという。いわゆる底なし沼だ。

沼と湖の間の小さな集落は、山潟《やまがた》と呼ばれていた。名前の通り、山に囲まれた干潟で、ここも大昔は猪苗代湖の一部だった。

猪苗代湖に注ぐ川は、全部で三十数本あるが、出ていくのは日橋川一本しかないという。山潟とは反対の西岸から流れ出て、西へ西へと流れて会津盆地を潤す。

日橋川は下流に向かうに従って、大きな川に合流して、新潟まで流れゆく。そのため舟運《しゅううん》が盛んで、会津の物流は新潟とつながっている。猪苗代村を含め、会津の人々は新潟に顔を向けており、高い山で隔たれた郡山との交流は薄かった。

会津は戊辰戦争で最大の激戦地になり、今も復興できずにいる。まして日照りが続くと、日橋川は涸《か》れることがあるという。そんな状況で、馴染みのない郡山に湖水を分けるとなれば、大きな抵抗は避けられず、暴発も招きかねない。

郡山側にしても会津には、いい感情を抱いていなかった。新政府軍が侵攻してきた際に、会津藩兵は郡山の町に放火して、宿場の大半を焼いたのだ。新政府軍の拠点にされるのを防ぐためだったが、郡山側には恨みが残った。

郡山も会津も、たがいに背を向け合っている。工事の技術的な問題に加えて、そんな地元の悪感情もからむ。

南としては調べれば調べるほど、否定的な要素が増えるばかりだった。

東京に戻る前に、安積原野の桑野村に、もういちど足を運んだ。阿部茂兵衛は案内してくれたときに、移住者に引き合わせなかった。やはり南としては、実際に働く者の声を聞いてみたかった。

桑畑にしゃがんで、草取りをしていた年配者に声をかけて、こちらから名乗ると、すぐに立ち上がって、首にかけた手ぬぐいを外した。

「わしらが二本松から最初に移ってきたときには、この辺りには何もありませんでした。今年で五年目になりますが、桑は葉が茂るようになったし、ようやく池もできて、稲の実りもいい。このまま上手《うま》くいってくれれば、苦労が報われる思いです」

南は確かめるつもりで聞いた。

「水は足りていますか」

「日照りが続くと心配ですが、とりあえず今年は大丈夫です」

「入植者が増えたら、足らなくなりますよね？」

「そうですね。でも水が足らなくなれば、入植する者もいなくなるでしょう。とにかく、ここは水が限られていますから」

「猪苗代湖から水を引く話は、聞いていますか」

するると相手は力なく笑った。

「そんな夢みたいな話、信じる者がいるんですかね。なにしろ白河以北、ひと山百文《もん》ですから」

その言葉は、南も何度か耳にしていた。戊辰戦争の勝者たちが、奥州を価値のない地域として侮った言葉だ。

「わしらは朝敵ですしね」

逆らった自分たちのために、新政府が大金をかけるはずがないと言いたげだった。しかし自嘲的に言った端から、いかにも士族らしい言葉づかいで、苦笑いする。

「いや、失敬。貴殿も、お国のお役人さまでしたね」

ほかに聞いても、似たり寄ったりの意見だった。南が新政府の役人だという点に警戒して、今ひとつ本音を明かさない。

これで東京に向かうしかないかと、南が立ち去ろうとしたときだった。ふいに声をかけられた。

「おい、待てよ」

振り返ると二十歳《はたち》そこそこの若い男が、仁王立ちになっていた。擦り切れた野良着姿で、やや小柄だが、甘い顔立ちだった。

南は立ち止まって聞いた。

「話を聞かせてくれるのか」

「ああ、聞かせてやるとも」

甘い顔には不似合いな、乱暴な口調で言い立てる。

「あんた、この前、阿部の黒眉毛と一緒に来たよな。あいつは、いいことしか言わねえだろうが、大嘘だからな。中條って頑固野郎も詐欺師だ。のっぺりした顔で、上手いことばかり言って、俺たちを、こんなところに連れてきやがって」

南は笑いそうになった。「黒眉毛」だの、古風な儒者顔を「のっぺり」だのと、ひどい言いようではあるが、それなりに特徴はつかんでいる。それに「頑固野郎」は意志の強さの裏返しでもある。

聞けば、入植者たちは、最初の年に低木と雑草を伐採し、土地を耕して岩を取り除いただけで、厳しい冬を迎えたという。

二年目は桑の苗木を植えつつ、低い場所を選んで、畦《あぜ》で四角く囲って田を作り、わずかな川の水を引いて稲を育てた。

しかし日照りが続いて川が干上がり、稲は全滅した。三年目は逆に長雨が続いて、肌寒い夏となり、稲は実らなかった。四年目も旱魃《かんばつ》で、とうとう夜逃げが相次いだ。

そのかたわら、開成社の灌漑池《かんがいいけ》を掘るのに男も女も動員されて、毎日、へとへとになるまで働いたという。

「ろくに食べものがなくて、みんな、年中、腹を空《す》かしてる。年寄りや病人は死んでいくし、赤ん坊は母親の乳が出なくて育たねえ。借金は雪だるま式に増える。そんなときに女衒《ぜげん》が来て、娘を売れって脅《おど》しに来るんだ。家族のために身売りを覚悟してる娘っ子もいる。ずっと、そんな暮らしさ」

ようやく去年から養蚕が始まったが、繭ができると、阿部たちがやって来て、二束三文で買いたたくという。

若い男は悔しそうに拳を握りしめた。

「あいつら、金を出してるんだから、当たり前だって言いやがる。俺たちは士族だ。なんで商人なんかに、見くびられなきゃならねえんだ？　なんで泥にまみれて、働かなきゃならねえんだ？」

声高に言い募る。

「灌漑池ができたからって、このまま上手くいくはずがねえ。中條たちは、どんどん人を増やすつもりだ。この調子じゃ、すぐに池の水だって足りなくなる。そしたら、また別の池掘りに駆り出される」

男は開成館にも文句を言った。

「あんな、これみよがしな建物を造る前に、俺たちの暮らしを楽にしろってんだ」

一転、さすがに声を低めた。

「帝だか何だか知らねえが、来たからって、ありがたくも何ともねえ」

南は、それが本音かもしれないと思った。

幕府方だった奥州諸藩にとって、敬うべきは将軍であり、遠い京都におわした帝は、決して身近ではなかった。尊皇の感情は、明治になってから、新政府によって、もたらされたのだ。

阿部たちは帝を迎えるために、大きな借金を負った。その返済のせいで、村人たちの繭を高額で買い取れない。開成社は慈善事業ではないのだ。

村人の暮らしは、ますます厳しくなっていき、悪循環だった。これを断ち切るには思いきった策が必要であり、すなわち猪苗代湖からの引水しかない。

南は背筋を伸ばし、改まって言った。

「名乗るのが遅れたが、私は内務省の南一郎平だ。君の名前を教えてもらえないか」

だが若い男は言い淀《よど》む。南は穏やかに促した。

「中條さんや阿部さんに言いつけたりはしない。ただ、また話を聞かせてもらいたいんだ。だから」

男は目を伏せて答えた。

「木村《きむら》、仙次郎《せんじろう》だ。言いつけたっていいさ。何もかも本当のことだ」

「二本松から来た、最初の入植者か」

「そうだ。親父《おやじ》も兄貴も、二本松の藩士だった。そのころは砲術をやってて、弟子も多かったんだ」

砲術は幕末に広まった新しい武術であり、指南役は「先生」として敬われる。それだけに仙次郎としては、食うや食わずの暮らしに、どうしても納得がいかないらしい。

「そうか。木村仙次郎くんだな。で、これから君は、どうしたい？　国にできることがあれば、手を貸す」

「じゃあ、水を引いてくれよ」

即答だった。

「日照りが続いても、ずっと流れ続ける水だ。それで米を山ほど作って、弟や妹やばあちゃんに、腹いっぱい食べさせてやりてえ。その米を売って借金を返して、だれも女衒なんかに連れていかせねえ」

南は、ふと気づいて聞いた。

「もしかして惚《ほ》れた娘《こ》でもいるのか。その娘が、女衒に連れていかれそうなのか」

いきなり怒鳴り声が返ってきた。

「いねえよッ、そんなの」

だが、あまりの剣幕に、かえって嘘だと思った。

「悪かった。無粋なことを聞いて」

第二章　それぞれの峠

縦長の上げ下げ窓から、爽やかな風が内務省の庁舎内に吹き込み、天井のシャンデリアを揺らす。東京にも秋が訪れていた。

南は緊張しつつ、重厚な樫材《かしざい》の机越しに、内務卿の大久保利通に報告した。

「そういうわけで、奥州で大規模開拓をするなら、安積原野のほかにはありません。ただし、猪苗代湖からの引水が、絶対条件になります」

大久保は腰かけたままで応えた。

「わかりました。私も行ったことがありますが、悪い場所ではありません。安積に決めましょう」

あっけないほどの承諾に、南は慌てた。

「でも高い山を貫くことになり、たいへんな難工事が予想されます」

「それは先刻、承知のことです」

やはり前から決めていたらしい。不信感が募る。

しかし大久保の威圧感はすさまじい。並外れて上背があり、真っ白いシャツと仕立てのいい背広姿には、一分の隙もない。彫りの深い端整な顔立ちも相まって、一見、西洋人のようにも見える。丁寧な言葉づかいさえも、近寄りがたさを増す。

南は、なえそうになる気持ちを奮い立たせ、思いきって聞いた。

「内務卿は、前から安積と決めておいでだったと、地元で聞きましたが、本当ですか」

「そうですね。ほぼ決めてはいました」

南は憤慨をこらえて、質問を続けた。

「ならば、なぜ私に奥州全域の調査を、わざわざ命じられたのですか。それも、これほどの時間をかけて」

「ほかにないか確認したのです。それに、あなたの言う通り、猪苗代湖からの引水には、そうとうな苦労が伴うでしょう。そうなってから別の場所に目移りしないためには、こしかないという強い信念が必要です」

大久保は厳しい視線を向けた。

「南さん、あなたには、その意志がありますか」

南は一瞬、たじろいだものの、あえて胸を張った。

「あります」

仙次郎の「水を引いてくれ」という即答が忘れられない。当初こそは、ほかに適所が見つからない言い訳のつもりだったが、もはや覚悟は定まっている。

大久保は満足そうにうなずいた。

「たいへん、けっこうです」

「もうひとつ、うかがっても、よろしいですか」

「どうぞ、遠慮なく」

「大規模開拓は士族の授産のためとうかがいましたが、士族でなければいけませんか」

「もちろんです」

「でも田畑の仕事は、士族には難しいと思います。泥にまみれて働くには、誇りが邪魔しますし」

仙次郎の言葉が、南の心に強く刻まれている。

「俺たちは士族だ。なんで商人なんかに、見くびられなきゃならねえんだ？　なんで泥にまみれて、働かなきゃならねえんだ？」

あんなふうに妙な誇りを持っていては、農業は難しい。

「おこがましい言い方ですが、先祖代々、自分の土地を知りつくして、そこならではの天候や病虫害の知識を、子々孫々へと伝え続けてこそ、実りが得られるのです。ほかの土地から来た者には、まず無理です。安積では、すでに夜逃げも出ていますし」

実際の農業経験から出た考えだった。

「なるほど、もっともです」

　大久保は、きれいに整えた口髭に、軽く指を触れた。

「それでも目的は士族授産にします。新天地は侍たちの土地です」

「不平士族の目を逸《そ》らせるためですか」

「それもあります。佐賀の乱、熊本の神風連《しんぷうれん》の乱、秋月の乱、萩の乱、あげくに私の国《くに》許《もと》で西南戦争です。そのたびに国は鎮圧軍を出さねばならず、莫大《ばくだい》な軍事費がかかりました。それなら、その金を新しい土地の開墾に投じたいのです」

「しかし猪苗代湖からの引水にも、とてつもない費用がかかります。正直なところ、私には予測がつきませんが、もしかしたら今までの軍事費を、超えてしまうかもしれません」

　すると大久保は意外なことを言った。

「費用など、いくらかかっても、かまいません。騒乱鎮圧には、国産の武器弾薬だけでは間に合わず、輸入のために、かなりな金額が海外に流れました。でも今度の工事費は、ほとんどが奥州人のふところに入ります。戊辰戦争で受けた被害も、その金で復興できるでしょう」

　南は驚いた。軍事費がかかりすぎたから、安積原野の開拓を諦めたわけではなかったのだ。むしろ、その逆だったとは。

ふいに大久保は椅子から立ち上がった。そして背中を南に向け、ガラス窓越しに外を見ながら、唐突に話題を転じた。

「戦国の昔、勝敗は軍勢の数で決まりました。敵が何万人と聞いただけで、恐れ入って降伏したのです。だから戦国武将は、多くの家来を持つ方が有利でした」

背を向けたままで話す。

「でも近年の戦争は、人数よりも武器の優劣で勝敗が決します。新しい小銃は操作が簡単です。剣術のように長年にわたる鍛錬も不要で、だれでも兵士になれます。もはや武士は無用の長物に成り下がったのです。だから古い枠組を壊すしかありませんでした。それが明治維新です」

無口で知られる大久保が、いつになく多弁だった。

「無用の長物になった士族に、私は働く誇りを持たせたいのです。失った家禄にしがみつくのは浅ましい。素人には農業は厳しいでしょう。でも厳しさを乗り越えてこそ、誇りが持てます。それは士族という身分への誇りよりも、何倍も尊い誇りです。厳しさに負けて夜逃げするなら、それも仕方ありません。でも土地は残り、だれかが耕し、かならず日本のためになります」

ゆっくりと、こちらに向き直った。

「西国の不平士族にも、奥州の負けた士族にも、私は、誇りを持って生きてもらいたい。

特に奥州は後まわしにされがちだから、あえて手厚くしたい。鉄道も敷きたいし、駅も造りたい。一連の公共事業の嚆矢《こうし》になり、その後の規範にもなるのが、猪苗代湖から安積原野への疏水開削です」

改めて南の目を見て言った。

「南一郎平さん、あなたを内務省の正規雇用とします。現地で陣頭指揮を取ってください」

調査を命じられたときから、いずれ工事もと覚悟はしていた。それは期待でもあり、臨時雇いの身分から脱せられる好機だ。ただし、とてつもない重圧を背負うことになる。大きな緊張に襲われた。

「南さんの上司になる総責任者には、奈良原《ならばら》さんを据えます」

現在、奈良原 繁《しげる》は内務省御用 掛《ごようがかり》として大久保の配下にあり、薩摩藩閥の中でも特に武断派として名高い。

「彼にも郡山で家を持ってもらいますが、東京との行き来が多くなるでしょう。あなたも向こうに家をかまえて、家族を呼び寄せなさい。まだ郷里に残しているのでしょう」

家族と暮らせるのは、ありがたい。感謝が緊張を上まわり、思わず頭が下がった。

大久保は淡々と話を続けた。

「もうひとつ、大事なことがあります。日本人に大きな土木事業を貫徹する力があると、世界に示したいのです。日本人にも自覚させたい。実力のある者は身分に関わらず、抜《ばっ》擢《てき》されることも天下に示したい。だから農家出身の、あなたに頼むのです。この事業は御雇《おやとい》外国人は抜きで、日本人だけの手で成し遂げてください」

弾みかけた気持ちが、最後の言葉でかげった。御雇外国人に頼れないとは。

南は言葉を選びながら言った。

「私は土木を専門に学んだことがありません。基本は書物による独学です。まして私の知る古来の技術よりも、新しい西洋式の方が、はるかに進んでいます。これほどの大事業を御雇外国人なしで進めるのは、正直なところ不安です」

「いや、今、フランスで土木の勉強をしている優秀な留学生がいます。そろそろ帰ってくるでしょうから、帰国次第、郡山に行かせます。彼なら御雇外国人並みの働きは、できるはずです」

南に、じっくり候補地を探させたのは、その留学生が帰国するまでに、時間があったせいもあるという。

「彼が加われば、日本人だけでも可能でしょう。それでも不明な点が出てきたら、御雇外国人に聞く程度は、かまいません」

「わかりました。ただ、もう一点、不安要素があります」

「何ですか」

「会津です。今でも日橋川が涸れる年もあるというのに、そのうえ、ほかに水を分けるとなれば、抵抗は大きいでしょう」

「それも、もっともです。しかし彼らを説得するのも、あなたの役目です。どうしたら納得させられるかを、工夫してください」

重い課題だが、この機を逃したら家族と暮らせない。もはや承諾するしかなかった。

「わかりました。なんとかしてみます」

「よろしく頼みます。フランスのメートル法は十進法で、イギリスやアメリカのヤード、ポンド法よりも、わかりやすい。これを機に日本の尺貫法を、フランス式に改めたいのです。新しい機材なども、欲しいものがあれば、遠慮なく申し出てください。福島県庁の人たちとも、よろしく協力してください。奈良原さんの剛と、南さんの柔を以《もっ》てすれば、人間関係も上手くいくでしょう」

大久保は表情を和らげた。

「帝の先触れとして郡山に行った際に、猪苗代湖が、磐梯山という火山の麓《ふもと》にある美しい湖だと聞いて、私は故郷の桜島《さくらじま》を思い出しました」

桜島は丸い湾の中に浮かぶ島であり、水辺にある孤峰の活火山という点が、磐梯山に通じるという。まして、どちらも地元の誇りという共通点もある。

「私も若いころは国元で、食うや食わずの苦労をしたものです。だからこそ、安積に入植した者たちの苦労が、少しはわかるつもりです」

今の大久保の凜《りん》とした姿からは、そんな苦労など、南には想像もつかない。

それに大久保は、いくら若くして苦労したからといっても、武家の生まれ育ちだ。だからこそ士族の救済にこだわる。

でも入植者たちは農家として生きていくことになる。ならば農家出身の自分が、彼らを支えたい。

仙次郎のように士族の誇りをかざす若者に、土とともに生きるすべを、どうやって示せばいいのか。その具体策は、まったく見えないが、放っておく気にもなれない。

南の戸惑いには関わりなく、大久保は毅然《きぜん》とした態度で話を続けた。

「富岡製糸場は日本初の国営製糸場ですが、今度の疏水開削は、日本で最初の国営大土木事業になります。この成功は私自身の夢なのです」

日本初の大土木事業。まして大久保利通ほどの大人物の夢。それを実現する。失敗は許されない。

南は武者ぶるいというものを、生まれて初めて体感した。

正規雇用の辞令を受けるなり、すぐに南は故郷に向かった。東海道と山陽道を西へ歩き、関門《かんもん》海峡を船で九州に渡った。

それからは瀬戸内に面した海沿いを歩き、緩やかに弧を描く海岸線を、国東《くにさき》半島方向に進んだ。中津《なかつ》の城下町を過ぎれば、まもなく宇佐の町に至る。八幡宮《はちまんぐう》の総本宮、宇佐神宮の門前町を、駅館川《やっかんがわ》が貫く。その河口近くを渡し船で越えると、目の前に段丘が迫る。

坂を登りきったところが、南の故郷、金屋村《かなやむら》で、見渡す限りの稲田だ。

昔は水がなかったために、育てられるのは芋や雑穀ばかりで、村人たちは貧しかった。日照りが続くと芋も育たず、わずかな井戸まで涸れて、駅館川からの水運びが日課になった。今の安積の入植者たちと似ていた。

そんな村まで水を引いて、今のように変えたのは南自身だ。水路の開削は、庄屋だった父から受け継いだ悲願だった。

父は難事業に挑みながらも、不治の病に倒れた。父は死を覚悟すると、息子を枕元に呼んだ。

「一郎平、おまえが父の悲願を成し遂げよ。土木が創り出す恩恵は、子々孫々まで続く。大勢の喜びこそが、おまえ自身の何よりの喜びになるはずだ」

そう遺言して、息を引き取った。

南は二十歳になっていたが、父の悲壮な思いを、真剣に受け止められなかった。なぜ、そこまで入れ込むのかと、疑問が先に立った。土木工事に必要だからと、十代から漢学や算術を学ばされたが、それも嫌でたまらなかった。

しかし父の死後に旱魃が続いた。食べるものにも事欠き、年寄りや病人が命を落とした。気がつけば、村から年頃の娘たちが消えていた。彼女たちは女衒に連れていかれたのだと、後になってから知った。

その中には、南が密《ひそ》かに心惹《こころひ》かれていた娘もいた。とうてい取り戻すべはなく、激しく悔いた。なぜ父の悲願を引き継ごうとしなかったのかと。亡き父にも詫《わ》び、売られていった娘たちにも詫びた。

南は父の書棚に並ぶ和綴本《わとじぼん》を、初めて手に取った。どれも土木の技術書で、隣国から長崎に届いた輸入漢書を、父が書き写したものだった。

それを片端から読破した。その後は長崎の書店から新刊の目録を送ってもらい、めぼしい本があれば取り寄せて書き写し、もとの本を売った。父のやり方を真似《まね》たのだ。

土木の変遷も知った。日本で急速に技術が進んだのは戦国時代だった。武将たちが優れた算術家を召し抱えて、築城や架橋、水攻めなどの戦略に活《い》かしたのだ。

その結果、伏越《ふせこし》のような高度な技術も使われた。高所から水を木管や石管に通して、いったん低所に送り込み、別の高所で、ふたたび湧き上がらせる手法だ。

たとえば城普請で、木管を堀の下にくぐらせて、城内に水を送り込んだりもした。時代が治まってからは、見せものの水芸でも、よく利用されてきた技《わざ》だった。

南は書物の知識だけでなく、実地見学にも出かけた。長崎に眼鏡橋《めがねばし》という頑丈な石橋があると聞けば、書店を訪ねがてら出かけた。それは二百年以上前に架けられており、素晴らしい耐久性だった。

眼鏡橋の技術を持つ石工《いしく》の集団が、国東半島の付け根辺りにいると知り、その仕事ぶりも見学に行った。児島組《こじまぐみ》といって、すでに何本もの眼鏡橋を造っていた。

宇佐の内陸にある耶馬渓《やばけい》へは、青の洞門を見に行った。僧侶が手掘りしたことで知られる隧道だ。百年も前に完成しており、当時、これほどの工事を成し遂げ、今も崩れることがないことに感じ入った。

金屋村の崖下を流れる駅館川の上流や支流には、何度も何度も足を運んで、地形を把握し、測量もして、詳細な計画を練った。

そうして二十五歳で計画を実行に移した。金屋村以外にも配水できる村々に、資金の提供や人手の供出を呼びかけた。

当然、協力するものと思い込んでいたが、意外にも反応は薄かった。完成するはずがないと笑われたのだ。

それでも南は諦めなかった。耶馬渓の、もっと内陸に位置する日田《ひた》が、交通の要所として栄えており、幕府の直轄地でもあった。

その町の豪商に頼み込んだ結果、三千両を出してもらえた。以来、豪商の名を冠して、水路を広瀬井路《ひろせいろ》と名づけ、ようやく着工に至った。

高台の金屋村まで水を引くには、川のはるか上流に取水口を設け、少しずつ少しずつ勾配を下げていかなければならない。いったん低い谷に流れ込んだら、水は二度と高所には戻らない。

谷を越えなければならない場所には、石工の児島組に依頼して、水道橋を架けることにした。石造りの眼鏡橋なら、半永久的に落ちることがない。

だが工事が始まっても、流域の村々の思惑が揃わず、南は調整に苦心した。庄屋がへそを曲げて、自分の村からは材木や石材を出さないと言い張ったり、手伝いが来なかったりは度々だった。

腹を立てたところで、人は動かないと思い知り、それぞれの村の事情を、できるだけ丁寧に聞くようにした。

そうしているうちに、南自身の人柄が丸くなった。それでいて貫くべきところは、穏やかに主張して、ようやく人心を掌握できるようになったのだ。

隧道掘削の作業自体も難関だった。掘り進むのに、小さな鏨《たがね》で岩を砕きながら、手掘りしていく。特に硬い岩盤は、坑道内で盛大に火を焚《た》いて、熱で罅《ひび》を入れた。

逆に地盤のゆるいところは、松材で補強しながら掘り進んだ。しかし大雨のたびに落盤が起きた。

もっとも苦心したのが金策だった。鑽も松材も限りなく消費され、当初の三千両は、たちまち底をついた。そこで日田にある幕府の代官所から公金を借りた。工事が終わって水が通れば、米作りで返済できるはずだった。

しかし現実には、まだまだ工事は終わらなかった。返済の見込みが立たず、南は公金横領の罪を着せられて、入牢《じゅろう》の憂き目まで見た。

ちょうど明治維新の混乱の最中《さなか》で、たまたま牢屋敷一帯が焼き討ちに遭い、囚人の解き放ちが行われた。その後、新政府が成立して代官所の顔ぶれが一新され、南の罪状は、うやむやになった。

まもなく旧薩摩藩士の松方正義《まつかたまさよし》が、新政府から知事として派遣されてきた。南は手討ち覚悟で、計画書と図面を携えて陳情に行った。

会ってみると、八の字に蓄えた黒髭が立派で、やや気後れした。それでも詳細な計画と工事の進捗《しんちょく》状況を、夢中で説明した。

松方は黙って聞いていたが、突然、八の字の黒髭をふるわせて、怒り出した。

「けしからん。こいは、けしからん」

南は、やはり手討ちかと覚悟した。だが次の言葉は予想外だった。

「こいを取りあげん代官の目は節穴かッ。こげん普請に、金を出さんとは馬鹿たんじゃ」

松方は薩摩弁で怒鳴りまくり、一転、南の手を取らんばかりに言った。

「南どん、お国の金を出すで、安心したもんせ」

どうやら協力してもらえると知って、南は胸をなでおろした。

以来、現場は「天朝御普請所」という看板を掲げた。国費の投入を受け、朝廷から拝命したという権威も得て、一気に工事に拍車がかかった。

南は総責任者として采配を振り、それから一年足らずで、隧道も眼鏡橋も出来上がった。広瀬井路は全長十七キロに及んだ。

二十五歳での着工から、九年の歳月を経て、とうとう通水式が執り行われた。南は三十四歳になっていた。

金屋村はもとより、配水できた村々では、村人たちが大喜びした。その笑顔を見るのが、南には何より嬉《うれ》しかった。

そのとき初めて、亡き父の遺言を思い出した。

「一郎平、おまえが父の悲願を成し遂げよ。土木が創り出す恩恵は、子々孫々まで続く。大勢の喜びこそが、おまえ自身の何よりの喜びになるはずだ」

まさに、その通りだった。

しかし、それで終わりにはならなかった。水が流れたのも束《つか》の間《ま》、崩れる場所が相次いだのだ。その修繕のために、また大金が必要になった。

公金は通水式の段階で、打ち切られていた。頼みの綱だった松方正義は、東京に異動してしまった。そのうえ廃藩置県や地租改正などが続いて、行政区分も目まぐるしく変わり、申請先すら定まらない。

ここまできて、水を止めるわけにはいかない。南は先祖伝来の田畑と屋敷、家財道具まで売り払い、全私財を投げ打って、水路を修繕し、水を通し続けた。

悪いことに、南名義の偽借用書が現れ、ふたたび投獄の憂き目をみた。まもなく無罪が証明されたが、いったん立った悪評は信用を失墜させた。

そのころには広瀬井路の修繕が終わり、順調に水が流れるようになっていた。それを見極めてから、南は身を引き、水路の管理を人に任せた。

すでに耕す田畑はなく、なすべき仕事も、住む家さえも失った。南は人の家を借りて、塾を開いた。それまでに身に着けた土木知識を、若者たちに教えたかった。

だが、そんな専門技術を学ぼうという者は、現れなかった。結局は、近隣の子供たちに手習いを教えて、糊口《ここう》を凌《しの》いだ。

すると金屋の村人たちが窮乏を見かねて、疏水沿いに水車小屋を建てて、そこで暮らせるようにしてくれた。

南は自分自身に言い聞かせた。自分は、なすべきことを達成したのだから、これでいいのだと。広瀬井路は完成して、高台の金屋村は美田に変わった。それが最初からの夢なのだし、実現できたことで満足すべきだった。

そんな暮らしが続く中、明治八年になって、東京にいる松方正義から手紙が届いた。それは上京の誘いだった。

臨時雇いでよければ、内務省に出仕しないかという。これから新政府は土木事業に力を入れる方針であり、南の経験を活かしてもらいたいと綴《つづ》られていた。

南は松方の薩摩弁と、立派な八の字髭を懐かしく思い出した。

でも断るつもりだった。臨時雇いでは、家族で上京するほどの収入にならない。子供は四男一女がいる。末の新吾《しんご》は、まだ三歳で、やんちゃ盛りだ。

南は二十五歳で広瀬井路の開削に着手して以来、工事に夢中で、家庭は顧みなかった。でも窮乏に陥って、初めて妻子のありがたみを思い知った。

悔いても仕方ないことを悔い続け、気持ちが落ち込んだときに、幼い子供の笑顔を見ると、心がいやされたのだ。

特に、ひとり娘のツネは勘の鋭い子だった。南が水路沿いにたたずんで、ぼんやり流れを見つめていると、そっと近づいて声をかけてきた。

「父さん」

目を向けると、心配顔が一瞬で笑顔に変わる。その愛《いと》しさに何度、救われたか知れない。それだけに妻子を置いて、東京に行く気にはなれなかった。

ただ、妻の志津《しづ》に問い詰められて、手紙の内容を明かした。すると志津は泣いた。

「なぜ黙っていたのですか」

「おまえたちを置いてはいかれない。女子供だけの所帯では不安だ」

明治維新以降、治安が悪くなっていた。

しかし志津は首を横に振った。

「私たちなら大丈夫です。村の人たちが何かと気づかってくれますし、水車小屋の仕事は絶えることがありません。あなたの人徳のおかげです」

広瀬井路の恩恵を受けた村の人々は、実った玄米を持ち込み、水車の動力で杵《きね》を動かして、臼の中で搗《つ》いて精米する。そして一部を謝礼として置いていく。志津ひとりでも、できない仕事ではない。

それでも南は首を横に振った。

「内務省の臨時雇いなど、いつ放り出されるか知れない」

「いいえ、あなたが臨時雇いにされるのは、士族ではないからです。松方さまはともあれ、東京のお役所には、反対する方々がいるのでしょう。農家の者を、いきなり正規の役人に据えることに、反対される方が。でも、もう四民平等の時代です。あなたの力が認められれば、きっと正規雇いにしてもらえます」

志津は目を潤ませながらも、強い口調で言った。

「あなたが投獄されていたときも、私は待ちました。あのときはつらかった。あなたが放免されると信じてはいたけれど」

指先で頰を拭う。

「あれから比べれば、一年や二年、待つのは平気です。三年でも四年でも。それよりも、あなたが力を活かせずに、ずっと、このまま鬱々と暮らしていく方が、私には、よほどつらいのです」

南は自分自身が情けなかった。それを打ち破るには、松方の誘いを受けて、東京で頑張ればいいだけだった。

でも、ここ何年も、現状を肯定して生きてきた。無理やり、これでいいのだと思い込もうとしてきた。それを今さら否定する気にはなれない。

自分の土木知識は旧式で、とっくに西洋技術に凌駕《りょうが》されている。四十歳近くなって、今までと異なる役人の世界に足を踏み入れるのにも、不安があった。

その点も志津は見抜いていた。

「待たれるのは、あなたには、つらいかもしれない。でも今のままでは、子供たちの先行きも見えないんです。だから」

子供たちには、南自身が読み書きや漢学を教えてきた。でも、これからの社会を思えば、洋学を学ばせたい。

妻の言葉は甘い励ましではない。厳しい励ましだからこそ、応えるべきなのは承知している。思いきって聞いた。

「もしかしたら、三年や四年では、すまないかもしれない。もっと長くかかるかもしれない。それでも待つか」

志津は泣き笑いの顔になった。

「もちろんですとも。どうか、頑張ってきてください」

「結局は何もできずに、帰ってくるかもしれんぞ。それでもいいか」

そう問うことさえ情けなかった。でも妻は背中を押した。

「そうしたら、今の暮らしに戻るだけです。でも、あなたなら頑張れます。広瀬井路を造った人なのですから。その結果が駄目なら、それでいいではありませんか。そのときこそ、私は納得します。今だって、あなたには感謝しているけれど、そのときは心から感謝するでしょう。諦めて帰ってきても、笑顔で迎えますとも」

それでも南は決断できなかった。妻の期待が重かったのだ。

自身の優柔不断を不甲斐なく感じながら、ふらりと外に出た。そして水路端にしゃがんで、清らかな流れを見つめた。

そのとき背後から、可愛《かわい》い声が聞こえた。

「父さん」

振り返ると、いつものようにツネが立っていた。ただ笑顔ではなく、心配顔だった。南が立ち上がるなり、ツネが駆け寄ってきた。それを両腕で抱き止めた。

そのときに決意が定まった。この子を水車小屋から嫁に出すわけにはいかない。家族のために東京に出ようと。

水車小屋の中に戻ると、志津は暗い部屋の隅で、こちらに背を向けて泣いていた。

南は妻の背中に向かって告げた。

「すまなかった。東京に行く。東京で力いっぱい頑張ってくる。かならず成功して、おまえたちを迎えに来る。だから待っていてくれ」

志津は振り返った。驚いて目を見開いていたが、すぐに眉と口角が下がり、床に泣き伏した。嬉しさゆえの号泣だった。

急いで上京すると、さっそく大久保利通から奥州調査の命令が下されたのだ。

大久保は、松方正義から南のことを聞いた当初から、猪苗代湖の疏水開削を任せようと、心づもりしていたという。

そうして南は正規雇用の地位を、とうとう手に入れたのだった。

金屋村の畦道《あぜみち》を通って、水車小屋の家に向かった。妻に背中を押されて家を出て以来、二年ぶりの帰宅になる。

小屋に近づくと、絶え間なく水音が響き、中で杵が上下する音も聞こえる。苦しかった暮らしさえも、今となっては懐かしい。

けたたましく犬が吠《ほ》えかかり、幼い男の子が、何ごとかと引き戸を開けて、外に出てきた。末子の新吾にちがいなかった。別れたときには、やんちゃ盛りの三つだった。

新吾は父親の顔を覚えていないらしく、こちらを不思議そうに見上げていたが、引き戸の中に向かって言った。

「ねえ、洋服の人が来たよ」

すると、すさまじい下駄の音がして、今度は女の子が飛び出してきた。

こちらは面影が変わっていない。ツネだ。今は十三歳になったはずだが、まだまだ幼さが残る。

ツネは新吾を突き飛ばすようにして駆け寄ってきて、いきなり腰に抱きつき、引き戸を振り返って叫んだ。

「母さん、父さんが、父さんが、帰ってきたッ」

もう語尾が涙声になっている。

妻の志津も血相を変えて現れた。水仕事でもしていたらしく、手ぬぐいを持っている。

夫の顔を見るなり、言葉もなく立ち尽くした。たちまち目が潤んで、手ぬぐいを顔に押し当てる。それだけで苦労のほどが偲《しの》ばれた。

南は抱きついた娘の背中に手をまわした。骨張って、やせている。

「長く、待たせたな」

そう言って、視線を妻に戻した。

「志津、おまえの言った通り、正規雇用になれたぞ。もう大丈夫だ。家族みんなで、ここを出よう」

志津は手ぬぐいを目から離さずに、何度も何度もうなずいた。

背後には上の息子たちも現れた。三人ともやせており、しきりに洟《はな》をすすって、父親を迎えてくれた。


九州を後にして、東京経由で郡山に入った。宿場町の裏手に家を借りて、家族で落ち着いたときには、もう冬になっていた。

十五歳になっていた長男は、洋学を学ばせるために東京の学校に入れたが、下の息子たちは雪に大喜びだった。

さほど大雪にはならないものの、手習いから帰ってくると、泥混じりの雪合戦で遊ぶ。すぐに町の子供たちとも馴染んだ。

志津とツネは「寒い、寒い」と言いながらも、家族団欒《かぞくだんらん》の暮らしは、心が温かかった。

月夜の晩に、木村仙次郎が桑野村から訪ねてきた。甘い顔立ちに似合わず、乱暴な口調で話す若者だ。

「南さん、猪苗代湖から水を引いてくれるんだってな」

「ああ、内務省でやることになった」

「頼むぜ。実は、この秋にも、ろくに米は穫れなかったんだ」

南は眉をひそめた。

「夏の終わりには、実ってたじゃないか」

「あれから台風が来たんだ。それで稲が総倒れで、水浸しさ。入植する前に、この辺は台風は来ないって聞いてたんだけど、それも嘘だったんだ」

「そうか、それは気の毒だったな」

「稲は育たねえけど、借金の雪だるまだけは、着々と育ってる」

「女衒は、まだ来るのか」

「ああ、借金取りと組んで、揉《も》み手《て》して来やがる」

南は若いころの悔いがあるだけに、女衒の件は他人事《ひとごと》ではなかった。

「仙次郎くん、君は」

仙次郎が手のひらを、こちらに向けた。

「くんづけは、やめてくれよ。呼び捨てでいい」

「それじゃ、仙次郎、近いうちに猪苗代湖まで道案内してもらえないか。手間賃を出すから」

「山は雪が深いよ」

「だからこそ頼みたい。冬場の様子を見たいんだ」

秋には、ひとりで出かけたが、雪道には案内が欲しかった。

「うーん、手間賃は喉から手が出るほど欲しいけどさ、俺じゃ無理かな。もともと、この人間じゃないし」

少し考えてから両手を打った。

「ああ、そういえば、ちょうどいい親父《おやじ》さんがいる。ちょっと押しつけがましいけど、自分で疏水の案を考えてて、やたらと詳しいんだ。内務省のお役人の案内って聞けば、大張り切りでやるよ」

「なんていう人だ?」

「小林《こばやし》久敬《ひさたか》。下駄みたいに四角い顔してるから、下駄親父って呼んでる。でも小林さんに会うことは、阿部の黒眉毛には内緒だよ。頑固野郎の中條にも」

「なぜだ?」

「ふたりとも小林さんを嫌ってるんだ。小林さんは須賀川《すかがわ》で問屋場をやってて、けっこう繁盛してるんだけど、須賀川の方まで水を引きたがっててさ。安積だけでいいっていう中條や阿部たちとは、話が合わないいんだ」

須賀川は、郡山と同じ奥州街道の宿場町だが、もっと南に位置し、間には三つも宿場がある。江戸の日本橋《にほんばし》から数えて、須賀川は三十七番目、郡山は四十一番目だ。

そんな遠くまで水を通すとなると、なおさら大ごとになる。南は困惑したが、仙次郎は明るく勧める。

「でも問屋場の稼ぎを注《つ》ぎ込んで、測量とか、かなり本気でやってるから、会ってみる価値は、あると思うよ」


翌朝には小林本人が、自分の店の人力車に雪道を走らせて、さっそく南の借家に現れた。案内してきた仙次郎が、重そうな風呂敷包みを運び込む。

南は小林の顔を見るなり、下駄親父の渾名に合点《がてん》がいった。開成社の阿部は、黒々とした眉毛のせいで、ひと目で忘れられなくなる容貌だが、こちらも、かなり印象に残る顔立ちだった。

歳のころなら五十代半ばで、月代《さかやき》を剃《そ》っているかと思うほど額が後退している。えらが張っているせいもあって、たしかに顔全体が四角い。

目鼻立ちこそ好々爺《こうこうや》じみているが、甲高い声のせいもあって、いかにも押しが強そうだった。

志津が茶と煙草盆《タバコぼん》を勧めると、相好を崩して、ふところから煙草入れを取り出した。

せわしなくキセルに葉煙草を詰めながら、勢い込んで話す。

「猪苗代湖から水を引くのは、わしの子供の時分からの夢でしてね。そのために漢籍はもちろん、算術も絵も習いましたよ」

南は昔の自分と共通のものを感じた。南は絵までは習わなかったが、記録用に習得する者は少なくない。

算術は商売のための算盤勘定《そろばんかんじょう》以外にも、豪農の隠居などで、難解な幾何学を趣味にする者がいる。自分で問題と解答を考え、大型の額に図を描いて寺社に奉納し、本堂の軒下などに掲げるのだ。

いい問題であれば、評判になって、遠くからも算術愛好家たちが見物に来る。ただし専門的な測量となれば、算術は趣味ではなく実用だった。

小林はキセルに炭火を移したかと思うと、すぐに火鉢の中に置いて言う。

「わしは今までに何度も、お上《かみ》に建白書をお出ししましてね。最初は明治二年に福島県庁に持っていったんですが、返事はありませんでした。それから、ちゃんと測量して、具体的な図面も添えて、お国にも送りましたよ。そこまでしても、なしのつぶてでしたけど、諦めずに続けてたら、四度目に、お国から返事をいただけたんです。開墾方法の儀、悪《あ》しきにあらずってね。誉《ほ》めていただけたんですよ」

県庁に出し直せというので、再提出したものの、またもや無視されたという。

「せっかく、お国に誉めていただいた案を、県に潰されてなるかっていうんで、一時は東京に家を借りてまで、陳情し続けたんです。須賀川の店は息子に譲りました」

明治八年の夏には、全国から府知事や県令が集まる会議が東京で開かれた。その中で専門家による演説会が設けられ、小林は手づるを駆使して演壇に立たせてもらった。

そうして猪苗代湖からの疏水開削について訴えたところ、福島県の県令本人が、興味を持ってくれたという。

「県令さまですよ。ほかでもない福島県庁の頂点に立つ人が、わしの案に共感してくれたんです。それまでは下っ端の役人が、面倒がって握り潰していたんですね。それに内務卿の大久保さまも、わしの話に感動なさったそうですよ」

南には初耳だった。どこまで信じていいのか、よくわからない。

小林は仙次郎に命じて、風呂敷包みを広げさせた。頑丈そうな木箱と、平たい桐箱が、いくつも現れる。平箱のひとつを開けて、たたんであった紙を、いかにも大切そうに取り出して広げた。

「これを見てください。わしが何通りもの道筋を測量して、手描きしたんですけどね。正確ですよ」

何枚もの和紙を張り合わせた大型絵図だった。

それによると猪苗代湖は、やや南北に長い楕円形だった。東岸三箇所に、北から順に山潟、浜路《はまじ》、舟津《ふなつ》という朱文字が書き込んである。舟津は湖の南岸に近い。湖の東には山並みの絵が連なる。山潟からは朱線が伸びて、中山峠という文字につながり、磐梯熱海を経て、安積原野の北部へと続く。郡山の宿場町の位置も示されていた。浜路からは別の朱線が二本、山の中へと伸びており、それぞれ御霊櫃《ごれいびつ》峠《とうげ》と、そのすぐ南の萋卉《さい》峠《きとうげ》へと続く。舟津からも、また別の朱線が描かれ、三森《さんもり》という峠に向かう。この三本の峠越えは、最終的には一本に合わさって、安積原野のただ中に出ていた。

小林は、いちばん北にある中山峠の線を指さした。

「秋に南さんが通ったのは、この道筋ですね。でも郡山からは遠いですよね。疏水を通すなら、浜路から萋卉峠を越える筋が、いちばんいいんです。そのまま安積原野に出ますし、山から出たところで分水して、須賀川の方にも届けられますんでね」

地図には奥州街道も描かれていた。郡山の南に須賀川の文字が書かれているが、その間の宿場町は省略されており、ふたつの町の距離は、明らかに短めに描かれていた。

それでも小林は平然と言う。

「郡山と須賀川、両方に流せば、穫れる米の量は七、八万石にはなります。ちょっとした大名の領地くらいの石高ですよ。入植者も格段に増やせます」

まだまだ話は続きそうな勢いだったが、なんとか制止した。

「小林さん、待ってください。水を流す経路は、これから測量掛を呼んで、きちんと調べてから決めますが、初めに申した通り、配水は基本的に安積だけです。安積原野の開拓こそが、内務省の決定ですから。須賀川の方まで分水できるほど、水量が確保できるか、わかりませんし」

小林は四角い顔を横に振った。

「いや、測量掛は要《い》りません。わしの図面があれば充分です」

そう言いながら、別の桐箱から大福帳のように分厚く、横長の帳面を取り出して、ぱらぱらとめくった。山々の絵と、各峠の標高を書き入れた絵図が、何枚も描かれている。南が細かい数値を確認しようと、身を乗り出すと、いきなり帳面を閉じてしまった。

「これは、わしが生涯をかけて作った記録帳なんでね。本来は絵図も記録帳も門外不出なんですよ。でも今日は南さんだからこそ、持ってきたんです」

南が配水は安積だけと言ったために、警戒し始めたらしい。

小林は、また別の頑丈そうな木箱を、気忙《きぜわ》しげに開けた。

「それより、南さん、見てくださいよ。これ、測量に使う道具でしてね。舶来もので四百円もしたんだが、わしが自腹で買ったんです」

蓋《ふた》を開けると、いかにも精密そうな器具が、しっかりと固定されて入っていた。

小林は両手で箱から取り出す。

「すごいでしょう。四百円ですよ、四百円。これを含めて、わしは少なくとも二千円は、疏水計画のために使ってます。ちょっと、これ、持ってみてくださいよ」

筒のついた金属製の道具を差し出す。受け取ってみると、ずしりと重い。

故郷で広瀬井路を掘ったときに、南も唐渡《からわた》りの測量具を、長崎で手に入れて使った。だが、目の前の品よりも、もっとずっと簡便な造りだった。

値段を連呼されるのは願い下げだが、さすがに熱意は伝わってくる。

小林は同じ木箱から台座も取り出した。それを組み立ててから、筒の片方に目を当てて、まくし立てる。

「こうやって測るんですよ。すごく正確に測れて、すごいんです。だから、もう測量掛なんか要りません。明日、晴れるようなら、早くに出発しましょう。もう南さんは中山峠には行かれたわけだし、明日は萋卉峠越えを案内しますよ。途中で道具の使い方も、お見せしますから」


その夜、小林は須賀川には帰らず、郡山の宿屋に泊まった。

翌早朝、仙次郎を荷物持ちとして同行させ、三人とも蓑笠《みのかさ》と雪靴姿で出発した。たしかに登り口は宿場町から近く、安積原野のただ中から山道に入った。

秋の中山峠と、雪の萋卉峠とでは、単純に比較はできないが、こっちの方が、かなり標高が高い気がした。しかし小林は「たいして変わりませんよ」の一点張りだ。

峠を越えて猪苗代湖側の山道を下り始めると、晴天ではあったが、それまでとは積雪の量が桁違いに多かった。カンジキで深雪を踏みしめつつ、九十九折の急坂を下った。

冬の雲は北西風に乗って、この山にぶつかり、雪を降らせる。そうして乾いた空気が、郡山側に吹きおろす。だから安積原野は年間の降水量が少なく、ろくに樹木も生えないのだ。

小林は山の天気は変わりやすいからと言って、先を急ぎたがり、約束の測量道具の使い方を見せなかった。

とはいえ測量の基本は、変わらないはずだった。昔から使われてきたのは、水平を測る道具と、細い竹筒、分度器、距離を測る間縄《かんなわ》、それに方位磁石などだ。

南が父から聞いた話によると、昔は、たらいに水を張って棒を浮かべ、水平を把握したという。標高は夜間、提灯《ちようちん》を持って山道を登り、その明かりを下から竹筒で覗き見た。

そうして水に浮かんだ棒と、竹筒との角度を測れば、提灯までの仰角がわかる。同時に、竹筒の先端に、重りつきの紐《ひも》を括《くく》りつけておいて、紐と竹筒との角度も測った。

次に間縄で距離を測りつつ、別地点まで水平に移動して、そこからも同じように角度を測った。

そんなふうにして得た数値を、計算していけば、標高を割り出せるし、位置も確定できる。ただし、どうしても誤差が生じる。特に山の上へ上へと、計測を繰り返していくうちに、誤差も大きくなる。

西洋では測量術の進歩が著《いちじる》しく、便利で精度の高い器具が、次々と開発されている。小林の道具は、その新型にちがいなかった。

蓑卉峠を越えて、坂を下りきってみると、ちょっとした平野が現れ、その先が、すぐに猪苗代湖だった。湖畔にある小さな集落が浜路で、わずかな稲作と、淡水の漁業で生計を立てていた。

小林はカンジキをつけたまま、青い湖面に伸びる栈橋まで、南を連れていった。栈橋の脇に、大きな岩が水面から突き出ており、積もった雪を払いながら言う。

「南さん、見てください。ここに何本も傷がついているでしょう。これ、季節ごとの水位の記録で、わしが鉄ヤスリで削ったんです」

長さがまちまちの横線が、あちこちに何本も刻まれている。

「日照りが続くと、湖面は下がります。今みたいに雪が積もって、川の水が凍る時期も低くなります。それが春になると、雪解け水が流れ込んで、水位は高くなります。梅雨時や秋の台風でも上がります」

それぞれの湖面の位置を、小林は、もう何年も前から、この岩に刻んできたという。

「ほれ、これが最初の年、こっちが翌年、その隣が、また翌年。これが去年ので、今年が、これです」

　小林は、ふたたび分厚い記録帳を取り出して、ぱらぱらとめくった。そこには年ごと、季節ごとの水位が記録されていた。平均水位も算出されている。だが数字を読まれまいとして、またすぐに閉じてしまう。

「郡山や須賀川方面に水を流すとなれば、当然、会津では猛反対するでしょう。それを納得させるには、雪解けや梅雨時に、どれほど湖水が増えるかを、きちんと説明すればいいんです」

　そのための基本情報として、水量の変化を記録しているという。

「それに日橋川に水門を設けて、雪解け前に閉ざせば、もっと湖の水位を上げられます。その水門を田植えの時期に開ければ、そうとうな量の水を流せます。須賀川の方にだって、充分に届けられる水量になるんです」

　小林は自慢顔で、滔々《とうとう》と語り続ける。

「湖全体の広さも計算してあります。おおむね一万町歩《ちょうぶ》です。水位を一尺でも上げれば、どれほどの水量になると思いますか。百万石の百倍以上って言えば、わかりますかね。とにかく膨大な量ですよ」

　さすがに南は、小林を見直す思いがした。

　舶来の測量道具は金があれば買える。それを使いこなす測量掛もいる。でも岩に印を刻み続ける執念は、小林ならではだった。あくの強い男ではあるが、これほどの働きには頭が下がる。

浜路から妻卉峠を通る経路にも、たしかに利点はある。なんといっても山を降りたところが安積原野のただ中であり、その後の配水が楽だった。

一方、山潟から中山峠を経る経路は、安積原野の、かなり北に出る。そこから原野全体に配水するには、山際に幹線水路を通さなければならない。その距離は長くなり、原野に入ってからでも、何箇所も隧道が必要になりそうだった。

小林は、もういちど記録帳を開いた。今度は差し出して見せる。そこには細筆で書いた漢数字が、びっしりと縦書きで並んでいた。

「予算の見積です。人件費は働き手の数に、工事の予想日数を掛け合わせてあります」

石材代や材木代、道具代、東京や福島までの出張費まで、細かく見込まれていた。

今度は包み隠さずに見せた。総額は十五万二千七百五十一円。とてつもない金額ながら、説得力のある数字でもあった。

南は広瀬井路を造った際に、こんな予算は立てられなかった。どんぶり勘定で始めてしまい、工事を進めるうちに、足りなくなっては金策に走り、また足らなくなって駆けずりまわった。挙げ句の果てに、入牢まで招いてしまったのだ。

それから比べると、はるかに優れた計画であり、ふいに疑問がわいた。

「小林さんは、なぜ開成社に入らないんですか」

「あれは郡山の会社だから、須賀川のわしは、お呼びじゃないんですよ」

「それなら、せめて開成社に協力したら、いかがですか。これほどの数値や具体策を持っているのに、活かせないのは残念でしょう」

「わしは協力したいんだが、向こうが相手にしないんでね。やつらは当初、灌漑池だけでやっていけると思ってたんです。だから、わしの案を酔狂と馬鹿にしてた。でも、いざ入植したら水が足らなくなったんだ」

　仙次郎の方を見て同意を求めた。

「そうだよな」

「その通りです」

「それで、わしの案を横取りしたんですよ。前から疏水計画が、自分たちの腹にあったみたいな顔をして。ぬけしゃあしゃあと」

「なるほど。須賀川への配水にこだわる気持ちは、わかります。私も故郷の村に水を引きたいからこそ、頑張ったので」

　南は二十五歳で計画に着手したころ、漢書で得た土木知識には自信を持っていた。思い返してみると、やはり小林のように押しつけがましい面もあった。

　金でも人手でも、どうしても集めたくて、強引に声をかけまくった。でも上手くいかなかった。なんとか滑り出したのは、南が人のまとめ役に変わってからだった。

専門の職人がいれば、自分は一歩引いて、彼らに任せた。中には個性的な男や、あくの強い男も少なくなかった。それでも彼らの力を発揮させることに、心を砕いた。最終的には職人のみならず、地元の意見を丁寧に聞き、それぞれが働きやすいように配慮するのが、いつしか南の仕事になった。

挙げ句に、屋敷を手放すほどの大きな挫折を経験して、家族にも感謝できるようになったのだ。そういう今だからこそ、安積の大事業に踏み出せるのだと自負している。

小林もまた個性的な専門家であり、その努力と成果は活かしたかった。

「小林さん、横取りとか、そういうことは、いいじゃないですか。あなたが調べた数値を活かしましょうよ。そのために譲歩してもらうことも、あるかもしれないけれど」

だが返事はなく、小林は珍しく黙り込んでしまった。

南は提案の一部を吞むことにした。

「須賀川に分水するかどうかは、今の段階では約束できません。でも中山峠以外の経路も、検討しましょう」

小林の四角い顔が、一気に破顔した。

「そうですかッ。ありがたいッ」

何度も頭を下げながら言う。

「南さんが蓑卉峠越えを選んでくれれば、かならず須賀川にも分水することになりますよ。何と言っても、できる米の量がちがいますからね。お国も福島県も税収が増えて、万々歳ですよ」

かたわらで聞いていた仙次郎が口を挟んだ。

「小林さん、南さんは蓑卉峠越えを選ぶとは言ってないよ。検討するとは言ったけど」

すぐに小林が叱りつける。

「おまえは黙ってろ。黙って荷物を運べばいいんだッ」

だが南も釘《くぎ》を刺した。

「いや、小林さん、仙次郎の言う通りです。候補にはしますが、私の一存で決められませんので」

小林は一転、愛想笑いで言う。

「いやいや、いいんですよ。候補にしていただければ、かならず蓑卉峠越えに決まりますからね」

その夜は三人で、浜路の農家に泊めてもらった。

翌朝、湖岸を南下して、南岸の舟津という浜から、また山に入った。そして蓑卉峠より、やや南の三森峠を越えた。経路の終盤は蓑卉峠越えと重なり、出発したときと同じ、安積原野のただ中に戻った。

南は小林との別れ際に、くたびれた背広のポケットから封筒を差し出した。

「これ、少ないけれど、案内の日当です。こんなものもらっても、何の足しにもならないでしょうけれど、役所の決まりなので」

小林は苦笑いで、仙次郎を見た。

「それは、こいつにやってください」

冗談めかして言う。

「本当はね、こいつなんて言うと、怒るんですよ。商人の分際で、士族に無礼だって」

仙次郎は、むっとした。

「いくらなんでも、そんな言い方はしないよ。たまに腹が立つことはあるけどさ」

「とにかく南さんから、もらっておけ」

仙次郎は不満顔ながらも、南が差し出す封筒を、引ったくるようにして受け取った。

小林は封筒よりも、ずっと重そうな懐紙包みを仙次郎に手渡した。荷物運びの駄賃だった。須賀川に帰るという小林とは、そこで別れた。

南は仙次郎とふたり、肩を並べて桑野村に向かった。カンジキを外しても、楽に歩けるほど、積雪は少ない。

仙次郎が唐突に口を開いた。

「南さん」

「なんだ？」

「この間、俺、惚れた女なんかいないって、言ったよね」

「ああ、言ったな」

「あれ、嘘なんだ。南さんが言った通り、そいつが女衒に連れていかれそうで」

やはりと思った。自分の若いころと同じだった。だからこそ力になってやりたい。

それでも仙次郎は強がりを言った。

「でも、何とかなると思う。いや、なんとかするよ。今日も金をもらったし」

「そうか。春には疏水の工事が始まるから、手間賃が出るぞ。それまで頑張れるか」

「そうだね。でも春になったら、田んぼや蚕の世話もしなきゃならないし。手間賃を稼ぎに出られるかな」

不安は大きそうだった。

桑野村が近づいてくると、仙次郎は改まって言った。

「南さん、ちょっと、その娘《こ》の家に寄りませんか。顔だけ見に。紹介したいんで」

南は気軽に応じた。

「ああ、いいよ」

村に入ると、仙次郎は足元の雪を拾って丸く固め、一軒の雨戸に向かって投げた。

冬場は、よほどの晴天でもない限り、どこの家も雨戸を閉めきっている。九州では真冬でも昼間は雨戸を開けるので、いまだに南には違和感がある。

雪玉の音が合図だったのか、十六、七歳の娘が引き戸を開けて、白い息をはきながら、急いで外に出てきた。

仙次郎も泥まみれの雪を蹴立てて駆け寄り、南の方を振り返って言った。

「この人、南さんっていって、東京から来たお役人なんだ。よくしてもらってる」

娘が微笑《ほほえ》んで頭を下げる。色白で頬が赤く、かわいい娘だった。

仙次郎は蓑の間から手を出した。さっきの封筒と懐紙包みを握っている。

「これ」

娘は激しく首を横に振った。

「いつも、こんなことしてもらっちゃ」

仙次郎は娘の手を取って、両方をつかませた。

「病気のばあちゃんに、なんか食べさせてやれよ」

娘は困り顔だ。仙次郎は後ずさりした。

「じゃ、これで」

そのまま南と一緒に歩き出すと、背後から声が追いかけてきた。

「ありがとう」

振り返ると、娘が目を潤ませ、封筒と懐紙包みを胸元で握りしめていた。

仙次郎は少し洟をすすり、歩きながら言った。

「多恵《たえ》っていうんだ」

南は微笑んで聞き返した。

「嫁に、もらわんのか」

「嫁にもらえる甲斐性がないよ」

仙次郎は自嘲的に言った。

「それに、あいつ、母親が継母《ままはは》でさ。女衒が、その継母を口説きに来るんだ。借金取りも引き連れてね。けっこう継母は、その気になってる。家族が生き残るには、だれかが犠牲にならなきゃとかって言ってさ。ただ父親が、士族の娘を女郎になんかできないって、今は突っぱねてる。けど病気のばあちゃんがいるし、小さい弟や妹も何人もいて。もし次の秋も不作だったら、多恵は自分から言い出すと思う。お女郎になるって」

南は、やるせない思いで言葉がない。でも何とかしてやらねば、また後悔するだろうと、それだけは確信できた。

第三章　ヤアヤア一揆《いっき》

南の上司となった奈良原繁は、旧薩摩藩士の中でも、特に剣の使い手として知られていた。

南より二歳上だが、いかにも武術家らしく全身が引き締まり、腕や肩が筋肉質で、無骨な手が印象的だ。それでいて話してみると、気さくで、豪放磊落《ごうほうらいらく》な人柄だった。

明治十一年春の雪解けを待ち、南が中山峠越えで猪苗代湖まで案内すると、奈良原は磐梯山を見上げて言った。

「大久保どんは磐梯山と猪苗代湖の話を聞いて、桜島を思い出したそうだが、実際に見ると、だいぶ違うな」

それが癖なのか、筋肉質の腕を何度も組み直す。桜島に深い愛着があって、ほかの山と比べるのは不本意らしく、しきりに首も傾《かし》げる。

南は小さくうなずいた。

「内務卿は実際には、ご覧になっていませんでしたし、ただ水辺の火山と聞いて、故郷を思い出されたようで、若いころには苦労をしたと仰せでした」

「そうだ。私も同じ苦労をしたのだ」

奈良原にとって大久保利通は四歳上で、上背があり、顔立ちも頭もよく、子供のころから憧れの兄貴分だったという。大久保も奈良原も下級武士の家柄だった。

「私が十七、大久保どんが二十一歳のときに、薩摩藩で、お家騒動が起きたのだ」

それは、お由羅《ゆら》騒動と呼ばれ、次期藩主をめぐっての藩内抗争だった。

「私の父も大久保どんの父上も、その抗争で負けた側になり、厳しい処罰を受けた。わが家は謹慎を食ったが、大久保どんの父上は島流しになった」

大久保家でも奈良原家でも、食べるものにも事欠く苦労をしたという。

だが藩内の形勢が逆転すると、父親たちは役目に復帰できた。

「そのとき、母が祝いだからと言って、白い飯を炊いてくれた。浅ましいと思うかもしれんが、正直、涙が出るほど美味《うま》かった。ずっと腹を空かしていたしな」

薩摩藩の領地は、火山灰が堆積した土壌のために保水力がなく、水田にできない地域が多い。そのために米は貴重で、父親の謹慎中は、なおさら口には入らなかったのだ。

「私が、泣きながら白飯を食べたと話したら、大久保どんも同じだと言って、ふたりで笑ったものだ。家族で美味い飯を食べられることが、人の幸せの基本だなと話した。特に大久保どんは、家族思いなのでな」

大久保は日頃から毅然とした態度で、冷淡な印象さえある。そのために家族思いと聞いて、南には意外な気がした。

「大久保どんが、私に疏水開削を命じたのは、そんな苦労を共にしたからだ」

安積の開拓者たちが苦労しているからこそ、大久保も奈良原も、彼らに白い飯を食べさせてやりたいという。

かつて大久保利通は「安積に入植した者たちの苦労が、少しはわかるつもりです」と語った。その真意を、南は初めて理解した。

南は奈良原とともに、地元説明会の準備にかかった。第一回説明会は、帝の宿泊にも使われた開成館で開くことにした。

福島県庁からは中條政恒が出席し、開成社社長の阿部茂兵衛以下、二十五人の社員が前列を占め、木村仙次郎などの入植者たちも、こぞって参加した。

奈良原は、よく通る声で、どれほど疏水開削が日本のためになるかを、とうとうと説いた。そして工事が始まったら地元から人手を出すよう、協力を求めた。地元の利になることだけに、歓迎の声が圧倒的だった。

ところが須賀川の小林久敬が最後列に陣取っており、急に立ち上がって、甲高い地声を、いっそう高めて言った。

「なんとしても須賀川にも分水していただきたい。そのために取水口は浜路で、萋卉峠を経由して」

「待てッ」

話の途中で、奈良原がさえぎった。

「水を通す経路は、これから検討する。今、ここで話すべきことではない」

あまりの迫力に、さすがの小林も口を閉ざして椅子に戻った。開成社の者たちから失笑がもれる。

散会になると、小林は奈良原に近づこうとしたが、開成社の者たちから拒まれて、ひと悶着《もんちやく》あった。これも奈良原が一喝して鎮まったが、小林は四角い顔を真っ赤にして、会場から飛び出していった。

それを横目で見ながら、中條が足早に南に近づいてきた。

「南さん、小林久敬に猪苗代湖まで案内させたそうですね」

古風な顔のこめかみに、うっすらと筋を浮かべてとがめる。

「なんで、あんな胡散《うさん》くさい男を」

南は軽くあしらおうとした。

「私が雪山に慣れてなかったので、道案内を頼んだんです」

「最初に警告したはずですよ。いろいろなことを言ってくる人がいるから、気をつけて欲しいと。あの男は大法螺《おおぼらふ》吹きなんですよ。話を真に受けちゃいけません」

中條は開拓そのものには通じているが、水利には今ひとつ詳しくはない。そのため小林の調査の価値を、正当に評価していない気がした。

中條は、いかにも忌々《いまいま》しげに言い立てる。

「あいつは、ちょっとでも甘い顔を見せると、つけあがるんですよ。さっきだって」

小林が出て行った大扉の玄関の方に、ちらりと視線を走らせた。

「まあ、奈良原さんが、厳しく叱ってくださったから、事なきを得たけれど。とにかく南さんは、今後いっさい近づかないでください」

そんなことを言われる筋合いはないが、中條もひと癖ある。火に油を注ぐことになると面倒で、南は反論を呑み込んだ。

それにしても小林の測量の成果を活かすのは、かなり難しそうだった。


二回目の説明会は、猪苗代湖の北岸に広がる猪苗代村で開き、また奈良原が熱弁をふるった。

周辺の集落からも人が集まっており、安積とは少し違った歓迎ぶりだった。村から人手を出せば手間賃がもらえるし、大きな工事で働き手が集まれば、地元に金が落ちるだろうと期待していた。

最後になる三回目は会津若松だった。南は会津の人々を説得できる自信が、まだ持てなかった。

小林が言うように、十六橋に水門を設けて水位を調整するのも、手ではある。しかし小林は、その数値を、いまだに見せようとしない。それどころか先日、すっかりへそを曲げてしまった。

浜路の桟橋脇の岩を見に行っても、どれが何年の印かわからない。具体的な数値を示せない状況では、水位の話など説得力に欠ける。

そのため南は事前に奈良原に持ちかけた。

「まずは、こちらから会津の村々に足を運んで、少人数ごとに話すべきだと思います。農家にとっては、水は命綱ですから」

だが奈良原は、開成館と猪苗代での歓迎ぶりに気をよくしていた。

「いや、私にも考えがある。断じて文句など言わせぬ」

豪胆な反面、やや楽天家でもあった。小林を退けたことでも自信を深めている。

当日は堂々たる演説の最後に、鋭い目で会津の人々を見据えて言い放った。

「これで話は終わりだが、何も異存はあるまいな」

だれもが黙り込み、南は、これで一件落着と思った。だが後ろの方の席で、若者が勢いよく立ち上がった。

「待ってくれッ。俺たちが先祖から受け継いだ大事な水を、勝手に取られるわけにはいかねえッ」

間髪を入れずに奈良原が反応した。

「なんだとお？」

剣術使いらしい迫力で、肩をいからす。

しかし別の若い男も立ち上がった。

「い、今だって」

腰が引け気味だったが、話し出すと勢いづいた。

「い、今だって、日橋川が涸れることがあるんだ。これ以上、水が減ったら、俺たちの田んぼが干上がっちまう」

同調する声が相次いだ。

「ぜったいに水はやらねえ」

「俺たちの大事な水を、なんだって郡山なんかに分けてやるんだ？」

会場全体がざわつき始めた。

そのとき奈良原の大声が響いた。

「黙れッ」

一喝で場が静まった。奈良原は聴衆を睨《ね》めまわした。立ち上がっていた若者たちが、ひとりふたりと座り込んでいく。静寂が怖いほど長く続く。

奈良原は何もなかったかのように、ふたたび話し始めた。

「去年、私の国許の薩摩で、西南戦争が起きた。そのとき会津の兵士らは新政府軍として出動し、勇猛な戦いぶりが際立った。彼らは国のために戦ったのだ」

もともと会津藩は、剣や槍《やり》などの武芸が盛んだった。しかし明治維新の戊辰戦争では、薩長新政府軍の新型銃砲に押されて、会津城下まで攻め込まれて、最後は開城した。

しかし、それから十年ほど後の西南戦争では、旧会津藩士たちが新政府軍側に志願した。そして薩摩の不平士族を相手に、圧倒的な強さを見せつけたのだ。

その栄誉は、刊行されたばかりの新聞で報道されて、日本中に知れ渡った。それで会津人は薩摩への恨みを晴らしたといわれている。

奈良原は、そんな会津人を持ち上げて、誇りをくすぐったのだ。仕上げとして、いっそう声を張った。

「国のために戦った会津の魂を、忘れないで欲しい。国のためと思って、この場を収めてもらいたい」

これが奈良原の用意した「考え」だった。

しかし思わぬ反応が起きた。さっきの若者が、ふたたび立ち上がり、喧嘩腰《けんかごし》で言い放ったのだ。

「侍のことなんか知らねえよ。俺たちには関係ねえ」

同調の声が次々と飛び交う。

「そうだ、そうだ。会津の魂なんか、俺たちには迷惑だったんだ」

「会津藩のせいで、俺たちは、高い年貢を何年も搾り取られたんだ」

なおも若者の声が続く。

「会津藩が負けて遠くに追っ払われて、せいせいしてるんだ。侍のことなんか誉められたって、俺たちは嬉しくねえよッ」

「そうだ、そうだ。会津魂なんか、くそくらえだッ」

奈良原は顔色が変わっていた。思いもかけなかった反応に言葉がない。会場は騒然として、聴衆が壇上に詰め寄ろうとした。

南は危険を感じた。帯刀はしていないものの、奈良原は武断派だけに、どんな行動に出るかわからない。相手に怪我でもさせたら、もっと厄介なことになる。

とっさに壇上に駆け上がり、奈良原の盾になって、裏口から退場させた。中條や開成社の阿部たちも、慌てて後に続く。

南も飛び出して、奈良原の人力車を用意させようとした。とにかく逃げてもらうしかない。

だがそこには、筵旗を掲げた群衆が待ちかまえていた。

「水は渡さねえ。俺たちは日橋川を守る。工事をさせねえように、押しかけてやる」

筵旗を振りかざして、口々にわめき散らす。

「一揆だ。ヤアヤア一揆の、やり直しだ」

「ヤアヤア一揆を、もういっぺんやってやる」

「いや、会津の乱だ。西南戦争で、乱が終わったと思うなよ」

南は総毛立った。大久保が何より嫌う争乱が、ここで再燃しそうな勢いだった。


奈良原は、かろうじて会津から開成館まで逃げ帰り、深い溜息をついて非を認めた。

「あいつらを甘く見た。失敗だった」

開成社の阿部が黒々とした眉を下げて、会津の事情を一から説明した。

「会津が米どころになったのは、もともと日橋川のおかげでした。三百年近く前に、戦国武将の蒲生氏郷《がもううじさと》公が、会津の領主になったのが始まりです」

蒲生氏郷は日橋川の水を、会津盆地の隅々まで届くように河川改修して、米の収穫量を一気に上げたという。

「だから会津の農家の者たちは、日橋川への愛着が強いのです」

以来、米どころとして、農家は豊かに暮らしていたが、幕末に至って状況が変わった。

京都が争乱の地になり、会津藩は幕府から都の治安回復を命じられた。得意の武芸を活かせと言われて、常時千人もの藩兵を、遠い京都に駐屯させた。

その費用捻出のために、領民たちに重い年貢が課せられたのだ。農家の者たちは、それを今でも恨んでいるという。

「戊辰戦争の際には、村人たちが新政府軍の手引きをしたとまで、噂《うわさ》されています」

だからこそ西南戦争における旧会津藩士の活躍を、奈良原が誉めたのが、逆効果になってしまったのだ。

奈良原は、もういちど大きく息をはくと、阿部に聞いた。

「外で待ち構えていた連中が、ヤアヤア一揆とか申していたが、あれは何だ?」

「いわゆる世直し一揆です」

幕末に政情が不安定になると、日本各地で世直しと称して一揆が頻発した。特に会津では、戊辰戦争で負けて藩が力を失ったため、一時的に無政府状態になり、一揆は領内全域に広がった。

「そのときの掛け声から、ヤアヤア一揆と呼ばれたのです」

新政府は、あえて鎮圧しようとはせず、彼らの言い分を聞いたという。

「処罰された者もいなかったようで、実質的に一揆側の勝利でした。それに味をしめて、今度もと騒いでいるのでしょう」

奈良原は、何度も腕を組み直した。

「あの調子では、工事現場に押しかけてきて、作業を邪魔だてしかねん。下手をすれば、本当に一揆になる。日橋川の水は盆地の隅々まで行き渡っているのだから、盆地中の農家がいっせいに蜂起すれば、まさに会津の乱だ。最近は自由民権運動だの何だのと、下々が騒ぐ傾向があるしな」

組んだ腕を、またほどいて言う。

「とにかく私は東京に帰って、大久保どんに相談してみよう。疏水開削は大久保どんの発案だし、それに私より演説が上手い。会津若松に行ってもらって、反対する者どもを説得してもらおう」

奈良原は脅しつけるように話すが、大久保は理路整然と語って、聞く者を納得させるという。

阿部はもちろん、中條や開成社一同が目を輝かせた。

「大久保公に、お願いできるなら、ぜひ」

奈良原は改めて南に顔を向けた。

「南くん、大久保どんに説明するのに、会津の農家の声を聞いてきてくれ。それをもとに対策を練る」

南は戸惑った。大久保には最初から言われている。会津の人々を説得するのは、南の役目だと。

「どうしたら納得させられるかを、工夫してください」と命じられたのに、いまだに何の工夫もできていない。それでも地元の声を聞くのは、第一歩にちがいなかった。

「わかりました。近日中に九州から石工の棟梁が来るので、一緒に十六橋を見に行って、橋の架け替えと水門の建設を検討してきます。その足で会津まで行ってみます」


その夜、南は何気なく自分の書棚の前に立ち、ふと一冊の書物を手に取った。それは父が残した写本で、題名は『経世秘策《けいせいひさく》』とあり、著者は本多利明《ほんだとしあき》と書いてあった。

水車小屋で暮らしていたころ、それまで集めていた書物を、生活のために、一冊、また一冊と手放した。だが本多利明は、父が特に尊敬していた経世家だったために、売らずに残していたのだ。

それでいて父が死んだ直後に、いちど読んだきりだった。庶民の暮らしを楽にするための具体策が書かれていたが、直接、広瀬井路の開削とは関わりなかったために、以来、すっかり忘れていた。

しかしパラパラとめくって、ある箇所で手が止まった。「猪苗代湖」や「日橋川」の文字があったのだ。

南は食い入るようにして読んだ。その章は、猪苗代湖の水利についての提案だった。

猪苗代湖から流れ出す日橋川は、川底が高い。そのため日照りが続くと、湖の水位が川底よりも低くなってしまい、水が流れ出なくなる。そうすると会津盆地の稲は枯れる。

これを防ぐためには、川底を下げる必要がある。ただし日橋川の川底は硬い岩盤で、容易に掘ることができない。そのために火薬を利用して岩盤を砕けと書かれていた。

南は、これだと思った。十六橋に水門を設けるのと同時に、川底を掘り下げる。そうすれば会津の旱魃を避けられる。これなら説得力がありそうだった。

だが合点すると同時に、南は呆然としてしまった。どうして今夜、よりによって、この本を手に取ったのか。知りたかったことが、よもや、ここに載っていようとは。

父の死後、最初に読んだときには、猪苗代湖も日橋川も、自分には関わりがなかったので、まったく記憶に残らなかったのだ。

こんなことは初めてではない。かつて長崎に行ったときに、ふらりと立ち寄った書店で、何気なく手に取って最初に開いたところに、探していた情報を見つけたことがある。

すぐに買い求めたところ、書店の主人が言った。

「そういうことは、ときどき聞きますよ。資料に呼ばれるといって、何か真剣に調べている人には起こるんです。不思議ですけれど、たぶん、勘が鋭くなるんでしょうね」

それにしても、よりによって売らずに残していた本で、解決策が見つかろうとは。これは亡き父が教えてくれたような気がした。

しかし一点、わからないことがある。火薬だ。水門で水を堰《せ》き止めるとしても、川底が完全に乾くわけではない。そんな湿った場所で、湿気を嫌う火薬を爆発させられるものなのか。

　ふいに思い出した。たしか仙次郎の父親が砲術家だったと。砲術家なら火薬に詳しいにちがいない。

　翌朝、さっそく『経世秘策』を携えて、仙次郎の家を訪ねた。父親は木村寛治《かんじ》といって、ちょうど田起こしに出かけるところだったが、息子が世話になっていると聞いて、快く家に招き入れてくれた。

　南が『経世秘策』を開いて事情を話すと、寛治は該当箇所に目を通してから言った。

「少しなら濡《ぬ》れたところでも、火薬は爆発させられます」

　大砲は砲弾を発射すると、砲身内に火薬の灰や燃えかすが残る。そのために一発ごとに、砲身に水を注いで洗い流すという。

「発射の熱が残っているので、たちまち中は乾きますけれど、いくらかは水が残っているので、火薬は毛織物に包んで使うのです。水を弾《はじ》きやすいので」

「なるほど、毛織物ですか」

「でも短時間です。川の岩盤に穴を開けて、そこに押し込むとなると、手間取って、毛織物でも湿ってしまうでしょう。それに」

　寛治は首を傾げた。

「それに着火の問題もあります。岩を吹き飛ばすほど大量の火薬なら、その場で火をつけるわけにはいきません。すぐに爆発して、火をつけた者も無事ではいられませんから。長い導火線を使うとしても、途中で消えてしまわないか、その点も気がかりです。川底には水が残っているでしょうし」

大砲の場合、砲身の根本に小さな孔《あな》が開いており、そこに硫黄を塗った導火線を差し入れて、端に火をつける。するとパチパチと、手持ち花火のように燃え進み、中の火薬に引火して爆発する。導火線の長さも、ちょうど手持ち花火くらいだという。

「ああ、そういえば」

寛治は何か思い出したらしい。

「何でしょう?」

「最近、花火師のところで、長い導火線のしかけを、聞いた覚えがあります。あれ、なんと言ったかな」

「花火師?」

「いや、お恥ずかしい限りですが、ここでは食うや食わずなので、夏祭りなどの花火の打ち上げに、手伝いに行っているんです。火薬の扱いには慣れているんで」

「そうでしたか。恥ずかしいなんてことは、ありません。花火は大勢が楽しめますし」

寛治は頭をかいていたが、ふいに声を高めた。

「あッ、思い出しました。ダイナマイトです。西洋で発明されたばかりで、導火線が長いから、それこそ土木の普請に使えると聞きましたよ」

南は身を乗り出した。

「ダイナマイト？」

「たしか、そんな名前だったと思います。花火師は新しもの好きが多いんで、外国のことでも何でも早耳なんですよ」

「ダイナマイトですね。いいことを教えていただきました。さっそく東京に問い合わせてみます」

南は胸を高ならせて、木村家を辞した。

外に出ると、仙次郎が追いかけてきた。

「あのさ」

少し言い淀んでから、目を伏せて言った。

「親父が花火師に弟子入りしたのは、実は兄貴のためなんだ」

「そういえば前に、兄さんがいるって話してたな」

「兄貴は戊辰戦争で戦死したんだ。それで親父は、人殺しはもうたくさんだって言って、砲術を辞めたんだ。その代わり、盆の花火の打ち上げは、死んだ者への迎え火と送り火だから、兄貴の供養のためになるって」

「そうか」

南は声を落とした。

「仙次郎のところも、いろいろあるんだな」

「そりゃ、どこの家だって、いろいろあるさ。こんな見ず知らずの土地に、移ってこようってくらいだから」

そして仙次郎は視線を上げて、きっぱりと言った。

「でも頑張るよ。南さんが水を引いてくれるなら。俺だって、いろんなことを乗り越えられるかもしれない」


石工の児島基三郎《きさぶろう》が褌《ふんどし》ひとつの裸になって、まだ冷たい雪解け水の日橋川に、ざばざばと入っていく。

細身ながらも筋肉質の身をふるわせ、肩まで水に浸《つ》かって足元を探った。

「たしかに、かなり硬そうな岩盤ですよ。水流で表面がツルツルに磨かれているし、ツルハシじゃ歯が立ちそうにないな」

河原に立つ南は、あまりに寒そうで気の毒になる。

「わかった。もういいから、上がってくれ」

基三郎は水を蹴立てて、浅瀬に戻ってくる。

「ひゃー、上がってからの方が寒いな」

腕には鳥肌が立ち、唇は紫に変色していた。南が手ぬぐいを投げると、それで肌を拭いながら、焚き火にあたった。

南は炎に向けて、新しい薪を放り込んだ。盛大に火花が散る。

「ちょっと耳にしたんだが、ダイナマイトっていって、新しいしかけの火薬があるらしいんだ。それを使えないか、今、東京に問い合わせている」

基三郎は脱ぎ捨ててあった藍縞《あいじま》の小袖を拾って、袖に腕を通しながら答えた。

「ダイナマイトって、俺も聞いたことがありますよ。九州の石切り場のやつらが、使ってみたいって言ってました。長崎の貿易商に問い合わせたら、べらぼうに高いんで、諦めたって話ですよ」

児島基三郎は九州の石工集団、児島組の若き棟梁だ。かつて南が広瀬井路を掘った際に、眼鏡橋の水道橋を造ってもらった。

石造りの眼鏡橋は、二百年以上前に中国人の僧侶が長崎の川に架橋したのが、最初だった。南自身が評判を聞いて、長崎まで見に行った橋だ。だが技術は秘伝にされて、後世に伝わらなかった。

その後、熊本の石工が仕組みを解明し、熊本藩内で明治維新までに八十もの橋を建設した。長崎のように人が渡る橋だけでなく、水を通すための水道橋も多かった。水は、いったん通すと止めることができず、架け替えが難しい。そのために石造りの耐久性が求められたのだ。

熊本の石工の弟子たちが、九州各地に散っていき、あちこちで腕を振るった。そのため石造りの眼鏡橋は九州に集中しており、児島組も熊本の流れを汲《く》んでいる。関東以北にはない技術のため、南は、わざわざ国許から児島基三郎を呼び寄せたのだ。

基三郎は、ようやく体が温まったらしく、背中に「児島組」と染め抜いた綿入半纏《わたいればんてん》を、小袖の上に羽織った。襟元を整えると、いなせな職人姿になる。

南は川面に目を向けた。

「とにかくダイナマイトを発注して、この川底を下げるつもりだが、その前に水門だ。これほど長い橋を、石で造れるだろうか」

「弘法大師《こうぼうだいし》さまの伝説があるから、十六って数字は大事にしたいですよね。眼鏡橋は半円の孔が、ふたつだけれど、それを十六個、連ねましょう」

ここに最初に架橋したのは、弘法大師だという言い伝えがある。川幅が広く、浅瀬が多かったために、あちこちに巨石を据えて塚を築き、その間に橋を渡した。その橋が十六に及んだために、十六橋と呼ばれるようになったという。今も十六基の橋が架かっている。

南は湖側に視線を移して聞いた。

「水門として開け閉めするには、どうする？」

「角落《かくお》としはどうでしょう。それぞれの眼鏡孔の湖側に、堰柱《せきちゅう》を立てて、頑丈な杉板を縦に差し込む形です」

角落としは水田の配水路などに、よく使われる小型の水門だ。縦溝を彫った二本の角材を、水路の両端に、しっかりと立てる。その溝に、杉などの丈夫な板を上から差し込んで、水を堰き止め、必要に応じて取り外すのだ。

「大型の角落としを十六基、並べるってわけだな。でも」

「でも？」

南は気がかりを口にした。

「水門の両側に水が満ちていれば、問題はないだろうが、田植え前は湖側だけ水位が高くなって、日橋川側の水位が低くなる。そうなると湖側から、そうとうな圧がかかる。それに杉板が耐えられるだろうか。持ち上げるときにも、大変な力が要るぞ」

「そうですね。だから大きな一枚板じゃなくて、厚みのある横板を何枚か、上から順番に差し込んだら、どうでしょう。いちばん下の板に鉄鎖をかけて、上げ下げする形で」

「なるほど。板の厚さや枚数は、計算で割り出せるだろうか」

「かなり難しそうだけれど、考えてみます。もし水圧で板が割れて、何枚かが流されたとしても、寸法を揃えておけば補充しやすいし、悪くない方法だと思います」

「いいな。そうしよう。でも、もうひとつ、気になっていることがあるんだが」

「何ですか」

「児島組の石工たちは、こんな遠くまで来てくれるだろうか」

基三郎は白い歯を見せて笑った。

「来ますよ。ほかならぬ南さんの普請なんだから。蝦夷地だろうが琉球《りゅうきゅう》だろうが、どこでも行きますって」

南も、つられて笑った。

「そうか。それなら、ありがたい。時期が決まったら、改めて知らせるから、こちらに来る準備はしておいてくれ」

「わかりました。俺は、この辺の石切り場をまわって、使えそうな石材を探してから、いったん九州に帰ります」

「そうだな。石材も、この辺りで調達できれば、なお助かる」

南にとって故郷の仲間は、だれよりも頼りがいのある存在だった。

それから南は会津盆地に向かい、村々の戸長を訪ね歩いた。だが川底を掘り下げて旱魃を防ぐという話をしても、聞く耳を持たない。

「そんなまやかし、だれが信じるものか。郡山側に水をやって、こっちが涸れたら、どうすんだ？」

戸長たちはたがいに結束し、こちらには、ぜったいになびかないと取り決めていた。

南は懸命に説明した。

「水門を閉じて、湖面を一尺、上げるだけでも、百万石の百倍もの水が用意できるんです。かならず会津と郡山、両方向に流せます」

「そんな、でかい話で煙に巻いて、誤魔化《ごまか》そうったって信じねえぞ。それでも普請を始めるっていうんなら、一揆だッ。会津の乱だッ」

それでも南は村々を訪ね歩き続けたが、いつしか鍬《くわ》や鋤《すき》を担いだ若者たちが筵旗を掲げて、ぞろぞろと後をついてくるようになった。

南は振り返って言った。

「一揆なんかやめろ。ヤアヤア一揆のときは上手くいったかもしれないが、今度は政府軍が駆けつけて、たちまち蹴散らされて、首謀者は処刑されるぞ。佐賀の乱や西南戦争の結果を見ろ」

不平士族の乱が失敗に終わったことは、今や広く知られている。

先頭の若者が肩をすくめた。

「おらたちは一揆なんかしねえ。たまたま、こっちの方向に用があって、歩いているだけだ」

「じゃあ、一揆は、やらないんだな」

「それは、あんたらの出方次第だべ」

　お手上げ状態だった。

　万策つき果てた思いで、南が郡山に戻ると、中條が現れた。古風な顔をこわばらせて言う。

「南さん、実は、うちの県令が大久保公に会うために、東京へ行くことになったんだ」

　福島県令は山吉盛典《やまよしもりすけ》といって、もともとは中條と同郷の米沢藩士だった。

　南は目を輝かせた。

「へえ、いい話じゃないか。奈良原さんから大久保公には、もう会津行きをお願いしているけれど、県からも依頼すれば磐石《ばんじゃく》だ」

　今や中條とは懇意であり、たがいに気楽な言葉づかいになっている。

　だが中條は顔をこわばらせたままで言う。

「そうはいかないんだ。山吉県令は、疏水開削を中止しようという腹なんだ」

　南は思わず聞き返した。

「中止？　今さら？」

「一揆とか乱とかが起きたら、県の責任になるから、今のうちに白紙に戻そうっていうのが、山吉県令の考えだ。頑固者で、いったん言い出すと、手がつけられない」

かつて小林が何度も陳情して、ようやく福島県に賛同してもらえたことがある。しかし、そのときの県令は、すでに異動しており、今の山吉は着任当初から、疏水の開削には後ろ向きだったという。

南は会ったことがないが、仙次郎が「頑固者」と評する中條が、「頑固者」と言う相手だから、そうとうな県令かもしれなかった。

「山吉県令は疏水どころか、士族授産そのものに反対なんだ。いくら原野を開拓したところで、その恩恵にあずかれる人数など、たかが知れていると言うんだ。そんな限られた士族を、なぜ特別扱いしなければならないのかと」

南は舌打ちしたい思いがした。まったく大久保の夢から、かけ離れた考え方だった。まして次から次へと壁が立ちふさがる。目の前の中條を含め、あくの強い男たちが次々と現れて、勝手なことを言い立てる。

今度は福島県令とは。もう、いい加減にしてくれと叫び出したい。でも今、文句を言っても、どうにもならない。すでに巨大事業は動き出しており、後戻りなどできないのだ。

南は、ひとつの案をひねり出した。

「中條さん、山吉県令は、福島から奥州街道で東京に向かう際に、郡山を通るよな？」

「もちろん通る」

「いつ来るだろう」

「明日か明後日《あさって》にでも来るんじゃないか」

「そうか。そうしたら私が県令に話してみる。大久保公は決して、この計画を白紙に戻したりはしない」

予想通り翌日には、山吉が騎馬で従者を引き連れて現れ、郡山の宿屋に入った。知らせを受けて、すぐに南は宿を訪ねた。

山吉盛典は頑固者と聞いていたが、意外にも女性的な風貌の美男だった。ただ、責任を気にするだけあって、眉間に深いしわを刻んでおり、神経質そうだった。

南は一対一の席を設けてもらい、さっそく切り出した。

「大久保公みずから会津入りしていただけるよう、ぜひ山吉県令からも、ご依頼ください。地元を説得するには、それなりの権威が必要なので」

だが山吉は眉間のしわを、もっと深めて言う。

「いや、私は疏水計画は、もう中止した方がいいと思っています」

「一揆が起きると、県として責任を取れないと、お考えですか」

「それもありますね」

「だとしたら、その理由は、かえって大久保公のお耳には入れない方が、よろしいいかと」

「なぜです？」

「一揆が心配で、計画を断念するなどと申し上げたら、お叱りを受けるかもしれません。疏水計画に関しては、たいへん強い意志を、お持ちですので」

大久保は内乱を嫌うだけに、むしろ山吉に理解を示す可能性も、ないではない。しかし南は話を盛った。

「お叱りを受けると厄介です」

山吉は黙り込んだ。南は、もうひと押しした。

「とにかく大久保公に来ていただいて、ご本人の判断に任せられては、いかがでしょうか。そうすれば、万が一、一揆が起きても、県は責任を問われません」

山吉の憂い顔が少し改まった。責任回避できると聞いて、ほっとしたらしい。

「そうですね。それがいい。そうしましょう」

頑固と聞いていたが、案外、あっけなく説得ができて、意外だった。ただ、ついさっき聞いた言葉が、少し気になった。

「さきほど、それもありますと仰せでしたが、ほかにも中止したい理由が、あるのですか」

山吉は眉間のしわを、ふたたび深くして応えた。

「私は福島県令に着任した当初、安積原野の開拓は無謀だと思いました。でも小林久敬という商家の隠居から、安積と須賀川の両方向に分水する計画を聞いて、考えを改めたのです。それが実現すれば、米の生産量が増大し、国も県も豊かになります。それなら一部士族への特別扱いではなくなります。なのに県庁内に分水に猛反対する者がいて、そのうえ一揆の懸念もあって、結局、やめた方がいいと、私は結論づけたのです」

南は合点できた。県庁内の猛反対というのは中條だ。小林の案を採用するか否かで、おそらく山吉と中條とが対立し、それがこじれにこじれて、中止という判断に至ったにちがいなかった。

「そうでしたか。そういうことなら、県令のお考え通りに、大久保公に申し上げれば、よろしいかと思います。いずれにせよ、大久保公に来ていただくのが先決です」

「わかりました。上京して、そう言上《ごんじょう》してきましょう」

南は、よかったと思う反面、子供の喧嘩ではあるまいしと腹も立つ。

改めて痛感した。この大事業の最大の難関は、工事そのものではなくて、人間関係なのだと。それぞれが勝手を主張する人々を、どうまとめていくか。それが自分に課せられた役目だった。

翌朝、東京に向かう山吉一行を見送ってから、奥州街道の道端に立ったまま、中條に結果を伝えた。

「山吉県令が、どう言上しようと、大久保公は、須賀川への分水には賛同されないと思う。安積原野の開拓が進んでいるからこそ、安積に水を引こうと決められたのだから」

中條は両手をズボンのポケットに突っ込んで、空を見上げた。

「南さんは、やり方が上手いよな」

「それは嫌味か」

「いや、本気で感心してる」

視線を足元に落として、自嘲的に言った。

「俺は山吉県令に嫌われてるんだ」

南は前から気づいていたが、ただ「そうか」とだけ言った。

「あの人は岩倉《いわくら》使節団でアメリカに行ったことがあるんだ。もともと頑固で昔気質《むかしかたぎ》だったから、少しは頭を柔らかくさせようっていう、周囲の思惑があったのさ。そのときに大久保公とも知り合ったんだ。でも、わざわざアメリカまで行かせてもらったのに、途中で帰ってきやがった」

山吉は「自分のような英語もわからない頑固者に、貴重な金をかけるのは無駄だ」と言い放って、途中帰国したという。

「百人もいた使節団の中で、そんな変わり者は山吉だけさ。大久保公みたいに、ちゃんとアメリカの開拓を見てくれればよかったんだ」

　中條は舌打ちせんばかりに言い立てる。

「南さんは、山吉県令はもちろん、あの小林とでさえ上手く合わせられる。俺には、できないことだ。なんで、そんなに上手く立ちまわれるんだ？　さほど器用にも見えないのに」

「そんなに上手くもないさ」

「いや、上手い。秘訣《ひけつ》は何なんだ？」

「強《し》いていえば、我慢するからかな」

「我慢なんか、俺だって嫌というほどしてるさ」

「じゃあ、人の話を聞くからかもしれない。若いころは、それこそ小林さんみたいに強引だったんだ」

「へえ、信じられないな」

　中條は頰を緩めた。

「正直、南さんは自信なさげだし、あんまり主張しないから、頼りなく見えることもあるけれど、黙ってる間に考えてるのかな」

「自信がないのは事実だ。いつだって不安や迷いを抱えてる」

「迷ってるから黙っているのか。俺は思いついたら、すぐに口に出すから駄目なんだな」

「駄目だと思うなら、改めたらいいじゃないか」

「それができないから困ってる。もう三十七だし」

「私より五つも若い。本気で変わろうと思えば、いくつからでも変われるさ。強引だった私が変われたんだから」

「そうかな」

中條は足元の小石を、軽く蹴飛ばした。

「それにしても、南さんも苦労だよな。工事が始まる前に、これほど面倒があろうとは、思っていなかっただろう」

「そうだな。でも工事が始まったら、それぞれに割り振ればいいんだから、工事前の面倒こそが、私の仕事だ」

南が中條と、まるで幼馴染みか何かのように、忌憚《きたん》なく話ができるのは、安積開拓という志を同じくしているからだった。

癖のある男たちは、まだまだ現れるにちがいない。でも志が同じである限り、中條と同じように、上手くやっていかれると信じた。

山吉が東京に行ったのが五月上旬で、そろそろ大久保と会って帰ってくるころだった。

南が出がけで、ちょうど玄関にいたところに、小林久敬の甲高い声が、外から聞こえてきた。

「南さん、南さん、一大事だッ」

南が玄関から出ると、小林は血相を変えて、人力車から降りてくるところだった。何かの紙束をつかんでいる。

自分の問屋場の車を、須賀川から駆け通させたらしい。引き手は汗だくで、肩を大きく上下させながら、地面に座り込んでいる。

「こ、こ、これを」

よほど慌てているのか、小林は上手く言葉が出ない。紙束の中から一枚を差し出す。どうやら絵入りの瓦版らしかった。

「つ、ついさっき、東京から、うちの店に届いたんです」

受け取ったとたんに、南の目は絵の上に並ぶ文字に釘づけになった。そこには「大久保公ノ暗殺」と大書されていたのだ。

絵は二頭立ての馬車に、数人の男たちが襲いかかる情景が描かれている。馬車に乗っているのが大久保利通だった。

絵の下に並ぶ文章を、南は食い入るように読んだ。

五月十四日の朝、大久保は馬車で参内《さんだい》する途中、紀尾井坂《きおいざか》で六人の士族に襲われ、その場で絶命したという。六人は斬奸状《ざんかんじょう》を持っていたが、内容については調査中と書かれている。

南は何度も「大久保公ノ暗殺」という文字を目でたどった。全身がふるえる。信じがたい思いで、小林に食らいつくようにして聞いた。

「この瓦版は、信用できるんですかッ」

小林は残りの束を突き出して答えた。

「できます。うちじゃ、売り出されるたびに、まとめて届けさせてるくらいですから。この版元は確かです。下手な新聞より早いし、内容に間違いはありません」

南の頭の中に、さまざまな思いが駆けめぐる。

大久保利通が死んだ。これからどうなるのか。安積開拓は。疏水計画は。会津の説得は、どうすればいいのか。山吉県令は会えたのか。衝撃のあまり、哀《かな》しみすら湧かなかった。

第四章　武断派の覚悟

東京に戻っていた奈良原から、南宛《あて》に、即刻上京を命じる速達郵便が届いた。急いで出向くと、奈良原が青い顔で迎えた。

「南くん、まずいんだ。疏水計画を中止しようという動きがある」

南は眉をひそめた。

「今さら中止なんて、もしかして山吉県令の意見が通ったんですか」

「いや、そうではない。出どころは大蔵省だ。こっちの話も聞かずに、小役人から頭ごなしに言い渡された」

「でも、すでに決定している計画ですよ」

「その通りだ。だが大久保どんを襲った連中が、斬奸状を持っていて、箇条書きの中に、無駄な土木工事をやめろという項目があったらしい」

南は気色ばんだ。

「断じて無駄ではありません」

「そんなことは、私だって百も承知だ。だが向こうが聞く耳を持たんのだ。こっちも腹が立ってきて、話にならん」

大蔵省の役人と口論になったらしい。

「とにかく下っ端など相手にせず、お歴々に集まってもらって、計画の続行を認めてもらうしかない。そのために君に来てもらったのだ」

そう言いながら、一枚の書付を差し出した。岩倉具視《ともみ》や伊藤博文《いとうひろぶみ》、大隈重信《おおくましげのぶ》など政府重鎮の名前が並んでいる。

「それぞれの都合を聞いて、会合の日時を決めてくれ。今は大久保どんの急死で、だれもが大わらわだ。全員の都合がつく日は、なかなかなかろうが、一日も早く頼む」

都合を聞きがてら、意見も内々に探って欲しいという。

「いちばんの難関は、大蔵卿の大隈重信どのだ。旧佐賀藩士で、前から大久保どんとは、何かと反りが合わなかった。計画中止が彼の腹から出ているのは疑いない」

奈良原は書付の名前を指さす。

「工部卿の伊藤博文どのは、五年前の岩倉使節団で一緒になって以来、大久保どんとは親しかった。だが長州藩閥を率いる身だから、疏水計画を薩摩系と見なして、背を向けるかもしれん」

南は居並ぶ名前を見て、不審に思った。旧薩摩藩士がいないのだ。

「薩摩の方々には、都合を聞かなくて、いいのですか。たとえば松方さんとか」

八の字髭の松方正義は、水車小屋で暮らしていた南を、東京に呼んでくれた。それだけに計画続行を強く推すのは疑いない。

奈良原は鼻から大きく息をはいた。

「松方どんは去年から渡欧していて、今ごろはパリだ。まったく、こういう大事なときに役に立たん。それに薩摩人には、大久保どん以外に、たいして大物がおらんのだ」

各省庁の二番手の補佐役や、各地の県令程度が多いという。

「前から計画に理解を示していたのは岩倉どのだ。岩倉使節団以前から、大久保どんの力を高く評価していた。だが大久保どん亡き今、どこまで味方してくれるかは、わからん」

奈良原は、そこまで言い切ると、一瞬、目元を拭った。だれよりも大久保利通を敬愛していただけに、その死は、とてつもない衝撃にちがいない。なのに今は哀しみにひたる暇もないのだ。

そして、きっぱりと言った。

「南くん、とにかく会議の日程調整を頼む。当日の説明は、私がやる。命をかけて計画を続行させる」

厳しい表情からは、楽天家の一面は消えていた。

政府内はてんやわんやで、日程調整は難航したが、なんとか全員が円卓につくことができた。

まず大蔵卿の大隈重信が、への字に大きく曲がった口を、おもむろに開いた。

「政府には多額の借金がある。今まで内務卿が個人で保証して、銀行から借りていたものだ。さすがに、これを大久保家に負わせることはできない。内務卿は私的な蓄財には背を向けており、遺産らしい遺産は残さなかった。そんな清廉潔白な態度は評価したい」

南を含め、ほとんどの出席者には初耳のことで、意外そうに顔を見合わせる。

「だからといって、国家に多額の借金を残されても困る。金の使い道の筆頭は、反乱鎮圧の軍事費だったが、安積開拓のためにも巨額の借り入れが決まっていた。その保証人がいなくなったのだから、疏水の大計画は白紙に戻すしかない」

大隈は大久保利通よりも、なお上背があり、堂々たる体格だ。それが重々しく主張すると、だれにも反論できない。

ただ奈良原が椅子から立ち上がり、武術家らしい鋭い目で、一同を見まわした。

「議論に入る前に、少し時間をいただきたい。私の自己紹介を、させてもらいたいのです」

意外な申し出で、とっさに反対は出なかった。奈良原は立ったまま話し始めた。

「皆さんは、幕末の寺田屋《てらだや》事件を、ご存知でしょうか。薩摩藩士同士で、壮絶な斬り合いになった事件です。京都伏見《ふしみ》にある船宿の寺田屋に、藩の命令に従わない藩士たちが集まっていたので、彼らを襲撃せよという藩命を、私は八人の仲間とともに受けました。そして現場におもむき、よく知る同僚を斬り殺しました。そのとき二階にいた者たちが、階段を駆け下りてきたので、私は血刀を捨て、階段の下に立ちはだかって叫びました。これは藩命であり、詳しいことは、上に聞いてくれと。それ以上、同僚の命を奪いたくなかったのです。それで、なんとか騒ぎは収まりました」

南は、奈良原が剣の使い手だとは聞いていたが、有名な寺田屋事件の襲撃側だったとは知らなかった。まして同僚を斬っていたとは。

ほかの出席者も同様らしく、驚いた顔をしている。

「生麦《なまむぎ》事件もご存知でしょう。東海道の生麦の地で、騎馬のイギリス人たちが、わが藩の行列を乱し、その場で手討ちになった事件です。あの殺傷にも、私は加わりました。ほかにも鳥羽《とば》伏見の戦いでも、何人もの命を奪いました」

幕末の名だたる騒動には、ことごとく剣を振るっていた。

「殺生《せっしょう》を繰り返した身であり、この命は、いつ捨てても悔いはありません。でも、こんな乱暴者だからこそ、荒くれ者の多い普請場を、大久保どんは任せてくれたのでしょう」

大久保の話になると、奈良原の言葉が途切れがちになる。

「大久保どんは子供のころから、私の兄貴分であり、上司であり、主従のようでもありました。その遺志を引き継げないなら、私は追腹を切るつもりで、今日、ここに参りました」

南は息を呑んだ。奈良原が手元の風呂敷包みをほどいて、短刀を取り出し、目の前の円卓に置いたのだ。充分に切腹できる長さだった。

あまりの迫力に、場が静まり返る。

しかし大隈重信が、椅子の背に片肘を載せ、煽《あお》り立てるように言った。

「奈良原くん、そうやって計画を、押し通すつもりかね」

奈良原は低い声で応じた。

「その通りです。私には、こんなやり方しか、ないので」

南は先日、奈良原から「命をかけて計画を続行させる」と言われた。それは比喩《ひゆ》ではなかったのだ。

大隈が拳で円卓をたたいた。

「そんな乱暴な脅しには、私は屈しないぞッ」

即座に奈良原が反論した。

「大久保どんを襲った連中は、無駄な土木工事をやめろと、斬奸状に書いたと聞いている。そういう乱暴な脅しには屈するのかッ」

「そうではないッ。保証人がいなくなったから、工事費がなくなったというだけのことだッ」

「金、金と、金のことばかりで、恥ずかしくないのかッ」

武士は金銭への執着を恥とする。だが大隈は負けずに言い返した。

「国庫を預かる大蔵卿が、金のことを言うのは当然ではないかッ」

すると奈良原は無骨な手で、目の前の短刀をつかむなり、素早く鞘《さや》を抜いた。銀色に輝く抜き身が現れる。ネクタイを緩め、シャツのボタンを上から外し始めた。

ここで怯《ひる》む奈良原ではない。今さら大隈も引けない。張り詰める空気の中、ボタンは、ひとつ、またひとつと外されていく。

南は思わず目をつぶった。奈良原が短剣を腹に突き立てるのを、見ていられなかった。

だが次の瞬間、よく通る声が響いた。

「やめろッ」

目を開けると、全員の視線が、岩倉具視の強面《こわもて》に注がれていた。やや太り肉《じし》の身を、少し前のめりにして言う。

「私は、計画を続けてもらいたいと思う」

緊張の空気が一気に和らぐ。詰めていた息が、あちこちからもれた。

しかし大隈は、なおも引かない。

「金がないのに、どうせよと？」

奈良原も真剣の柄《つか》を握ったままだ。

すると岩倉が聞き返した。

「下々から金を集めるという話があっただろう。あれは、どうなった？」

大隈は不機嫌そうに首を横に振った。

「公債の発行ですね。あれは下々から借りるようなものですから、返せなくなったら、国の威信に関わります」

公債は西洋で行われている新しいしくみだが、大久保は積極的に取り入れようとしていたという。

「なに、借りればよいではないか。大久保くんは安積だけでなく、各地で開拓を進めるつもりだった。そうして、あちこちの荒れ地が美田に変われば、日本は豊かになり、政府の増収になって、いずれ借金は返せる。長い目で見てもらいたい」

岩倉は円卓の上で両手を組んだ。

「最初に大久保くんから、今度の大計画を聞いたときに、私は反対した。奥州以外の者どもは、税金の無駄遣いだと反発するだろうし、下手をすれば命を狙われるぞと、警告もした。すると大久保くんは、そんなことは覚悟の上だと言った。それまで彼は何をするにも、命をかけてきたそうだ。幕末の倒幕にも、新政府の諸々《もろもろ》の政策にも。そして彼は最後に、日本を豊かにするために命をかけたのだ」

大きな目を奈良原に向けた。

「今の奈良原くんのふるまいで、大久保くんの覚悟を、改めて思い出した。それほどの信念を持って始めた計画を、今さら、やめるべきではない」

全員を見渡して聞いた。

「どうだろう。この際、大蔵卿に金策を頑張ってもらおうではないか」

パラパラと拍手が起きた。「賛成」の声も、あちこちから上がる。

そのとき伊藤博文が片手をあげた。

「もし帝から、お許しいただけるのであれば、私が大久保どのの遺志を引き継ぎましょう。公債の発行には、私も尽力します」

大隈のへの字口は変わらず、反対するかと思いきや、意外なことに大きくうなずいた。

「もし伊藤どのが内務卿を引き継ぐのなら、私としては大計画続行に、やぶさかではない」

南は、かすかな違和感を覚えた。大隈の態度が急変したように感じたのだ。

大隈と伊藤とは前々から懇意だ。もしかしたら、伊藤が大久保の後釜《あとがま》に名乗り出るために、ふたりで、ひと芝居を打ったのではないか。

奈良原の命がけの交渉に、芝居で応じられたとしたら、きわめて不愉快ではある。でも、たとえそうであったとしても、計画が続行できるのであれば、黙って受け入れるしかない。

岩倉は穏やかな口調で、奈良原に言った。

「奈良原くん、それでよければ、短刀を置いてくれたまえ」

奈良原は肩の力を抜き、つかんでいた短刀を、ようやく円卓に戻した。

会議は計画続行を決議して、散会に至った。いっせいに席を立って出口に向かう。

末席に控えていた南は、奈良原に近づき、目の前にあった抜き身の短刀を鞘に戻した。そして伊藤たちへの疑惑を、心の隅に押し込んで言った。

「大久保公も喜んでおいででしょう」

奈良原は力なく微笑んだが、瞳が潤んでいた。

それは大久保利通の遺志を続けられる嬉し涙か、死を悼《いた》む哀しみの涙か、さもなくば伊藤たちの策に気づいての悔し涙なのか、南には計り知れなかった。

改めて開成館で、国と県の合同会議を開いた。内務省からは奈良原と南、福島県庁からは中條政恒と県令の山吉盛典が出席した。すでに中條も福島から郡山へと居を移している。

会議が始まると、奈良原が東京での重鎮会議の結果を報告した。

「まことに残念なことに、大久保どんは亡くなられた。しかし、その遺志は貫徹することとなった。内務卿の後任は、伊藤博文どのに決まった。ただし大久保どんほどは頼りにはできまい。そうなると会津の説得を、どうするかだ」

奈良原は山吉に話を振った。

「山吉県令は、生前の大久保どんに会えたのだろう。まずは、そのときの話を聞きたい」

山吉は神妙な様子で話し始めた。

「ご家族以外で、大久保公にお目にかかったのは、私が最後になりました」

思い出すだけで緊張するのか、女性的な細面が青ざめていく。

「私は東京に着くなり、大久保公の秘書の方に面会をお願いしたのですが、お忙しくて、なかなか時間を取っていただけませんでした」

ようやく約束できたのが、五月十四日の早朝だったという。その日、大久保は帝に謁見することになっており、その前なら会えると知らせが来たのだった。

指定されたのは早朝六時だったが、五月半ばの夜明けは早い。山吉は前夜から人力車を頼んでおき、約束の時間よりも少し早く、霞ヶ関《かすみがせき》の大久保邸に着いた。

さっそく会津行きを依頼すると、快く引き受けてもらえた。そこで山吉は、須賀川にも分水してはどうかと提案した。大久保は、現地に行ってから決めると答えた。

話が終わって、山吉が帰ろうとすると、大久保は、まだ時間があるからと引き留めた。そして雑談のように気楽な雰囲気で、大事な話をしたという。

「大久保公は明治維新以降を、三つの時期に分けて、日本の国づくりを考えておいででした。まず明治元年から十年までが第一期で、騒乱を収めつつ、政治体制を確立する時期だと仰せでした」

たしかに戊辰戦争以降、不平士族の騒乱が相次いだが、明治十年の西南戦争で一段落ついたところだった。

「ようやく騒乱が収まったので、これから明治二十年までが第二期で、国を豊かにしていくための、基盤づくりの時期とのことでした。猪苗代湖からの引水と安積の大規模開拓は、日本の土木事業の規範になるので、頑張って欲しいと励まされました」

そして明治二十年から三十年までが第三期で、実りを得て、後進を育てる時期にしたいと語ったという。

「私が思うに、そもそも大久保公が開拓というものに興味を持たれた発端は、岩倉使節団での渡米です。途中で帰国してしまった私が、こんな話をするのも、おこがましいばかりですが」

使節のほとんどが、アメリカ東部の工業技術にばかり注目していたが、大久保は西部開拓にも、目を向けていたという。

「アメリカは移民の国で、ヨーロッパで暮らしていかれない人々が、新天地を求めて、次々と大西洋を船で渡ったのです。後発の者の多くは東部の工場で働きましたが、荒野の開拓のために、西へ西へと向かう人々もいました」

工場で下積みを続ける人々にとって、西部に行きさえすれば、次なる新天地が待っているという夢があった。

「新興国であるアメリカが、あれほど急成長できたのは、開拓の夢があったからだと、大久保公は仰せでした。それにアメリカの農家の者たちは、国の食を支えているという誇りを持っており、日本人も夢や誇りを持てば、かならず欧米に追いつけるとも仰せでした」

そんな話をしているうちに、大久保が出かける時間になったため、山吉は一緒に部屋を出た。ちょうど子供たちが学校に行く時間で、玄関は賑《にぎ》やかだったという。

「大久保公は子供たちの間に、笑顔で割って入って、靴を履きながら、ひとりひとりに声をかけ、子供たちも嬉しそうにしていました。意外にも子煩悩で、大久保公が馬車で出かけるのを、子供たちが手を振って見送りました。父上、早く帰っておいでなさいませと、それぞれが可愛い声で言いながら」

山吉は声を詰まらせた。

「でも大久保公は、それきり帰ってこなかったのです。あれほど慕っていた父親を殺されて、あの頑是《がんぜ》ない子供たちは、どれほど」

それ以上は言葉が続かない。

奈良原も声を潤ませる。

「ご家族も気の毒だが、大久保どんは」

ひとつ息をついてから続けた。

「大久保どんは、大きな展望を持って、日本を率いようとしていたのだ。それなのに志なかばで命を奪われ、さぞや無念だっただろう」

暗殺を知って以来、南は初めて涙がこぼれた。

大久保利通は馬車の中で、いったい何を考えていたのだろうか。山吉と会った後だけに、改めて疏水の夢を見ていたかもしれない。死の直前まで、南たちの仕事ぶりに期待していたのではないか。

もういちど奈良原が潤んだ声で言った。

「大久保どんが、第二期の規範として期待してくれたのだから、われらは力を合わせ、なんとしても立派な疏水を完成せねばならん」

背筋を伸ばし、口調を改めた。

「当面の問題は会津だ。どうか忌憚のない意見を述べてくれ。どんな案でもいい。そこから道が見えてくるかもしれん」

その件は南にも、ずっと気がかりだった。どうすべきか考え続け、ひとつの案をひねり出していた。それを思いきって口にした。

「どなたか土木専門の御雇外国人を、こちらに呼んでいただけないでしょうか」

奈良原は首を左右に振った。

「この事業は日本人だけで成し遂げるというのが、大久保どんの遺志だ。それに御雇外国人は、おそろしく高給だ。雇うほどの金はない」

南は食い下がった。

「いいえ、技術指導を仰ぐわけではなく、長く雇う必要もありません。ただ、こちらで疏水の経路について、いくつか候補を用意しておいて、どれにするか決定してもらいたいのです。それと会津の説得にも、力を貸して欲しいのです」

かつて南は長崎に行った際に、眼鏡橋にしか興味がなく、ろくに町は見物しなかった。しかし一点だけ、印象に残ったことがあった。

貿易商の西洋人たちだ。上背があり、鼻が高く、近寄るのも少し怖かった。慣れぬせいかとも思ったが、昔から西洋人慣れした長崎の人々でも、襟を正す態度だった。体格の差なのか、どうしても畏敬がつきまとう。

そんな日本人の性格を利用しようと、南は思いついたのだ。

会津の説明会に、西洋人の土木専門家を呼んで、威厳をもって説明してもらう。そうすれば反対する者も、耳を傾けざるを得なくなる。内容を理解さえすれば、文句は出ないはずだった。疏水の経路も決められるし、人々の不安も取り除ける。

南は力説した。

「短期間でも御雇外国人を呼んだりしたら、この事業の手柄は、彼のものになってしまうかもしれません。そうなったら亡き大久保公が望まれたように、国の内外に日本人の力を示すのは、難しくなるでしょう。でも日本人が複数の計画案を用意したという事実は、いつか、かならず理解されます」

奈良原は、また腕を組んで考え込んでしまった。明らかに迷っている様子であり、南は、もうひと押しした。

「とにかく今は、ほかに方法がありません。計画を進めることが大事です。大久保公は『不明な点が出てきたら、御雇外国人に聞く程度は、かまいません』とも仰せでした」

「そうか」

奈良原は腕をほどいた。

「ならば、東京で適当な御雇外国人を探してみよう。ただな」

「ただ?」

「山田寅吉《やまだとらきち》という留学生の帰国が遅れている。フランスで土木の勉強をしている若者だ。大久保どんが推していただろう」

大久保から聞いて以来、南は帰国を待ちわびていた。

「問題は山田なしで、複数の計画案を用意できるか、だ」

南は聞き返した。

「帰国は、いつごろになりそうですか」

「はっきりしない。今年、パリで万国博覧会が開かれており、日本からも出展している。ちょうどパリにいた松方どんが、現地で山田と会ったそうだが、かなり優秀らしい。しかし彼の帰国まで、決定を延ばすわけにはいかない」

「それでは」

南は躊躇《ちゆうちよ》せずに言った。

「須賀川の小林氏の調査結果を用いては、どうでしょうか。複数の経路を、かなり詳細に測量していますし、精度も高そうです。それを御雇外国人に検証してもらいましょう」

きっと中條が反対すると予想できたが、その通りの反応だった。

「いや、あの男を信用するのは、いかがなものかと思います。しょせん商家の隠居の道楽ですし」

するとするとが気色ばんだ。

「道楽とは何だ？　道楽とは。君は彼が調査した数字を、きちんと見たことがあるのかね」

「あいつは須賀川に水を引きたいだけです。そんな手前勝手な調査なんか」

「見たことがあるかと聞いているんだ。それを答えよ」

「隠してしまって、見せやしませんよ。ひとりで抱えてばかりで」

「見ていなくて、よくぞ、そんなことが言えるものだ」

「見なくたって、わかりますよ」

県の上司と部下で激しい口論になった。

「やめろッ」

奈良原が、いつもの迫力で一喝した。

「仲間内で揉めている場合ではない」

場が静まったのを見極めてから、奈良原は聞いた。

「県から測量掛を出せるかね」

山吉が落ち着きを取り戻して、細面をうなずかせた。

「もちろん出せます。優秀な者が何人もいます」

「では小林とやらの調査結果を、急いで県の測量掛に確認させよう。要所要所だけでいい。それなら時間が短縮できるだろう。南くん、それでいいかね」

民間の案をもとに、国からは御雇外国人を出し、県からは測量掛を出す。国と県の協力体制を意識した妙案だった。

「大丈夫だと思います。どの経路を選ぶかは、御雇外国人に任せるということで」

山吉と中條の喧嘩の大元も棚上げした。

あとは小林が素直に記録帳を見せるかどうかだ。しかし、こうなったら是が非でも、数値を提供してもらわなければならなかった。


翌日、南は須賀川の問屋場まで足を運んだ。そこは郡山の阿部茂兵衛の店にも負けない大店《おおだな》だった。

店奥の離れの隠居所で、南は小林久敬を口説いた。

「私は小林さんの努力を、埋もれさせたくないんです」

小林は不満げに言い返した。

「あんたのことは悪く思っちゃいない。だから大久保公の事件の瓦版だって、真っ先に届けたんだ。でも、前に開成館で中條たちが、わしを笑い者にしたのを、忘れちゃいませんかね。奈良原ってやつも、偉そうにしやがって」

南は小さな溜息をついた。

「こういう言い方は失礼だけれど、小林さんが嘲笑されたのは、あれが初めてではないのでしょう。それでも諦めずに頑張ってきたのは、疏水を掘るためじゃないんですか」

小林は、ぷいと横を向いた。

「小林さん、あなたが測量の結果を見せない限り、どの経路も候補にさえならないんです。蓑卉峠越えを含めて」

「じゃあ、今、この場で決めてくださいよ。疏水は蓑卉峠を通すって。安積から須賀川にも分水するって。そうすりゃ、わしだって」

「待ってください」

南は強引に言葉をさえぎった。

「前にも言いましたが、私には決める権限などありません。本来は大久保公に判断していただくべきことでした。それを代わりに、御雇外国人に託すんです。小林さんの案は通るかもしれないし、通らないかもしれない。今の私に言えるのは、それだけです」

小林は横を向いたまま黙っている。南は我慢の限界を超えそうだった。

「小林さん、私は、自分が温厚な人間だと自負しています。でも、いつまでも、あなたの機嫌を取り続けるつもりはありません」

小林は少し慌てた様子で聞いた。

「ど、どうするつもりだ?」

「どうしても協力してもらえないなら、諦めます。大急ぎで要所要所の測量をして、御雇外国人に経路の決定を仰ぐ。そういうことになるでしょう」

　小林は鼻先で笑った。

「それができるなら、最初から、そうすればいいじゃないか」

「でも、そうすると、小林さんの努力は、いっさい日の目を見ないことになります。私は、それが惜しいんです」

　南は、ひとつ息をついてから続けた。

「わかっているでしょうけれど、小林さんの知恵を借りることに、反対の意見もありました。でも私は、それを押しのけて、今日、ここに来たんです。あの記録帳に記《しる》した熱意と努力を、死蔵させたくなくて」

　なおも返事がない。

　それからも説得を続けたが、小林はかたくなだった。もはや見切りをつけるしかない。

「残念ですが、測量は、こちらで一からやり直します。でも疏水は、かならず完成させます。どうか、見守っていてください」

　勢いよく立ち上がって、離れの縁側で靴を履いた。それから沓脱石《くつぬぎいし》の上に立って振り返った。

「世話になりました。もう、会うことはないでしょう」

小林は返事もせず、こちらに背を向けてしまった。南は深く落胆し、店の通り庭を経由して、奥州街道に出た。

北に向かって足早に歩く。御雇外国人が来るまでに、どこまで測量を進められるか。もう頭は、その対策でいっぱいだった。

須賀川の町外れまで来たときだった。背後から大声で呼びかけられた。

「南さん、南さん、待ってください」

振り返ると、小林の問屋場の人力車の引き手だった。もしや小林が追いかけてきたかと、胸が高なった。

だが、よく見ると、人力車は空だった。一瞬、期待しただけに、落胆が大きい。

引き手は追いつくと、息を弾ませて言った。

「南さん、乗ってください。旦那が『郡山まで送って差し上げろ』って」

南は首を横に振った。

「それには及ばない。歩いていかれる」

こんなことで機嫌を取ろうとするのかと、なおさらがっかりした。

だが引き手は真剣な眼差《まなざ》しで言う。

「乗ってもらわないと、俺が困るんです。旦那がクビにするって」

そのとき南は気づいた。人力車の座席に、無造作に帳面が置かれていることに。飛びついてつかみ、急いで中を開いてみた。

山の絵や細かい文字が並んでいる。紛れもなく、小林が生涯をかけた記録帳だった。

気がつくと、手がふるえていた。

帳面を閉じて言った。

「わかった。乗せてもらう」

引き手が据えた踏み台に足をかけて、座席に飛び乗った。すぐに走り出す。

もういちど開いてみると、あちこちの標高が記されている。案の定、中山峠の方が、萋卉峠や三森峠よりも、はるかに低い。だからこそ小林は見せたくなかったのだ。

記録帳をめくっていくうちに、安積原野だけに配水した場合と、須賀川方面にも水を通した場合の比較も書かれていた。たしかに米の出来高が倍も違う。

裏表紙の前には、巻き紙を張り合わせた大型絵図も、たたんで挟んであった。

ひとり言が口からもれた。

「小林さんらしいな。こんな形で渡すなんて」

軽やかに走る人力車の上で、南は須賀川の西に目を向けた。安積原野と地続きの高台が、ゆったりとした起伏で横たわっている。

できることなら、そちらにも水を通してやりたい。小林の切なる願いをかなえてやりたい。南は記録帳をつかんで、そう思った。

ほどなくして福島県庁から測量掛がふたり、郡山へやって来た。実直そうな若者たちで、南は要所要所を一緒に測量して歩いた。

さすがに小林の記録帳は正確で、訂正すべき点はほとんどなく、測量掛たちを驚かせた。

東京に帰った奈良原からは、オランダ人の御雇外国人に依頼できそうだと、連絡が来た。オランダは国土が海面よりも低い場所があり、西洋でも土木の先進国だった。

ただし、こちらに来られるのは十月か十一月になりそうだという。それも滞在できるのは、一週間以内と限定された。

オランダ人が理解しやすいように、小林の尺貫法の記載を、メートルに換算し直した。それによると中山峠の標高は五百二十五メートルで、萋卉峠は八百メートルだった。

ともかく御雇外国人が来るまでには、小林の記録帳の確認を終えておく。それが当面の課題だった。

慌ただしく夏が過ぎていく中で、仙次郎が朝から南の家を訪ねてきた。

「南さん、まずいんだ。昨日の夜、また女衒が、うちの村の娘たちを値踏みに来たんだ」

今年は空梅雨で、ろくに稲が育っていない。秋の実りは、今年も期待できそうになかった。

「筋の悪い金を借りたのが、そもそもの間違いだったんだけど、借金取りも一緒に来て、九月いっぱいで金を返さなきゃ、娘を連れていくって凄むんだ。それで、あちこちの家で泣いてる。多恵のとこじゃ、継母が、すっかりその気なんだ」

仙次郎は遠慮がちに聞く。

「南さん、それで相談なんだけど、それまでに、まとまった手間賃が入る仕事は、ないかな」

南は考え込んだ。

「九月いっぱいか」

着工は、早くても御雇外国人が来た後になるし、それまでに手間賃を出せる仕事はない。だいいち多恵ひとりを助ければいいわけではない。桑野村の何人もの娘たちが、連れ去られようとしているのだ。

「開成社は金を出してくれないのか」

南が聞くと、仙次郎は力なく首を横に振った。

「もう、さんざん借りてるし、これ以上は無理なんだ。あいつら、何より金にうるさいし」

商人に頭を下げるのが、嫌そうだった。

「わかった。それじゃあ、私から頼んでみよう。もう少ししたら、工事が始まるのだから、それまで、もういちどだけ貸してもらえるように」

急いで阿部茂兵衛の店に出かけた。

街道沿いの大きな町家には、相変わらず生糸を担いだ男たちが出入りしている。繭や生糸の取り次ぎは、ますます繁盛している様子だった。

顔見知りの手代が、奥に案内してくれた。阿部は初めて会ったときと同じように、渋い色合いの紬を着て、算盤を弾いていた。

南は桑野村の窮状を訴えた。

「どうか、もういちどだけ、村人たちを助けてもらえませんか」

阿部は黒々とした眉を寄せた。

「たちの悪い借金取りが来ているのも知っていますし、助けてやりたいのは山々なんですが、うちの店も、いっぱいいっぱいなんですよ。今月、秋繭を仕入れるための金が残ってるだけで、びた一文だって余裕はないんです。開成社の仲間の店も、どこも同じです」

「でも娘たちが売られたら、女手がなくなって、生糸の糸繰りができなくなります。開成社は製糸場を建てるという目標を持っているはずです。たとえ、それが完成しても、工女のなり手がいなければ、困るじゃないですか」

「それも、わかってます。だから今まで金を出してきたんです。でも、ない袖は振れないんですよ」

「じゃあ、申し訳ないけれど、銀行から借りてくれませんか。疏水ができたら、かならず返せるんですから」

「銀行からだって、とっくに借りてます。それに大久保さまが亡くなって、銀行は怪しんでるんですよ。本当に疏水ができるのかと」

南は驚いた。大久保の死が、こんなところにまで影響を及ぼそうとは。

だが気を取り直して言った。

「それなら私が説明に行きます。ぜったいに疏水は完成すると。阿部さんと取引があるのは、福島の城下町にある第六国立銀行ですか」

阿部がうなずくのを見極めるなり、南は外に飛び出した。

店の前では、仙次郎が心配顔で待っていた。南は歩きながら早口で言った。

「これから福島の銀行まで行く。その前に中條さんに会う。今なら開成館にいるはずだ。仙次郎も、ついて来い」

「ええ？　中條は苦手だな」

「ぐずぐず言うな。惚れた娘が売られてもいいのか」

仙次郎は表情を引き締めて、ついて来た。

南は仙次郎と一緒に、開成館に飛び込んだ。帝の宿舎になった瀟洒な建物は、今や工事の準備拠点になり、大勢が出入りしている。

児島組の石工たちは、十六橋水門の雛形《ひながた》を作るかたわら、必要な石材の量を算出していた。石切場との交渉に、出かけようとしていた者もいる。

ほかにも水路掘りや隧道掘りを請け負う組も来ており、技師たちと打ち合わせながら、必要な資材などの相談をしていた。

測量掛の人数も増えており、毎日、手分けして出かけている。もう南は同行しなくても、小林の記録帳の数値は、着々と確認されていた。

それぞれの部署の責任者たちは、南を認めるなり、次々と駆け寄って書類を差し出す。南は立ったまま目を通し、片端から署名した。

それから二階にいた中條に、事情を打ち明けて頼んだ。

「福島の銀行まで一緒に来てくれないか。私じゃ顔を知られていないから、信用してもらえないし」

中條のような県庁の役人なら、地元の銀行に顔が利くはずだった。

だが中條は仙次郎を見て、肩をすくめた。

「こんな生意気な若造のために、わざわざ福島まで行くのか。俺だって忙しいんだぞ」

机の上の書類束を見せつける。中條は安積原野への新しい入植者を募っていた。

仙次郎が、むきになって言い返す。

「あんたは、これ以上、入植者を増やして、どうしたいんだ？　苦しむだけだ。俺たちが、どれほど」

「やめろ、仙次郎」

南は途中で制したが、中條は顎を上げて応じた。

「疏水ができてから、入植するんじゃ遅いんだよ。先に原野を切り開いて、田畑を作っておいて、そこに水を注ぐ。そんなの当たり前だろう」

中條は南にも、煽り立てるように言う。

「だいたい南さんも南さんだ。あんな隠居の道楽を、ありがたそうに用いるなんて」

腹が立って、思わず声が高まる。

「それとこれとは別の話だろう」

しかし、ここで小林の測量について、言い合っている暇はない。声を落として言った。

「中條さん、金のことは、仙次郎ひとりの問題じゃないんだ。桑野村の娘たちは、いずれ製糸場の働き手になるんだろう。いなくなってもいいのか。開拓は疏水だけ造ればすむわけじゃない。大事なのは人だ」

また声が高まる。

「我慢するのが秘訣だって、前に話したよな。ここは我慢して、どうか付き合ってくれ」

中條は聞こえよがしに舌打ちしたものの、結局は勢いよく立ち上がった。

三人で奥州街道を足早に北上し、福島の城下町を目指した。

第六国立銀行では、けんもほろろだった。

「開成社さんには、もうずいぶん、お貸ししているんですよ。それに大久保さまが亡くなって、本当に疏水ができるものか、怪しくなりましたし」

南は真剣に話した。

「大久保公の遺志は、かならず貫徹します。この秋には御雇外国人が手を貸してくれるんです。それほど政府は力を入れています」

銀行は首を縦に振らなかった。その代わり、耳よりな話を教えてくれた。

「吉野周太郎《よしのしゆうたろう》さんのところに行ってみたら、どうですか。まだ内々の話ですけれど、近いうちに新しい銀行を始めるらしいですよ」

「福島にですか」

「そうです。県内の養蚕が上向きなので」

銀行を出るなり、中條が自慢げに言う。

「新銀行ができるほど、養蚕には将来性があるってわけだ。桑野村を創った俺の目に、狂いはなかったな」

　仙次郎が口をはさんだ。

「でも、さっきの人、新しい銀行なんか商売敵になるから、危なっかしい開成社を押しつけようって、魂胆じゃないのかな」

　中條が切長の目をむいた。

「なんだとお？」

　南は仙次郎をたしなめた。

「余計なことを言うな。とにかく吉野周太郎という人を訪ねてみよう」

　吉野の住まいは、福島城の北に位置する大きな町家だった。吉野は面長に立派な口髭を生やし、年嵩《としかさ》に見せてはいるが、かなり若そうだった。

　南は、これまでの経緯を丁寧に説明した。

　まず中條が開拓を計画し、仙次郎ら旧二本松藩士が入植した。それから阿部たちが開成社を結成して、貯水池を利用した稲作に着手した。

　同じころ福島県令の山吉が、須賀川の小林が作った計画案に注目した。南自身は奥州一円を調査した結果、安積原野を開拓地として選択し、大久保利通が計画実行を決断した。

奈良原が総責任者として着任し、これから御雇外国人が来て経路を確定する。事業は大勢の男たちの努力で、準備が進んでいる。

ひとたび工事が始まれば大金が動き、疏水が完成した暁《あかつき》には、稲作と養蚕の両輪で、豊かな村々が続々と増えていく。地域の将来は明るい。

南は吉野周太郎に向かって力説した。

「農業は天気によって不作の年もあります。でも肥えた土地と、涸れない水があれば、かならず豊作の年は来るんです。間違いなく、お金は返せます」

もとが農家だけに自信を持って話せた。

大久保の遺言となった、明治の三期計画についても話した。

「私たちは日本を豊かにするために、その二期目に挑んでいるのです。どうか長い目で見て、手を貸してください」

吉野は黙って聞いていたが、大久保の遺言には心を動かされた様子で、改まって質問した。

「疏水が完成して、確実に返済を始められるまでに、これから何年かかりますか」

南は、ざっと見積もった。

「着工すれば三年で完成し、翌年には米が収穫できます。それまでは利子だけの支払いにしてもらえれば、四年後からは元金を返済できます」

工事が始まれば、村人に手間賃が入る。利子くらいは支払えるはずだった。

「そうですか。実は私も農家の出なので、水のことや稲作のことには、少しは理解があるつもりです。ただ銀行には出資仲間がいるので、相談してみます」

好意的な言葉に、南の期待が高まる。だが吉野は釘を刺した。

「でも出資仲間には、開成社は危機的だと見る者もいますので」

南は大胆にも、もう一歩、踏み込んだ。

「では開成社ではなく、私個人に貸してもらえませんか」

大久保利通が国の借金を、個人で保証していたことを思い出したのだ。

あの場合とは桁が違うものの、桑野村の村人たちに、悪い筋の借金を返させるとなると、それなりの金額になる。でも、ここまで来たら、放ってはおけない。

思い返せば、故郷の広瀬井路から手を引いた後、南は困窮した。家族にも苦労をかけた。今度も多額の借金を背負って、もし返せなくなれば、あれ以上の苦労を家族に強いる。

もしかすると、ひとり娘のツネが、女衒に連れ去られかねない。想像するだけで胸が痛む。でも、その苦労が、今まさに桑野村に襲いかかっている。どうしても見捨てられなかった。

すると、かたわらで聞いていた中條が、勢い込んで言った。

「私にも個人で貸していただきたい」

吉野は微笑んだ。

「わかりました。おふたりの熱意は、仲間に伝えておきます。もしかしたら、おふたりに保証人になっていただいて、開成社に融資という形もあるかもしれません」

「それでも、けっこうですので、ぜひ」

「新銀行についていては、まだ公表はしていないのですが、この町家で営業するつもりです。名称は第百七国立銀行。開業日は今年の十月十五日です。融資できるとしても、それ以降になりますが、大丈夫ですか」

南が振り返ると、仙次郎が小さく首を横に振った。

借金取りの期限は九月いっぱいだ。それまでに金が用意できなければ、娘たちは連れていかれる。

返済期限から銀行の開業日まで半月。そのつなぎ期間を、どう乗りきるか。何の手立ても思いつかなかったが、南は承知した。

「それで、けっこうです」

夜な夜な郡山一の宿屋から、派手な三味線《しゃみせん》と手拍子が聞こえる。濁声《だみごえ》と嬌声《きょうせい》も響く。借金取りと女衒が桑野村に日参し、夜は芸者を揚げて騒いでいた。借金の返済日が近づく中、もう大儲けができるつもりになっていると、街道筋の評判だった。

南たちが今や遅しと、吉野周太郎からの返事を待ちかねていると、ある日、吉野本人が開成館に現れた。

南と中條のみならず、阿部や開成社の人々も、ちょうど開成館に集まっていた。

吉野は顔をこわばらせて口を開いた。

「実は、出資仲間を、説得できませんでした」

一同から落胆の声がもれた。

吉野は申し訳なさそうに言う。

「南さんと中條さんに保証人になっていただく案も、受け入れられませんでした」

中條が食らいつくように聞いた。

「私たちでは不足ですか」

吉野は曖昧に否定した。

「そういう意味ではないのですが」

南は諦めきれず、あの手この手で食い下がったが、結局、説得はできなかった。

そろそろ帰るというので、南は落胆を引きずって、大扉の玄関まで見送りに立った。

阿部が黒眉毛をひそめ、吉野に聞こえないように、南に身を寄せて言った。

「やっぱり、私ら開成社が、第六国立銀行から借りている莫大な金額が、問題になったのでしょうね」

中條が鼻先で笑った。

「いや、俺たちが保証人じゃ、小物すぎたってことさ」

南の頭の中は、これから金策をどうするかで、いっぱいだった。

吉野に続いて大扉から外に出たときに、坂下から人力車が登ってくるのが見えた。乗っているのが奈良原だと気づいた瞬間、南には閃《ひらめ》くものがあった。奈良原が本来、楽天家だったことを思い出したのだ。

人力車が玄関前に着くのを待ちかまえて、吉野を紹介した。

「今度、福島に新しく開かれる、第百七国立銀行の吉野周太郎さんです」

奈良原は人力車から降りながら、気さくに挨拶した。

「おお、これは、これは、ようこそ」

すぐに南は状況を説明した。桑野村が窮乏の極みで、新しい銀行から開成社に融資を受けようとしたが、上手くいかないのだと。

「そこで中條さんと私のふたりで、保証人に名乗り出たのですが、どうも私たちでは信用が足りないようなのです」

吉野は慌てて否定した。

「いえ、そういうわけではないのですが」

南はかまわず、一か八かの思いで、奈良原に頼んだ。

「厚かましいお願いですが、ここは保証人を引き受けてはいただけないでしょうか」

するど奈良原は金額も聞かずに、気楽な調子で引き受けた。

「ああ、かまわんよ」

だが続く言葉には、とてつもない迫力が込められていた。

「疏水が通れば、ぜったいに、返済できるのだからな」

とっさに南は気づいた。奈良原は楽天家なだけでなく、男気があり、勘も鋭いのだと。

奈良原は一転、頬を緩めた。

「御雇外国人の件だが、ファン・ドールン先生という優秀な土木の専門家が、十一月一日に来てくださることになった。これで着工に拍車がかかるぞ。もはや完成は確実になった。この地の発展は約束された」

不敵な笑みを、吉野に向けた。

「これほどの好条件で、貸さぬ者はいまいな」

すると開成社の阿部が、思いがけないことを言い出した。

「桑野村の村人たちの借金返済日と、銀行の開業日の間に、半月の空きがありますが、せっかく奈良原さまが、そこまで仰せになるのですから、開成社としては、それぞれの店の有り金をかき集めて、その半月をしのぎましょう。半月だけなら、なんとかします」

だから開業日に金を貸せと、吉野に対して言外に迫っていた。若い吉野は戸惑いのあまり、立ちすくんでしまった。

南は、もういちど大久保の明治三期計画を持ち出して頼んだ。

「吉野さん、あれほどの展望を持たれた大久保利通公の夢を、私たちは、なんとしてもかなえたいのです。そのために、いちばん大切なのは土地を耕す村人です。どうか彼らを助けていただきたい。侍たちの土地を守って欲しいんです」

奈良原が、また自信ありげに言う。

「新銀行の最初の融資先が開成社になれば、後々まで誇りにできるぞ。安積疏水の完成と郡山の発展は、第百七国立銀行のおかげだと、子々孫々にまで自慢できよう」

吉野は観念して頭を下げた。

「わかりました。もういちど仲間に相談してみます。ただし、お貸しすることになったら、かならず着工から三年で、疏水を完成させてください」

奈良原は大きくうなずく。

だが楽観はできない。開成社が第六国立銀行から借りている莫大な金について、吉野の仲間たちが、どう評価するかが鍵だった。

十月十五日、第百七国立銀行の開業日が来た。開成館に集まっていた南たちは、馬が駆けてくる音を聞いて、いっせいに外に飛び出した。

玄関前には桑野村の村人たちが、ひしめき合っていた。若い娘たちの心配そうな顔もまじる。

坂の下から、馬が蹄《ひづめ》の音を立てて駆け上がってきた。すでに郵便制度は全国に広まっているが、特に急ぎの連絡には、今も早馬が使われる。

馬が開成館の門に駆け込むなり、馬上の若者が大声で告げた。

「第百七国立銀行の吉野頭取からの使いです」

若者は馬の手綱を引いて、脚を止めさせると、鞍《くら》から飛び降りた。そして激しい息で肩を上下させながら、ふところから帛紗《ふくさ》包《づつ》みを取り出して、高々と掲げた。

「開成社の阿部社長さま宛に、これを預かってきました」

前に立っていた奈良原が場所を譲り、阿部が進み出て受け取った。

融資を受けられるか否かの結果が、もう阿部の手の中にある。大勢がかたずを呑んで見つめる中、阿部は手をふるわせて、帛紗包みを開いた。

中身を確認するなり、大声で叫んだ。

「為替《かわせ》だッ。希望額の為替だぞッ」

割れんばかりの大歓声が湧く。

開成社が依頼した額を、新銀行が為替にして送ってくれたのだ。あとは郡山の両替商で、換金すればいいだけだった。

だれもが大喜びした。背中をたたき合う者もいれば、跳ねまわる者もいる。娘たちは肩を寄せ合って、嬉し泣きで袖を目に押しつけていた。

南は、かつて故郷の村から売られていった娘たちを思い出す。彼女たちを救うことはできなかった。悔いも残った。でも目の前の娘たちは救えたのだ。それが引きずり続けた悔いを、わずかながらも慰める。

馬が怯《おび》えるほどの大騒ぎのただ中、阿部が為替を握りしめて、その場にしゃがみ込んだ。小刻みに肩がふるえる。開成社の仲間たちも泣き、中條に至っては号泣だった。

半月前の九月末に、すでに阿部たちは、それぞれの店の運転資金をかき集めて、村人たちに渡していた。それで悪い筋の借金を完済させた。もし今日、為替が届かなかったら、たちまち支払いが滞り、店が傾くか否かの瀬戸際だったのだ。

そうなったら開成社も立ち行かなくなる。中條の今までの尽力も、村人たちの努力も、すべてが水泡に帰す。彼らにとっては喜びというよりは、心からの安堵の涙だった。

仙次郎が南に近づいてきた。人垣をかき分けて、多恵の手を引いてくる。ふたりとも目を赤くしていた。

興奮の収まらない中、ふたりは深々と頭を下げる。

「南さん、ありがとうございました」

仙次郎は顔を上げると、首の後ろに手をやって、少し照れながら言った。

「おかげさまで、多恵と一緒になろうって決めました」

「そうか、よかったな」

南は笑顔で言った。

「中條さんや開成社の人たちにも、礼を言えよ」

仙次郎は背筋を伸ばした。

「そうします。今度のことで、ようやくわかりました。俺たちは、決して騙《だま》されたんじゃないって。みんな俺たちのために、頑張ってくれてたんですね」

また多恵の手をつかんで、開成社の人の輪に近づいていった。ふたり揃って礼を言う。

阿部は黒眉毛を下げ、開成社の仲間たちと一緒に泣き笑いになった。

南は、ふいに肩をたたかれた。見れば無骨な手が載っている。奈良原だった。

「南くんに保証人になれと、急に言われたときには驚いた。しかし、あの場で断ったら、男がすたる。私に引き受けさせようと、よく考えたものだ」

南は苦笑した。

「とっさのことで、そこまで深い読みが、あったわけではないのですが。でも少しは期待しました」

「やはり、そうか」

奈良原は豪快に笑った。

南は頭が下がった。やはり奈良原は何もかも見越して、あえて策に乗ってくれたのだ。そこに阿部も乗った。人と人との連携のおかげで、貴重な手形を得ることができたのだ。

「残るは会津だな」

「そうですね。それと三年という期限です。約束はしましたが、そう簡単ではありません」

「いや、期限がないと、ずるずる延びかねん。三年で完成させるんだ」

南は覚悟を決めて答えた。

「わかりました。できるだけ早く起工式を行い、三年後には通水式です」

第五章　待ちわびた起工式

南は開成館二階のひと部屋を設計室にして、測量掛たちとともに、ファン・ドールンに見せるための図面作成を急いだ。

だが毎日のように、小林久敬がやって来ては、あれやこれやと口出しする。開成館の中で、中條に出くわしても、双方とも口をきかない。

南に記録帳を渡して以来、小林は勢いを盛り返し、今や郡山に家まで借りている。須賀川方面への分水経路を、なんとしてもファン・ドールンに選ばせようとしていた。

そんな状況下で、南は猪苗代湖におもむき、地元の大工を呼んで、十六橋のたもとに急ごしらえの建物を用意した。

会津向けの説明会の会場だった。三十畳ほどの広さの板敷きで、三方は柱だけの素通しにした。床下は高めで、ちょっとした舞台のようなしつらえだ。

すでに晩秋を迎え、湖畔には北風が吹きつける。それを防ぐために、北側だけには板壁を張った。説明会当日に雨や雪が降るかもしれず、できるだけ軒を深くした。

板壁を背にして、ファン・ドールンが説明に立ち、その前に、会津の村々の戸長たちに座ってもらう趣向だった。

筵旗の若い衆が集まるのであれば、建物の周囲に立って、一緒に説明を聞いてもらう。そのために建物の床を嵩上げして、周囲から見やすいようにしたのだ。

児島組の石工たちも九州から呼んだ。説明会当日は、彼らに揃いの半纏姿で、警備に当たってもらおうと考えたのだ。

奈良原は暴動に備えて、巡査隊を出動させると主張したが、南は反対した。

「巡査が並んでいれば、筵旗勢を刺激して、かえって騒ぎになりかねません」

「だが御雇外国人に怪我でもさせたら、国際問題になるぞ」

「いえ、石工たちは命知らずの力持ち揃いですし、かならずファン・ドールン先生を守り抜きます」

「だが相手は大人数だ。いっせいに襲われたら、守りきれるものではなかろう」

「ならば、こうしましょう。まずファン・ドールン先生が馬に乗れるかどうか確かめて、乗れるようであれば、二頭、用意します。乗れなければ、足の速い人力車を用意します」

万が一、暴動が起きたら、すぐにファン・ドールンと通詞を、馬か人力車に乗せて、十六橋を渡って逃がす。それを石工たちが追いかけ、渡った橋を、片端から落としていく。

構造さえわかっていれば、木造の橋を落とすのは難しくはない。あらかじめ枘《ほぞ》を少し緩めておけば、なお短時間ですむ。

橋がなくなれば、筵旗勢は追いかけてこられない。もし、だれかが水に落ちたとしても、十六橋の周囲は浅いために、命に関わることはない。

「それに、ぜったいに暴動は起こさせません。彼らだって一揆は怖いんです。戸長たちを説得できれば、かならず事態は収まります。私は農家の出だからこそ、農家の気持ちがわかります。どうか、お任せください」

奈良原は、ようやく承諾した。

「私は前の説明会で、印象を悪くしたから、出ていかない方がよかろう」

そうして説明会の進行は南に任された。


予定通り、十一月一日にファン・ドールンが郡山にやって来た。ただし、ほかの地方でも土木事業を指導しており、滞在できるのは、わずか六日間だった。

見上げるほど上背があり、鼻が高く、いかにも西洋人といった容貌だ。年齢の見当はつきにくいが、聞けば南よりも一歳下だった。

オランダで土木の専門教育を受け、卒業後に植民地のインドネシアに赴任して、鉄道敷設に伴う架橋や、隧道の建設に尽力したという。

江戸時代を通じて、オランダ船が長崎とインドネシアとの間を行き来した。その影響で、ファン・ドールンは日本に興味を持ち、明治五年に来日していた。

会って早々は威圧感があったが、実は大の親日家で、予想外に愛想がよく、片言の日本語も話す。

南は開成館の三階を宿舎として提供し、さっそく設計室で新しく描いた図面を広げた。ファン・ドールンのかたわらに通詞が立つ。奈良原をはじめ、中條や測量掛たちが周囲を取り囲み、小林も同席した。

数値はメートル法に変えはしたが、すべて縦書きの漢数字だ。それを南が説明し、通詞がオランダ語で伝えた。

猪苗代湖から安積原野への経路について、南は四本の候補を示した。北から中山峠、御霊櫃峠、萋卉峠、三森峠の四択だった。どれも小林の測量値が記されている。

四本の説明が終わるなり、ファン・ドールンは即座に中山峠の経路を選んだ。標高が低い分、峠下の隧道が短くてすむという理由だった。

通詞が片端から訳して伝える。

「中山峠の頂上近くを貫くか、萋卉峠の中腹を貫くか。だれが考えても、頂上近くの方が距離が短くなるのは、わかりますね」

南はうなずきつつも、説明を補足した。

「ただし、中山峠の経路は、安積原野に出てからが厄介です。原野の山際を通さなければならず、そこでも何本もの隧道を掘ることになるでしょう。その点、ほかの三本の経路は、峠下の大きな隧道一本で、すむと思います」

するとファン・ドールンは首を横に振った。

「安積原野の山際は、奥羽山脈の山裾だから、何本も隧道を掘るとしても短くてすむし、さほど地盤も硬くないでしょう。それよりも大事なのは、なんといっても峠下の大隧道です。おおむね高い山ほど岩盤が硬い。その点を重視すべきです」

案の定、小林が異議を唱えた。

「いや、待ってください。ちょっと苦心したって、ぜったいに萋卉峠の方がいいんです。安積だけでなく、もっと広範囲に配水できるんですから。米の収穫量が格段に増えるって、ちゃんと伝えてくださいよ」

中條が不愉快そうに口を挟みかけたのを、南が制した。

「中條さん、ちょっと待ってください。先にファン・ドールン先生の意見を聞きましょう」

ファン・ドールンはオランダ語の訳を聞くと、南に聞き返した。

「今回の疏水開削は、安積開拓が目的ですね」

「その通りです」

「ならば灌漑は、安積原野だけに限るべきです。特に工期が三年という短期ですから、疏水の幅や深さは、おのずから限られます。水量からして広範囲への分水は、まず無理でしょう。そういった意味でも、水路を通すには中山峠の経路がいちばんです」

中條が満足げにうなずく。しかし小林は諦めなかった。

「三年の期限なんか、延ばせばいいだけです」

今度は奈良原が横から割って入った。

「期限は延ばせぬ」

小林は、まだ食いさがる。

「ならば、せめて萋卉峠の経路を歩いてみてください。行ってみれば」

話の途中で、また奈良原がさえぎった。

「ファン・ドールン先生の滞在は六日だ。それゆえ調べられる経路は一本のみ。もう諦めろ」

「でも、でも」

小林は狼狽《ろうばい》のあまり、見当違いなことを言い出した。

「それじゃあ、わしの苦労は、どうなるんだ？　今まで、どれほどの金と労力を費やしたか。南さん、あんたなら知っているでしょう」

南の心に情が湧く。なんとかしてやりたい。だがファン・ドールンの決定は、重んじなければならない。

小林の恨みを買うのは承知の上で、わざわざ招いたのだから。

小林の恨みを買うのは承知の上で、わざわざ招いたのだから。

「小林さんには感謝しています。でも記録帳を貸していただく際に伝えたはずです。小林さんの望む通りには、ならないかもしれないと」

小林は四角い顔を真っ赤にして言い立てる。

「わしを利用するだけ利用して、あとは知らん顔かッ」

そしてファン・ドールンを指さして怒鳴った。

「オランダ人に山のことが、わかるものかッ。オランダは土地が低くて、山なんかないんだぞッ」

奈良原が低い声で恫喝《どうかつ》した。

「おい、ファン・ドールン先生に失礼だろう。今すぐ、その口を閉じないと、つまみ出すぞ」

さすがに通詞が遠慮して訳そうとしない。だがファン・ドールンが促して、ようやく伝えた。

ファン・ドールンは腹を立てる様子もなく、穏やかに応えた。

「たしかにオランダには、たいした山はありませんが、インドネシアには、たくさんあります。私は高い山の隧道を何本も掘りました。みなさんより、はるかに経験は豊富です」

小林はうろたえ、助けを求めて、測量掛たちに視線を向けた。だが、だれも応じない。南は心が痛んだ。

奈良原が小林に向かって、決定的な言葉を放った。

「今すぐ須賀川に帰れ。あんたの言い分は、もう充分にわかった。これ以上、ここにいても邪魔なだけだ」

四角い顔が真っ赤から土色に変わり、小林は一歩、二歩と後退《あとずさ》りした。そこで踵《きびす》を返し、大扉から走り出た。

日本人は黙り込んでしまい、空気が重く沈む。ファン・ドールンが事情を察し、通詞を介して言った。

「土木事業には利権の誘導はつきものです。これから日本では、こんなことは、嫌というほど起きるでしょう」

奈良原が両手を打った。

「その通り。いちいち細かいことを気にしていたら、この大事業は進まん」

あえて胸を張って言う。

「今後、この水路を安積疏水と呼ぼう。正式名称は内務省で決めるが、安積の地のための水であることを、はっきりさせたい」

今まで内輪では、単に疏水とか水路とか呼んでいた。いずれは猪苗代疏水に決まるだろうという予測もあった。それを覆《くつがえ》す提案だった。

南が声に出して言った。

「あさか、そすい、ですか」

猪苗代疏水よりも語呂がいいし、響きが美しい。

ほかからも次々と声があがる。

「あさか、か、そすい」

「あさか、そすい」

場の空気が変わった。思いがけない名称のおかげで、新しい扉が開く印象があったのだ。

南は気持ちを切り替えて、なんとか説明に戻った。

初日は図面の確認で終わり、翌日から南は、測量掛たちや石工棟梁の児島基三郎とともに、ファン・ドールンを現地に案内した。

ファン・ドールンも通詞も馬に乗れるというので、ふたりに一頭ずつ用意して出かけた。

まず安積原野を見てまわり、さまざまな助言を受けながら、磐梯熱海まで進んで宿を取った。十一月に入って、山の木々は黄葉が終わりかけていた。

三日目に中山峠を越えると、一挙に裸木が増えた。峠を境に、はっきりと気候が変わる。すでに木枯らしが吹いていて、枯れ葉が散っていた。

峠からの下り坂で視界が開け、裸木の間から猪苗代湖が望めるようになると、ファン・ドールンは感嘆の声をあげた。

「なんて美しいんだ。こんな景色は見たことがない」

広大な湖面は、晩秋の青空を映して紺碧《こんぺき》に染まっている。湖岸沿いを進んでいくと、まだ冠雪のない磐梯山が雄々しく迫る。

「猪苗代湖は磐梯山の噴火によって、川が堰き止められてできたと言われています」

南が説明すると、鳶色《とびいろ》の目を見開いた。

「素晴らしい。オランダにはアムステルダムやロッテルダムなど、ダムの名を持つ街が、いくつもあります。河口近くの低い土地に、堤を築いて創った都市です。川に設けた堤をダムと呼びますが、ここは火山が創った天然の巨大ダムですね」

両手を広げ、大きな身振りで話す。

「水は無尽蔵にあるし、まして、ここから安積原野まで、二百五十メートルもの標高差があるのだから、とにかく水路を掘れば、おのずから水は流れていきます。この恵みを活かさない手はありません」

　こんなに好条件の開発は、ほかにないと絶賛する。南は励まされる思いだった。

　その日は山潟で疏水の取水口を検討してから、猪苗代村で一泊。四日目には十六橋の周囲を調べた。

　十六の石橋については、児島基三郎が、いなせな半纏姿で説明した。伝統的な工法で造りたいと話すと、ファン・ドールンは、すべて承諾した。

　川底の掘り下げにも賛同したが、硬い岩盤には、やはりダイナマイトを使うしかないという。

　小林が記録した湖の水位を見て、掘り下げる深さは六十センチ、下流方向に徐々に浅くしていくよう助言した。二キロほど先まで掘り進めれば、あとは自然に流れるという。

　猪苗代村で、もう一泊し、五日目が十六橋での説明会だった。南が用意した舞台状の仮設会場を使う。

　あらかじめ南は事情を打ち明けた。

「もしかすると、不穏な若い衆が集まるかもしれません。万が一、騒ぎが起きたら、どうか馬で逃げてください。でも戸長たちが納得すれば、若い衆も大人しく解散します。とにかく戸長たちに、わかりやすく語りかけてください」

　南は通詞にも頼んだ。

「なるべく丁寧な日本語で訳してください。ファン・ドールン先生の印象がよくなるように」

「わかりました。それなら先生の業績は、私が話しましょうか」

ずっと通詞を務めており、ファン・ドールンのことなら、だれよりも心得ているという。

「それなら、ぜひ」

通詞から話を伝え聞いて、ファン・ドールンも大きくうなずく。

「今までに利根川《とねがわ》や信濃川《しなのがわ》など、あちこちで河川改修を指導してきましたが、日本の農家が、どれほど水を大切にしているかは、よくわかっています。このたびの会津の人たちの気持ちも、よくわかります」

ファン・ドールンは予想以上に、日本人を理解していた。

翌朝、現地に向かうと、すでに十六橋のたもとに、筵旗の若い衆が集まっていた。手に手に鉄の農具を持ち、さっそく大声で野次《やじ》を飛ばす。

「異人は帰れッ」

「異人のまやかしなんか、通じないぞッ」

「俺たちの水を守るんだッ」

するとファン・ドールンが南に言った。

「ちょっと彼らに挨拶しておきましょう」

ひょいと馬から降りて、堂々と筵旗勢に近づいていく。

予想外の行動に、たちまち若い衆の腰が引けた。それでいて強がって、鋤や鍬を握りしめ、こちらに刃先を向ける。

ファン・ドールンは親しげに片手をあげ、笑顔で声をかけた。

「ミナサン、コンニチワ。ワタシハ、ファン・ドールンデス。ヨロシク、オネガイシマス」

思いもかけなかった日本語に、若い衆は度肝を抜かれ、しきりに顔を見合わせる。最初の勢いは、それだけで萎《しぼ》んでいた。鋤や鍬を持つ手には、もう力がこもらない。

南は感心した。放っておけば騒ぎ出す懸念があり、そうなったら収拾がつかなくなる。その前に手を打つとは、たしかにファン・ドールンは、こんな場面に慣れていた。

いちばん前に立っていた若者が、気持ちを奮い立たせ、後ろを振り返って叫んだ。

「ご、ごまかされるな。お、俺たちの水を、盗みに来た異人だぞ」

足がふるえている。仲間たちも似たり寄ったりだった。

会場に着くと、年配の戸長たちが三十畳大の舞台で待っていた。南たちが用意した座布団に座って、警戒した視線を、いっせいにこちらに向ける。何か耳打ちし合う者もいる。

筵旗勢が舞台の三方を取り囲んだ。

南が説明会の開会を宣言した。するとファン・ドールンは壁を背にして立ち、また日本語で愛想よく挨拶した。

「ミナサン、コンニチワ。ワタシハ、ファン・ドールンデス。ヨロシク、オネガイシマス」

ざわめきが起きたが、警戒の色は残る。

南も壁際に立って自己紹介した。

「内務省の南一郎平です。もとは九州の農家の出です。まずは通詞から、ファン・ドールン先生の経歴を話してもらいます」

かたわらに立つ通詞が口を開いた。

「ここ何年も先生は、西洋式の川の工事を、日本各地で指導してきました。どこでも最初は警戒されました。自分たちの水を奪われるのではないかと。でも工事が終わると、どこでも感謝されました。水の恩恵を受ける村は増え、そのうえ洪水の心配もなくなるのです。私は先生のそばについて、そんな様子を、この目で見てきました。会津の皆さんにも、かならず喜んでもらえるはずです」

誠実そうな口調だったが、戸長たちの怪訝顔は、なおも変わらない。

それから揃いの半纏姿の石工たちが、持参の図面を広げて、両端を持って立った。

巻紙を何枚も貼り合わせた大きな紙に、橋の断面図が描かれている。連日、ファン・ドールンの助言を受け、南と測量掛たちが夜遅くまでかかって、仕上げた図面だった。

ファン・ドールンが指し棒を持って解説を始め、通詞が次々と訳した。

「これが今の十六橋の断面です。湖も日橋川も水面は同じ高さです。でも湖底よりも川底の方が高い。日照りが続いて、水面が下がると、高い位置にある川底があらわになって、川が干上がります。そうすると皆さんの田んぼに、水が届かなくなります」

指し棒を横にして上下させ、水面の高さが変わる様子を示した。

「今度の工事では、十六橋を頑丈な石橋に架け替えて、そこを水門にして、水を堰き止めます。それと同時に、川底を二尺ほど掘り下げます。日照りのときに水門を開ければ、貯《た》まった水が、低くなった川底に、滝のように流れ落ちます。そうすれば日照りが続いても、皆さんの田んぼに水が届かなくなることは、なくなるのです」

ひとりの戸長が質問した。

「でも、ひどい日照りが続いて、もし湖面が十六橋より下になってしまったら、いくら川底が低くても、流れませんよね」

ファン・ドールンは人差し指を立てた。

「いい質問です。心配するのは当然です。でも季節毎《ごと》の水面の高さを、ここ何年分も記録してあります」

小林が計った数値を示した。

「雪解けや梅雨時には湖面が高くなります。そのときに水門を閉じて、たくさん水を貯めておくのです。そうすれば、たとえ日照りが続いても、決して水面は十六橋より下にはなりません」

以前、南が戸別に説明に行ったときにも、同じ話をしたが、耳を貸してはもらえなかった。でも御雇外国人が、わかりやすい図を使って説明すると、戸長たちは熱心に聞き入る。

だが突然、外の筵旗勢から野次が飛んだ。

「異人のまやかしに騙されるなッ」

南は一瞬、肝を冷やしたが、間髪を入れずに、戸長のひとりが振り返って一喝した。

「うるさいッ。今、大事な話を聞いているんだッ」

南にとっては意外な反応だったが、ファン・ドールンは何もなかったかのように続けた。

「次は、郡山の方に向かう疏水について、説明しましょう」

石工たちが広げていた図面を、別のものに取り替えた。今度は疏水経路である山の断面図が描かれている。これもファン・ドールンと相談して、南たちが作ったものだ。

「まず山潟に取水口を設けて、東に向かって水路を掘っていきます。中山峠の山にぶつかったら、隧道を掘って水を通します」

五百川に面した谷まで、大隧道を貫通させ、出たところで滝にして川に合流させる。ただし、そのままずっと流し続けると、安積原野より低い場所まで行ってしまう。

そこで磐梯熱海辺りで分水させて、南方向に流れを変える。その先は、ふたたび人工の水路として、高さを保ちながら安積原野へ向かうと話した。

「それが安積原野の幹線水路になります。北から南に向かって流れる幹線から、東向きに何本も支流を枝分かれさせて、安積原野全域に配水するのです」

ファン・ドールンは締めくくりに入った。

「安積で稲を育てられるようになれば、不平士族が暮らせるようになって、反乱がなくなり、新政府の軍事費は減ります。そうすれば皆さんの税金が、もっと安くなる。いいことだと思いませんか」

また別の戸長が疑問を口にした。

「山の中の隧道なんか、本当にできるんですかね。すぐに中が崩れて、水が流れなくなるんじゃないだろうか。まあ郡山の連中がどうなろうと、俺たちには関係ないから、かまわないが」

南は内心、しめたと思った。この質問を予想して、あらかじめファン・ドールンと通詞に、答え方を伝えてあったのだ。

その通りにファン・ドールンは話した。

「あなたは白虎隊を知っていますか」

戸長たちが、いっせいにうなずく。

「それでは白虎隊が飯盛山で自害する前に、洞門と呼ばれる隧道を通って、山の下に出てきたことは?」

戸長たちが、またうなずいた。

白虎隊は猪苗代湖近くの戸ノ口原から敗走し、洞門をくぐって会津盆地の外れに出た。そこで城下が燃えているのを知り、集団自刃に至ったのだ。

「あの洞門は水を通すための隧道です。白虎隊の隊士たちは袴やズボンを水浸しにしながら、洞門をくぐったのです。つまり明治維新の前から、水の隧道は掘られており、今も崩れていません」

戸長たちが納得顔に変わっていく。

この件に関して、南は会津で聞き取りをしていた。会津藩や会津藩士には反感を抱いても、白虎隊の悲劇は別だった。年若い少年の集団自刃は同情を引く。

ファン・ドールンは両手を打った。

「説明は、これで終わりですが、ちょっと想像してみてください。あなたの前には、ご馳走《ちそう》が並んでいる。でも隣の家は貧乏で、飢え死にしそうな子供たちがいる。そんなとき、あなたは、どうしますか」

戸長ひとりひとりに目を向けた。

「ご馳走を分けてあげるでしょう。それと同じです。水を分けても、まだ余りあるのです。それとも、あげないですか。日本人には慈悲の心はないのですか」

戸長たちは恥入った様子で、もはや質問は出ない。

南が会場に向かって聞いた。

「それでは、この一連の普請に、異議のある方は？」

ここで立つ者などいないはずだった。

しかし、ぎょっとした。いちばん前に座っていた戸長が、片手をあげたのだ。

戸長は、ゆっくりと立ち上がり、振り返って仲間たちの方を向いた。

「私は郡山の方の疏水については、正直、どうでもいい。ただ日橋川のことだけは、ないがしろにはできない。でも今、聞いた限りでは、日照りが続いても、水が涸れなくなるという。それだけでも、ありがたいことだ」

仲間たちを見まわしながら続けた。

「私は普請を始めてもらって、かまわないと思う。むしろ歓迎したいが、みんなは、どうだろうか」

小さなうなずきが、さざ波のように広がっていく。

立っていた戸長は、それを見極めると、前に向き直って、南に丁寧に頭を下げた。

「よろしく、お願いします」

ファン・ドールンにも礼を言った。

「今日は、わかりやすい話を、ありがとうございました」

ほかの戸長たちも座ったまま、頭を下げた。

外の若い衆は戸惑い顔で、ざわめき始めた。すると戸長たちが振り返って、手で追い払う仕草をする。もう帰れと命じていた。

若い衆は意外に素直で、筵旗をたたんで、帰り支度を始めた。

御雇外国人に依頼しようと思いついた当初、南は、日本人が西洋人に弱いという点を利用しようと考えた。奈良原の恫喝と、たいして変わりのない策だった。

だが予想とは少し違う方向に進んだ。戸長たちは心から納得してくれて、期待通りに決着した。

南は額に手を当てて、心底、ほっとしていた。


猪苗代湖へは実り多き旅になった。南たちが立案した計画を、ファン・ドールンが確認し、励ましてくれた部分もあるし、適切な訂正や、思いがけない助言も受けた。

おかげで、わずか数日で疏水の概要が決まったのだ。あとは細かい数値を確認して、補足していけばいいだけだった。

郡山に戻ると、ファン・ドールンは南に言った。

「フランスに留学していた山田寅吉という若い男が、近いうちに、こちらに来ます」

ずっと待っていた留学生だ。南は胸を高ならせて聞いた。

「もう帰国したのですか」

「つい最近、帰国しました。今は、いったん故郷に帰っています。ちょっとだけ東京で会いましたが、パリでは技術系の大学を出て、その後、実地で土木の経験を積んだそうです。新しい掘削機などの知識も豊富だし、かなり使えそうな技術者ですよ」

「それは楽しみです。また会ったら、早く来るように伝えてください」

ファン・ドールンは快く引き受けて、通詞とともに次の現場へと去っていった。

今や欧米への留学のみならず、東京では工部大学校を出た若い技術者たちが、いろいろな分野で腕を振るい始めている。

南の土木の知識は独学だ。だからこそ、系統だって西洋式の技術を学べる若者が、うらやましい。彼らに対する劣等感は否定できない。

でも自分には人をまとめる力がある。一朝一夕では身につかない力だ。それだけは自信を持っている。

だからこそ山田寅吉という留学経験者に期待した。新しい知識を存分に活かしてもらえるよう、配慮してやりたいと思う。

最初に大久保に「工事の陣頭指揮を取ってください」と命じられたときには、不安ばかりが先に立った。でも動き出してみると、自分の役割がはっきりして、気づけば不安は消えていた。


年が改まって明治十二年を迎えても、山田寅吉は来る気配がなかった。奈良原が東京に戻った際に会ったところ、帰国以来、引く手あまたで、忙しくしているという。

奈良原は南に一枚の走り書きを差し出した。見ればアルファベットの横文字と、その脇に漢字まじりのカタカナが並んでいる。

南は声に出してカタカナを読んだ。

「ドリル、コンプレッサー、ポンプ、蒸気タービン。これ、何ですか」

「山田がフランスで注文した道具だ。松方どんがパリ万博で会ったときに、土木工事に便利なものがあれば、何でも買えと言ったそうだ。もうじき船で横浜に届くらしい」

八の字髭の松方は、やや安請け合いのところもあり、いかにもな気がした。

「まあ、専門家が便利だと言うのだから、使えるだろう。これから日本では、まだまだ土木工事は増えるし」

奈良原は細かいことは気にしないたちだが、総責任者の知らぬ間に発注されたことには、少々苦笑いだった。

「ダイナマイトも取り寄せた。かなり高価だが、役には立つらしい」

南はカタカナ書きを見ながら聞いた。

「蒸気タービンというのは、一種の蒸気機関でしょうか」

「私も、よくわからなかったが、山田の話によると、要するに風車《かざぐるま》のようなものを、蒸気の力でまわす機械らしい。たとえば、きっちり蓋をした鍋を、焚き火の上にかけて、小さな孔から蒸気を噴出させる。それを風車に当てれば回転する。そんなしかけのようだ」

つまりは火を焚いて、回転動力を得る道具らしいが、具体的に何に使うのか、南には見当もつかない。

とりあえず山田寅吉が来るのを待ちながら、十六橋の水門化から準備を始めた。児島基三郎が石材を発注するかたわらで、橋の雛形を完成させた。湖の景観にふさわしく、いかにも美しい橋になりそうだった。

そんなときに東京に戻った奈良原から、また南宛に速達が届いた。開いてみると「例の機械類、横浜に届きしゆえ、急ぎ来られたし。山田も東京にて待つ」と、短い走り書きだった。

よくわからないながらも、最新式の土木機械なのだから、見るのは楽しみだった。山田にも会えるらしい。急いで旅支度をして東京に向かった。

東京で久しぶりに内務省に出てみると、奈良原が珍しく疲れた顔をしていた。

「とにかく山田寅吉に会わせよう」

その様子から、よほど難しい人物かと覚悟した。

しかし現れたのは、予想外の好青年だった。いかにもフランス帰りらしく、真っ白な詰襟シャツに、仕立てのよさそうな三つ揃えを着ている。

「南一郎平さんですね。山田寅吉です」

西洋人のように、笑顔で右手を差し出す。かなり年下のようだが、南は少しばかり気後れしつつ、握手に応じた。

「輸入した機械が横浜に着いたんですけどね、運べなくて困ってるんですよ。でも南さんなら何とかしてくれるっていうんで、奈良原さんが呼んだんです」

妙に口調が軽い。南は内心、また癖のある男が現れたなと思った。ただ言葉の抑揚が、どことなく懐かしい。

「出身は九州かい？」

「小倉《こくら》です。十四歳のときに、小倉藩の留学生に選ばれて、イギリスに渡ったんです。その後は十年以上、フランスに」

「へえ、十四歳で留学って、すごいね」

「そのころは神童って呼ばれたんですよ。フランスの学校では一番で通しました。大学は技術系で最高峰のエコール・サントラルで、奨学金をもらって、最短で学位を取りました」

堂々と自慢するのは、日本人らしからぬことだが、外国暮らしが長いせいにちがいなかった。

かたわらで聞いていた奈良原が、手で追い払うような仕草をした。

「南くんなら気も合うだろう。とにかく一緒に横浜に行ってくれ。それで、届いたものを郡山まで運ぶ算段を頼む」

特に気が合うわけでもないが、そのために呼ばれたのなら行くしかない。奈良原に確認した。

「よほど大きいんですか」

「まあ小さくはないが。とにかく行ってみろ。行けばわかる」

横浜のフランス波止場には、倉庫が並んでいる。昔ながらの白漆喰《しろしっくい》の倉もあれば、洋風の石造り倉庫もある。

山田の案内で、石造り倉庫の裏手にまわって驚いた。ゆうに三畳間分はあろうかという巨大な木箱が、外置きされていたのだ。倉庫に入らないらしい。

倉庫の中には、それよりも小型の木箱がふたつ並んでいた。もうひとつ、細長くて、高さが南の背丈ほどのものもある。いずれにせよ重量があって、なかなか動かせそうにない。

「何が入っているんだ？」

「この細長いのがドリルです。トンネルを掘るときに、岩を砕く道具です」

ほかの木箱も触りながら話す。

「これがポンプで、水を汲み上げる装置。こっちがコンプレッサーで、いわば空気を圧縮する機械。どっちも最新式です」

山田は親指を立てて、肩越しに背後を指した。

「外置きしてある大きいのが、蒸気タービンです」

「蒸気で風車をまわすとかいうやつか」

「嫌だなあ。風車じゃなくて、羽根車ですよ」

「あんなにでかいのか。焚き火に鍋を載せるようなものだと聞いたが」

「それは比喩ですよ。わかりやすく、たとえ話をしただけです。だいいち、そんなちゃちなもの、何に使うんですか」

山田は倉庫の奥を指さす。

「問題はね、あっちの袋詰めなんですよ」

見れば小型の俵ほどの袋が、うずたかく積み上げられていた。丈夫そうな布袋で、ひとつだけでも、そうとう重い。

「中身は何なんだ？」

「セメントです」

「セメント？」

「知らなくて当然です。ヨーロッパでも、すごく新しいものなんで。高かったんですけど、トンネルの内壁なんかに塗るんです。いわば漆喰みたいなものだけれど、固まると石みたいになります」

その重さと数が問題だった。全部で、どれほどの重量になるか見当もつかない。それを、どうやって郡山まで運べばいいのか。

倉庫の端まで行ったときに、山田が叫んだ。

「あ、南さん、危ない」

ぎょっとして足元を見ると、頑丈そうな小型の木箱が、いくつも壁際に寄せられていた。

「気をつけてくださいよ。それ、ダイナマイトっていって、新型の火薬なんです。これも高かったけれど、大きな岩でも一発で吹き飛びます」

南は思わず笑顔になった。

「これがダイナマイトか。待ってたぞ」

「へえ、ダイナマイトを知っているんですか」

「そこそこ評判になってて、早耳の砲術家や石工たちは、前から知っていた」

「そうですか。まあ、日本人は好奇心が強いからな。私なんか帰国して以来、ずっと質問攻めですよ。みんな、ヨーロッパの最新事情を知りたがって、もう、うんざりです」

自分が日本人ではないかのような言い草だ。

南は、つとめて聞き流し、木箱とセメント袋の山を見つめた。

「これを、どうやって運ぶか、だな」

「そうなんですよ。この倉庫に入れるだけでも、大騒ぎでした。ヨーロッパじゃ、ちょっとした港には、たいがいクレーンがあるんですけどね。日本は遅れてますよねえ」

クレーンが何なのかもわからないが、遅れてるなどと小馬鹿にされると、さすがに愉快ではない。

「山田くん、少し言葉に気をつけた方が、いいよ。子供のころから外国に出たから、わからないかもしれないけど、自分の国が遅れてるなんて言われたら、だれだって、いい気はしないから」

これから大勢の中で働いてもらうには、今、注意しておくべきことだった。

山田は肩をすくめる。

「そうですかね。本当のことじゃないですか」

「本当のことでも、言わない方がいいこともあるのさ」

「そんなもんですか」

山田は体裁が悪いのか、急に話題を変えた。

「どこか北関東の田舎の方に、フランスが技術指導した製糸場があるって、聞いたんですけど」

「ああ、富岡だ。富岡製糸場。あそこは建てたときも、糸繰りの方法も、フランス人が来て教えたと聞いている」

「そこはフランス製の蒸気機関を動力にしてるはずなんですけど、そんな田舎まで蒸気機関が運べたんだから、このくらいのものは運べますよね」

山田は木箱とセメント袋を顎で示す。

「それに新橋と横浜の間を走ってる列車だって、イギリスからの輸入でしょ。クレーンもなくて、どうやって船から陸揚げしたんでしょうね」

南は首をひねった。

「うーん、ばらして輸入してきて、線路の上で組み立てたのかな」

「でも蒸気機関は分解できないでしょう。蒸気がもれないように、一体化してるし」

少なくとも大型機械を富岡まで運べたのだから、運ぶ手立てはあるはずだった。

すぐに富岡製糸場に人を送って問い合わせた。しかし、わずか七年前の創業なのに、当時とは働く顔ぶれが変わっており、事情を知る者はいなかった。

奥州街道沿いの問屋場にも聞いてみたが、そんな大きなものは運べないと断られた。

それなら船だと思いついた。

「蒸気船を一隻、借りきって、一気に仙台まで運ぼう。郡山よりも、はるかに北だから、距離としては遠まわりになるが、船なら浮力があるから、重いものでも大丈夫だ。仙台の港で川船に載せ替えて、阿武隈川に入り、南に向かってさかのぼっていけば、郡山まで運べるはずだ」

奥州街道沿いに緩やかに流れる阿武隈川は、舟運が盛んだった。

「でも、こんなに大きなものを載せられる川船が、あるでしょうかね」

「なかったら、造ったっていいさ。既存の川船を、何艘《そう》もつなげてもいい。どっちにしろ、この機械の値段から比べれば、たかが知れてる」

すぐに横浜から仙台まで行かれる蒸気船を探し、確実に手配できると決まってから、山田に言った。

「私は陸路で仙台に行って、倉庫や川船を手配するから、横浜から仙台までの蒸気船には、君が乗って、機材を運んできてくれ」

「ダコー」

「なんだ、それは」

「えーとね、わかりましたって意味かな。フランスじゃ、よく使うんですけどね」

思わず溜息が出る。

「日本じゃ、了解って言うんだ」

「了解ですか。まあ、子供のころに日本を離れたから、そういう言葉は知らないんですよ。でも了解ですね。了解ッ」

意外に元気に返事をする。

「それから、南さん、このノート、ちょっと見ておいてください。フランスの土木現場の就業規則を、日本語に訳してみたんだけれど。日本でも、このくらいは決めておくべきだと思うんでね」

洋式の帳面をめくると、休憩や休日の取り方から、事故が起きた場合の死傷者に対する補償まで、五十項目にわたって書かれていた。日本では手つかずの分野だ。

「へえ、よさそうじゃないか」

誉めると、いかにも嬉しそうな笑顔になった。

かなり癖はあるものの、素直な面もありそうだし、就業規則という着眼点はいいなと、南は少し山田の評価を上げた。

安積原野の未開拓の草原に、大勢が集まっていた。

すでに蒸気タービンの焚き口では、木炭が真っ赤に燃え盛っている。窯《かま》の中の湯が沸騰し、羽根車が猛烈な勢いで回転していた。

その動力をコンプレッサーに伝えると、上下運動に変わり、外から取り入れた空気を圧縮していく。

衆目のただ中、山田の苛立《いらだ》たしげな声が響く。コンプレッサーのレバーを握ったまま、何度も叫ぶ。

「そこにドリルをつなぐんだッ」

仙次郎たちが数人がかりで重いドリルを持ち上げるが、どこにどうつなげばいいのかわからない。うろたえていると、なおさら怒声が飛ぶ。

「違うッ。そこだッ。そっちの管だッ」

南が見かねて言った。

「ここの操作は私がやるから、そばに行って教えてやってくれ」

山田は舌打ちしながらも、レバーを南に任せて、仙次郎たちに駆け寄った。

「ここだッ。ここッ。こんなこともわからないのか。まったく、頭が悪いなッ」

容赦なく罵倒して、コンプレッサーの排出口に、ドリルの鉄管をつながせた。

「ドリルを持ち上げろ。何人もは要らない。ふたりだ。ふたりでやれッ」

仙次郎と、もうひとりが持ち手をつかむが、重くてよろける。なおも怒声が続く。

「もっと、しっかり持てッ。力を出せッ」

ひとりずつドリルの左右に立って、なんとか持ち上げ、足を踏ん張った。

「ドリルの先を岩に当てろッ。ああ、違うッ。もっと下だッ」

銀色にとがる先端を、茂みから顔を出す大きな岩に当てた。

「いいか。始めるぞ。動き出したら、このまま押せ。ぜったいに手を離すなよ。力いっぱい、前に押すんだ」

仙次郎たちが緊張の面持ちで、ドリルをかまえる。山田は南に向かって叫んだ。

「南さん、レバーをッ」

南が力を込めてレバーを引くと、けたたましい音が響き始めた。山田が何か叫ぶが、騒音に負けて聞こえない。仕草から見て、もっと押せと命じているらしい。

仙次郎たちが体重をかけて前に押していくと、岩肌が砕け始めた。しだいに銀色の先端が岩に食い込み、大小の岩の塊が飛び散って、地面に落ちていく。

仙次郎たちの額に汗がにじむ。

次の瞬間、ドリル全体が岩の中に埋もれた。山田が南に向かって何か叫びながら、しきりに手で押す仕草を見せた。

南がレバーを押して、元の位置まで戻すと、急に静かになった。蒸気タービンの羽根車が回転する音だけが残る。

仙次郎たちはドリルから手を放して、地面に尻餅をついた。もう疲労困憊《ひろうこんぱい》の様子だ。

山田が岩に手をかけて言った。

「見ろ、割れたぞ」

こんな短時間で岩が割れるなど、信じがたい。だれもが及び腰で近づいたが、すぐに、どよめきが上がった。

「すっげえ」

「割れてる。岩が真っ二つだ」

「こりゃ、すげえなァ」

「こんなことって、あるのかよ」

それぞれ岩の割れ目に手をかけたり、足元の欠片を拾ったりして、ただただ感心する。

南も近づいて、予想以上の威力に驚いた。

「すごい力だな。これがあれば三年の工期も、無理ではないな」

山田が一転、嬉しそうな顔になる。めくりあげた白いシャツの袖を元に戻しながら、自慢げに言った。

「高くても買う価値が、あったでしょう」

南は率直に認めた。

「たしかに、あった」

ほかの若者が前に出てきて言う。

「俺にも、やらせてくれよ」

俺も俺もと続く。

山田は人差し指を立てて、左右に振った。

「駄目だ、駄目。大事な機械なんだから、トンネルを掘るまで、そう簡単には使わせない」

いっせいに肩を落とす。

山田は、また自慢顔を南に向けた。

「蒸気タービンにポンプをつなげば、トンネルを掘るときに地面に溜《た》まる水を、たちどころに汲み出せますよ。坑道内の空気の入れ替えにも使えるし」

まさに新時代の道具だった。

翌日になると、児島基三郎が南に泣きついてきた。

「勘弁してくださいよ。あの山田ってやつ。十六橋水門の雛形を見て、何だかんだと文句をつけてくるんです。フランスじゃ、こんな石橋は古くさくて、だれも造らないとか。ふた言目には、フランスでは、フランスではって、ここは日本だって、怒鳴ってやりましたよ」

尺貫法もメートル法に変えろと言われて、よほど腹に据えかねていた。

南は測量記録や予算の計算帳を脇に抱え、山田を開成館三階の外回廊に誘った。仕事中に、ここに出てくる者は、めったにおらず、一対一で話ができる場所だった。

山田は回廊の手すりに、背中を寄りかからせて、不審顔で聞いた。

「なんですか。こんなところで改まって」

南は、さっそく切り出した。

「十六橋水門が古いと言ったそうだね」

「ええ、言いました。フランスにもアーチの石橋は、あちこちにありますけどね。古い工法ですよ。あんなのを造るなんて、いつの時代かと思いますね」

「それなら君の考える橋は、どんな形式だね」

「トラスの鉄橋です。何本もの鉄の支柱を、斜めに組み合わせて、見た目も美しいんです。ヨーロッパやアメリカで、どんどん増えてますよ」

「そうか。だが水門は、どうする？」

「両岸から頑丈な石垣を築いて、その間に鉄製の大扉を設けるんです。開け閉めには歯車を使ってチェーンを巻き上げます。ちまちました水門を十六も造って、杉板を手で引っ張り上げるなんて、まったく呆《あき》れた話ですよ」

「なるほど。よさそうな考えだね」

南は、いったん認めてから、きっぱりと伝えた。

「でも児島組の仕事には、口を出さなくていい。彼らには十六橋水門を任せてあるし、もう作業は進んでいる。今から橋と水門を変更するとなると、三年の工期に間に合わない」

たちまち山田は、ふくれっ面になった。

「でも、ここの工事は、これからの土木の手本になるんですよね？　それならアーチなんかじゃなくて、新しいやり方にしなくちゃ」

「いや、十六橋は日本の工法でやる。会津の人たちは弘法大師のいわれを大事にしている。だから十六という数字が大事なんだ」

「でも児島組は、ただの請負人です。発注側が、ちゃんと責任を持つべきです。南さんに渡した五十項目の規則の中にも、そう書いてあります」

「あの規則も、いいと思う。だが、あのまま使うわけではない。日本に合った形で、取捨選択するつもりだ」

「それじゃあ、進歩がないじゃないですか」

「そんなことはない。いい項目は取り入れる」

「いったい、南さんって何者なんですか。田舎の方で疏水を造ったか何かは知らないけど、専門の大学を出たわけじゃないですよね？」

「出ていない。ただ、何者かは教えてあげよう。君の上司だ」

すると山田は、くるりと体の向きを変え、手すりを強くつかんだ。こちらに背を向けて、突っかかるように聞く。

「上司の役目って、何ですか」

「私の役目か。それは、ここにいるみんなが働きやすくすることだ。君も含めてね」

南は持っていた計算帳を、山田の脇腹に向けて差し出した。

「これを直してくれないか。ファン・ドールン先生が来る前に、要所だけは尺貫をメートルに改めたが、まだ漢数字を使っているので、確認しながら直してくれ」

メートル法の導入は、大久保利通の遺志であり、書類も縦書きの旧式は改めるべきだった。

「ただし児島組の現場だけは、尺貫法とメートル法を併用する。それは承知してくれ。ほかに表記上、新しい分類法などがあれば、改めてくれてもいい」

山田は振り返って受け取るなり、ぱらぱらと紙をめくって、鼻先で笑った。

「漢数字とか尺貫法ってことを割り引いても、よくぞ、こんな数値を、ムッシュ・ファン・ドールンが認めたもんだ」

小馬鹿にして言い立てる。

「だいいち予算なんて、こんなもん、意味がないですよ。大工事が始まったら、とてつもない人数が集まるんだから、何もかもが値上がりします。それを見込んでないんだから、ありえない数字です。そのくらい、なんで、わからないんですか」

「なるほど」

鋭い指摘だけに、どんな言い方をされても腹は立たない。改善できることなら、受け入れるのが当然だった。

「そういう点を直してくれと、頼んでいるのだが、無理か」

すると山田は黙ったまま、いかにも苛立たしげに計算帳を鷲《わし》づかみにして、大股《おおまた》で立ち去った。

翌朝、南が開成館に出勤すると、机の上に計算帳が戻っており、洋式の帳面が添えられていた。

開いてみると、すべて横書きで、羽根ペンで書いた端正なアラビア数字が並んでいた。単位はメートルとグラムで統一されている。

それが構造計算と工法の策定、工種ごとの予算などに分類され、わかりやすく書き換えられていた。

もとの漢数字の計算帳には、あちこちに朱で訂正が入っている。急激な物価の上昇も予測して、改めて予算が立て直されていた。

驚異的な仕事ぶりだった。でも、たったひと晩で仕上げてくる意地には、つい溜息が出た。

その後、山田は、経路全域を測量し直したいと言い出した。傾斜の具合で水が順調に流れるかどうか、何より大事な点だけに、南は許可した。結局、測量は小林の分も含めて、五回に及んだが、数値は正確さを増した。

経路を踏破しているうちに、山田が思いがけない提案をしてきた。

「中山峠下の大隧道の出口に、滝ができますよね。そこに発電所を建てたらどうかなって思うんです。フランスだと、製糸場なんかで、そういう電気を動力に使う工場が、けっこうあるんです。桑野村も養蚕に力を入れているし、どうですか」

フランスは服飾の先進国だけあって、ヨーロッパの中でも、特に製糸業が盛んだという。

「水力発電で製糸場か。悪くないな」

養蚕や製糸は県の担当であり、中條に伝えたところ、かなり乗り気になった。日本では火力でも水力でも、まだ発電所はどこにもない。

「日本で最初の発電所にしよう」

中條は山田に訳してもらうのだと言って、フランス語の資料本を取り寄せるなど、張りきって調べ始めた。

　そんなときに奈良原が東京から戻ってきて、南に言った。

「山田だが、北海道に行かせることにした」

「え？　何をしに？」

「伊達《だて》という町で、新しく製糖会社ができるんで、そっちをやらせる。ビートという甘い大根から、砂糖を作る会社だ」

「砂糖？　彼の専門は土木ですよ」

「いや、松方どんがパリ万博で会ったときに、製糖について調べさせたことがあるそうだ」

　まるで専門外の調査であり、信じがたい話だった。しかし北海道行きは、もう決定事項らしい。

「いつ行くんですか」

「すぐだ」

「その仕事は、長くかかるんですか。いつ帰ってくるんです？」

「行ったきりだ。もう、ここには戻らん」

　耳を疑った。

「じゃあ、異動って、ことですか」

「その通り」

　南は慌てた。

「それは困ります。彼には発電所のことを、担当してもらうつもりです」

　製糸場の動力にすると説明した。

「だが養蚕だの製糸だのは、福島県の仕事だろう」

「それはそうですけれど、国と県が協力するって話だったじゃないですか。それに彼は六月に来たばかりですよ。まだ三月《みつき》も経っていません。せめて起工式まで居させてください」

「起工式は来月、十月下旬に行う。それまで、ここに居たら、北海道は雪の季節に入ってしまう。今すぐ赴任だ」

「なぜ？　なぜ、異動なんです」

「君の耳にも届いているだろう。あいつは技師や職人の信頼を得られない。こういう大人数の仕事には向かん男だ」

「でも、優秀なのは確かです。それに、まだセメントやダイナマイトの使い方だって聞いていません」

「そんなものはフランス語の土木の本に書いてあるだろう。何冊か買って、通詞に日本語に訳させれば、それですむ話だ」

奈良原の口調は揺るぎない。

その日、山田と顔を合わせると、妙に浮かれた様子だった。

「南さん、俺、北海道に行くことになりました。まあ、いつまでも、こんなところに居たって、しょうがないし。いろいろ経験を積んで、出世を目指しますよ」

強がりが痛々しい。南は言葉を選びながら言った。

「ここの仕事は三年で終わる。それ以降は、私も別の場所に移るだろう。そのときは、また一緒に仕事をしないか。あんな計算を、ひと晩でやれるのは君だけだ」

するとと山田は、ぷいと横を向いた。そして、つぶやくように言った。

「そんなふうに言ってくれるのは、南さんだけですよ」

言葉尻が潤んでいた。

その後、山田は、南と中條ふたりに見送られ、ひっそりと奥州街道を北に向かって旅立っていった。

中條が悔しそうにつぶやく。

「これで発電所の件は、お流れだな」

南は久しぶりに須賀川の小林久敬を訪ねた。

間口の広い町家の前に、何頭もの馬がつながれ、荷車や人力車も並び、馬車さえも置かれている。奥州街道沿いは疏水着工の噂で活気づき、生糸の横浜方面への輸送量も増えて、問屋場は繁盛していた。

店は、とっくに代替わりしており、南が名乗ると、店主である息子が笑顔で出てきた。

「父なら奥の離れにいます。庭から入ってください。疏水のことから離れて以来、急に老けた感じです。でも口だけは達者でね。南さんに憎まれ口をたたくかもしれないけれど、本心は喜びますよ。まだ毎日、測量の道具をいじってるし、みんな、わしのことなんか忘れてるんだって、ひがんでますから」

そう聞くだけで、南は胸が痛んだ。

去年、小林が切り捨てられ、今年は山田が続いた。大きな事業だけに、致し方ない面はある。それでも続くと、やるせない思いが湧く。

まして小林は何の見返りもなく協力してくれたのだ。感謝の気持ちは、南の中に深く刻まれている。

庭を通って離れへと、そっと近づいてみると、小林は縁側で背中を丸めて、自慢の測量道具を眺めていた。額の後退と、顔の四角さは変わらないが、肩の辺りが小さくなった気がする。

小林は気配に気づいて、一瞬、こっちを見たが、慌てて道具を箱に隠した。横を向いて、白々しく聞く。

「な、何の用ですかね」

南は軽く頭を下げた。

「小林さん、久しぶりです」

ファン・ドールンが蔞卉峠の経路を退けて以来だった。小林は挨拶も返さない。

南は後ろめたさを断ち切って、縁側の前に立ち、あえて明るく言った。

「疏水の起工式が決まったんで、知らせに来たんです。十月二十七日。場所は開成山大神宮です」

開拓の初期に、開成社が開山した神社であり、起工式は、その本殿で執り行うことに決まったのだ。

「小林さん、来てくれませんか」

小林は下を向いて、しばらく黙っていたが、また白々しく聞いた。

「来いって、どこにだ？」

「起工式ですよ。小林さんの測量のおかげで、工事が始められる。だから一緒に祝いたいんです」

また黙っていたが、ふいに顔を上げて、憎々しげに言った。

「行くもんか。つまみ出すなんて言われたのに、どの面《つら》さげて行けばいいんだ。頼まれたって、行ってやらねえ。また、わしを何かに利用するつもりだろう」

今度は南が黙る番だった。

小林が行きたがっているのは明らかだ。経路こそ違えども、あれほどのめり込んだ疏水の着工なのだから。祝いの場に行きたくないはずがない。でも、あのときの邪魔者扱いが忘れられないのだ。

それは、もっともであり、申し訳なさが湧き上がる。でも、だからこそ一緒に祝いたい。小林の業績を広く示したかった。

南は、なおも沈黙を続けた。ただただ小林の口から色よい返事が出るのを待って。記録帳を借りたときにも、こんなふうにして頼み、小林は人力車の座席に載せてくれたのだ。今度もという期待がある。

しかし返ってきたのは、期待外れの言葉だった。

「帰れ」

南は落胆をこらえ、なおも黙って立っていたが、小林が繰り返した。

「帰ってくれ。あんたなんかに用はない」

恨まれて当然という自覚はある。しかたなく南は、縁側に背を向けて、ゆっくり歩き出した。すると後ろから声がかかった。

「待て」

思い直してくれたかと、胸を高ならせて振り返った。

だが、その一瞬で、小林の心は揺り戻ってしまっていた。また横を向いて、不機嫌そうに言う。

「何でもねえ。早く帰れ」

あのとき負った傷の深さは、計り知れなかった。

その日のうちに南は、奈良原に持ちかけた。

「起工式の日に小林さんに、国から感謝状か表彰状を贈れないでしょうか」

「表彰状か」

奈良原は豪放磊落に見えて、繊細なところもある。あの日、小林に向かって「つまみ出す」とか「今すぐ須賀川に帰れ」などと言い放ったことが、今となっては、心の棘《とげ》として残っているにちがいない。

奈良原とて好《す》き好《この》んで、小林や山田を突き放したわけではない。そうしなければ、この巨大事業を率いる者として、責任を果たせないからだ。

案の定、奈良原は、いきなり反対はしなかった。いつものように腕を組んで言う。

「起工式では無理だろう。毛嫌いする者もいるし。祝いの華やぎに水を差しかねん」

たしかに、中條が嫌な顔をするのが目に見える。

「それなら、こうしてはどうでしょう。式典の前に、須賀川の旅館にでも会場を設けて、表彰式を執り行ったら」

盛大な式でなくても、松方正義あたりに出てもらって、国からの正式な表彰だと示したかった。

「私たちは、この疏水事業を仕事としてやっています。でも小林さんは違うんです。私財を投じてきたんですから」

あのときの小林の言葉が忘れられない。

「それじゃあ、わしの苦労は、どうなるんだ？　今まで、どれほどの金と労力を費やしたか。南さん、あんたなら知っているでしょう」

感情的になってしまった小林を、南は、かばってやれなかった。あのときの光景は悔いとなって残る。

奈良原は腕組みをほどいて、ひとつ息をつくと、両手で自分の顔をたたいてから言った。

「わかった。東京で松方どんに相談してみよう。そうだな。あれほどの小林の努力を見捨てたままで、いいはずがない」

十月中旬になって、南は、ふたたび小林の離れの縁側前に立った。白木の三方《さんぼう》を掲げ持ち、そのまま沓脱石で革靴を脱いで、縁側に上がる。

床の間前の上座に、真新しい座布団が用意されている。それに向かい合う位置で、小林が深々と平伏していた。息子夫婦が下座に控え、父親と同じように頭を下げている。

南は真新しい座布団に正座し、小林の前に三方を置いた。三方の上には表彰式の招待状が載っている。金の縁取りのある奉書紙《ほうしょがみ》に、美しい筆文字が収まっていた。

「顔を、お上げください」

南は堅苦しいと思いながらも、丁寧な言葉づかいで話しかけた。

小林自身も息子夫婦も、ゆっくりと上半身を起こす。四角い顔が、見たこともないほど神妙になっている。

「どうぞ、書状を、ご覧ください」

南の言葉で、小林は、うやうやしく奉書紙を手に取った。

そこには、こんな文字が並んでいた。

「小林久敬

右ニ賞与下賜《かし》之儀ニ付《つき》

来《きた》ル十月二十七日午前七時

須賀川旅籠《はたご》大白木屋ニ於《おい》テ

授与式ヲ催シ来臨ヲ命ス

明治十二年十月

内務卿伊藤博文」

内務卿の伊藤博文から商人に宛てた書状だけに、敬称もなく、五日後の授与式に来いという命令調だ。

小林が奉書紙を三方に戻し、ふたたび平伏した。

「ありがたく承《うけたまわ》ります。十月二十七日の朝七時に、慎んで大白木屋にまいります」

会場の大白木屋は、須賀川で、いちばん格式の高い旅館だ。早朝なのは、その後に郡山に移り、起工式に参列するからだった。

続いて南は、背広のポケットから帛紗包みを取り出して、畳の上で開いた。

「こちらも、お納めください」

起工式への招待状だった。葉書大の厚紙に、日時と開成山大神宮という会場名などが、木版印刷されている。大勢の招待客に配るもので、右上には小林の名前が、筆文字で書き加えられていた。

これも小林は、うやうやしく受け取った。

「では、これで」

南は両腿《りょうもも》の上に手を置いて立ち上がった。縁側に腰掛けて、沓脱石の革靴に足を差し入れた。小林の息子の妻女が、靴べらを手渡してくれる。

靴を履いて庭に降り立ち、振り返ると、小林が感無量といった様子で、三方の上の書面を見つめている。

庭先に、須賀川の商人たちが、ひとりふたりと姿を見せた。いつしか庭は着流し姿の商人たちで、いっぱいになっていた。だれもが笑顔だ。

「小林さん、おめでとうございます」

「ご隠居さん、よかったですね」

次々と祝いを口にする。

南は改めて小林に聞いた。

「小林さん、喜んでくれますか」

緊張が解け、ようやく小林が笑顔を見せた。

「本当はね、紙っきれなんかもらったって、嬉しくないって、突っ返してやろうかと思ってたんだが、ご招待状だけでも嬉しいね」

商人仲間に顔を向けて言った。

「できれば須賀川の方にも、水を引きたかったけれど。それだけが残念だ」

すると仲間は首を横に振った。

「こっちに水が来なくても、安積が潤えば、街道筋が活気づく。安積の米や生糸や繭を、もっと東京方面に運ぶことになる。俺たちだって、これから大儲けできるぞ」

冗談じみた言い方に笑いが起きる。

だが小林はうつむいて、洟をすすった。

「それでも、やっぱり、わしは生まれ育った土地にこそ、水が欲しかった」

それは利益誘導というよりも、自分の町への純粋な愛着だった。

南は頭を下げてから言った。

「私の力不足で、今回は安積だけの配水になったけれど、きっといつか、小林さんの望んだ経路にも、水が引かれますよ。第二安積疏水が、きっとできます」

「そうかな」

「そうですとも」

南が力強く言うと、もういちど小林は洟をすすって、笑顔を見せた。


起工式の朝、大白木屋の大広間には、紅白の幔幕《まんまく》が張りめぐらされた。畳には座布団が敷き詰められ、小林の親族や須賀川の仲間たちが着座した。

南は来賓席の端で授与式を見守った。

まず伊藤博文が金屏風《きんびょうぶ》の前に立った。そして対峙《たいじ》した小林に向かって、おごそかに表彰状を読み上げた。

「小林久敬、その方、長年にわたって、農家の水不足を憂い、猪苗代湖からの引水に奔走し、巨万の私財を投じ、もっぱら国益のために尽くしたり。奇特の至りゆえ、これを

表彰す。明治十二年十月二十七日、内務卿、伊藤博文」

小林は緊張の面持ちで受け取った。

続いて松方正義が、桐箱入りの銀盃《ぎんぱい》を授与した。これを受け取るときの小林の背中は、小刻みにふるえていた。

三人目に立ったのは、大久保利通に最後に会った福島県令、山吉盛典だった。

あれから山吉は、大久保から聞いた明治三期計画を文章にまとめ、「済世遺言」と題して印刷製本し、あちこちに配った。その内容は新聞や瓦版に転載されて、世に知られるようになった。

山吉は晴れやかな口調で祝辞を述べた。

「小林久敬くん、おめでとう。君の詳細な現地調査は、疏水計画に活かされた。ここまで来るのには、並ならぬ苦労があっただろうが、今日の表彰は、かならずや歴史に刻まれる。世の人々は後々まで、君に感謝することだろう。君の長年の努力が認められて、私も嬉しい。この喜びを、どうか存分に、かみしめてくれたまえ。明治十二年十月二十七日、福島県令、山吉盛典」

山吉は中條と対立しながらも、ずっと小林案を支持してきた。安積だけでなく須賀川に分水する経路を、どうしても選択したかったのだ。しかし結局、蓑卉峠越えは退けられ、小林同様、忸怩《じくじ》たる思いを抱えた。

だが金屏風の前の祝辞では、そんな様子は微塵《みじん》も見せず、小林の表彰を寿《ことほ》いだ。それから小林自身が立って、礼を述べる番になったが、あれほど口達者な男が、泣いてしまい、ろくに話せなかった。その涙こそが、今までの悔しさと、今の嬉しさを物語っていた。

客席に、もらい泣きが広がる。最後に詩吟などが披露されて、早朝の授与式は終了した。

大白木屋前の奥州街道には、伊藤と松方が東京から乗ってきた馬車を先頭に、おびただしい数の人力車が並んでいた。小林が街道の問屋場仲間に呼びかけて、この日のために集めたのだ。

どの車も「祝安積疏水起工」という幟旗《のぼりばた》を晴れやかに掲げ、引き手たちは「祝疏水起工」と染め抜いた、水色の法被《はっぴ》を揃いで身につけている。幟旗も法被も小林が誂《あつら》えたものだ。

伊藤と松方が馬車に乗り込んで、最初に走り出すと、来賓たちの乗った人力車が後に続いた。

南は小林の店の奉公人に促されて、一台に乗り込んだ。だが走り出しかけたときに、小林自身が追いかけてきた。

「南さん、待ってください。一緒に行きましょう」

人力車の引き手が足を止める。

小林は駆け寄ってきて、車上の南を見上げて言った。

「恐れ多いけれど、神宮に行く前に、見てください」

手に持った桐箱を開け、鬱金《うこん》で黄色く染めた布を広げて差し出す。そこには鈍く光る銀盃が載っていた。十六弁菊の紋章が刻まれている。

「南さんのおかげです。一時は、あんたのことを恨んだこともあったけれど、今は感謝しています」

そして銀盃を手にしたまま、数歩、後ろに下がった。

「本当に、ありがとうございました」

四角い顔を深々と下げる。そして自身も、南の後ろの人力車に乗り込んだ。それを機に二台が走り出す。

三年前の帝の行幸以来、奥州街道は徹底的に整備され、車輪が小石に乗り上げることもない。

前には幟旗を掲げた人力車が、何台も連なって走る。沿道の人々が、珍しい行列を見物しようと、道端に並んで、笑顔で手を振っていた。

次々と声援が飛ぶ。

「小林さん、おめでとうございます」

「旦那、立派ですよ」

「小林久敬、日本一ッ」

南が後ろを振り返ると、小林は人力車から落ちそうなほど身を乗り出して、両手を大きく振っている。その四角い笑顔は、晴れがましさに輝いていた。

車を降りた人々が、開成山大神宮の大鳥居をくぐって、幅広の石段を登る。

今や桑野村のみならず、安積原野のあちこちで開拓が広がり、入植者は順調に増えている。

そんな村人たちが、本殿前の広場で待ちかまえていた。だれもが満面の笑みだった。

伊藤博文が石段を登り始めると、人垣の中から声がかかった。

「待ってましたッ、伊藤内務卿、日本一ッ」

伊藤は気さくに片手をあげて、笑顔で応じる。その鷹揚《おうよう》な態度を見て、冗談が飛ぶ。

「水が来るのも、待ってますよッ」

爆笑が湧き、祭りのような盛り上がりだった。

人垣の中に、緑色の法被姿が目立つ。背中に桑の葉の紋が染め抜いてあり、こちらは開成社が誂えた衣装で、着ているのは桑野村の若者たちだった。

彼らは今日の雑用を引き受けており、仙次郎は来賓の案内役だった。甘い顔立ちに緑の法被が、よく似合う。

広場の端には縁台が並べられ、赤い毛氈《もうせん》が敷かれていた。来賓が腰かけると、やはり緑の法被姿の娘たちが茶でもてなす。今は仙次郎の妻になった多恵も、せっせと立ち働いていた。

時間になると、また仙次郎が現れて、一同を本殿へと導いた。並んだ床几《しょうぎ》の最前列に、伊藤博文らと県令の山吉が腰かける。

二列目に南たち内務省の役人が並び、次が中條ら県の役人で、その後ろには吉野周太郎など銀行関係者と小林久敬が続く。阿部以下開成社の二十五人は主催者として、最後列に並んだ。

神官が祝詞《のりと》の後に、大麻《おおぬさ》を振るった。細い紙束が音を立てて揺れる。伊藤博文から順に、ひとりずつ前に進み出て、巫女《みこ》から渡される榊《さかき》を白木の台に置き、手を合わせる。

南は身が引き締まる思いで祈った。

「どうか、事故がなく、無事に三年で工事が終わりますように。つつがなく水が通りますように」

すべての神事が終わって、本殿にいた全員で開成館の祝賀会に移動した。

伊藤と松方が、ふたりがかりで木槌を持ち、地酒の一斗樽《いっとだる》の蓋を割った。緑の法被組が枡《ます》に酒を満たして、次々と振る舞う。会場には笑顔と祝いの言葉と、心地よい酔いが満ちていく。

南は枡酒を手にして、ひとりで三階の外回廊に出た。ここで山田と話したのは、つい先月なのに、ずっと前のような気がした。

ひと口、酒を呑んでから、桃色に染まった夕暮れ空を見上げて、ひとり言をつぶやいた。

「あいつは今ごろ、北海道で腕を振るっているだろうか。よもや、また、ひと晩で工種ごとの計算なんか、やってないだろうな」

手すりをつかんで立つと、安積原野を貫く下り坂が真《ま》っ直《す》ぐに見通せる。数年後には、この一帯が見渡す限りの田園に変わると信じた。

第六章　竜神の潜《す》む沼

国営の工事は西から一番工区、二番工区と、五つの工区に分けて始まった。

一番工区は猪苗代湖の西側、十六橋水門建設と川底の掘り下げだった。橋は児島組に任せるために、旧来の尺貫法を用い、全長が三十六間《けん》、幅十一尺、高さも十一尺と定めた。そこに十六個のアーチを連ねる。

橋の近くに大きな作業小屋を建てて、その中で、石工たちが石や材木を整形した。ノミをたたく甲高い音が、絶え間なく響く。

雪が降り始めると、いくつもの火鉢を持ち込んで暖を取った。だが床が土間だけに、足元から底冷えがする。児島基三郎も配下の石工たちも、初めての北国の冬に、ふるえながら作業した。

春になって雪が解けたら、すぐに現場で組み立てられるように、石と石が接する面を、丁寧に研いでいく。

水門が完成したら水を堰き止めて、川底の掘り下げに移る予定だった。

二番工区から五番工区までは、まさに人海戦術による開削だ。こちらは希望する請負業者の入札制にした。

業者が決まると、働き手たちが続々と集まってきた。それを二十人でひと組にし、組頭を決めた。その上に工夫頭も据えて、命令系統と責任の所在を明らかにした。

内務省や福島県からは、応援の役人たちが何人も加わり、南が各部所への配属を決めた。

磐梯熱海では温泉街がこぞって協力し、どの宿屋も大勢の働き手を受け入れてくれた。最大手の旅館を工事の拠点にして、南と役人たちが泊まり込んだ。奈良原は安積の開成館に陣取って、東京とのやり取りに当たることにした。

南は地元の大工たちを呼び集めて、それぞれの工区に小屋を建てた。働き手たちの食事や寝泊まりのための飯場《はんば》だ。

毎日、午前と昼と午後の三回、休憩時間を定め、休日も定期的に設けた。

日当は二十銭。休日を取りながらでも、ひと月で最低五円にはなる。役人の初任給が十円ほどであり、特に技術がなくても働ける場としては、悪くない条件だった。

こういった決まりは、山田の訳したフランスの就業規則をもとに、南が請負人たちと相談して定め、新たに「水利心得」として編纂《へんさん》した。何もかも今後の規範になるようにという意識だった。

二番工区は湖東岸の山潟だ。大昔には湖の一部だった干潟だ。猪苗代湖の標高は五百十四メートルだが、山潟は湖面より一メートルから、場所によっては二メートルほど高い。

湖岸の取水口は、しっかりとセメントで護岸し、その先を、浅い貯水池のように広げた。

内陸に五百メートル進んだところに、またセメントを使って堰を設けた。三十センチほどの垂直な段差をつけて、そこから先は四・五メートル幅の水路にする。

湖面が下がる時期には、この堰を水が乗り越えられなくなる。その代わり、雪解けや梅雨時などに湖面が上昇すると、三十センチの段差が、ちょっとした滝のようになって流れていく。これはファン・ドールンの助言だった。

堰から東に向かう四・五メートル幅の水路は、水流で土が削れないように、両岸に石垣を積んだ。

真冬の最中、まっ白い雪原の中に、一本の溝が着々と延びていく。内陸に向かうに従って、土地が高くなるのとは逆に、溝の底は、少しずつ低くしていく。

そのため両側の石垣は、しだいに高さを増し、大勢の男たちが、溝の谷に埋もれるようにして立ち働いた。

ツルハシを振り下ろし、スコップに土を盛って畚《もっこ》に載せ、溝の外に運び出す。寒気の中、懸命に働く集団からは、湯気が立ちのぼった。

水田が途切れる辺りから、土地が低くなり始めて、湿地に変わった。掘り進めば進むほど、水が湧き出す。蒸気タービンでポンプを稼働させ、水を吸い上げたが、それも追いつかない。

湿地の先が、三番工区の田子沼だった。大昔は、ここまで猪苗代湖が続いていたという底なし沼だ。この水が二番工区に湧き出してくるのだ。

そのため先に田子沼を埋めてしまうことにした。水路を掘った土砂や、周囲の山を削った土砂を運んで、次々と沼に投げ入れた。四・五メートル幅だけ残して、周囲を埋め立てる。そうして埋立地のただ中に、水路を通す計画だった。

しかし、どれほど土砂を投げ入れても、どんなに長い竿で探っても、濁った水の底には届かない。

猪苗代湖から小舟を運んで、沼の隅々まで調べたが、浅瀬は見つからなかった。まさに底なしに思えて、虚《むな》しくなるような埋め立て作業が続いた。

山潟から田子沼までは、わずかに起伏があるだけの、ほぼ平坦《へいたん》な土地が四キロ近く続く。だが田子沼の先には、いきなり切り立った山が立ちふさがる。

そこからが中山峠下の四番工区で、大隧道が貫通することになる。高さ一・八メートル、幅一メートルの穴を、東に向かって掘り進むのだ。

隧道の予定全長は五百九十メートル、入口と出口の標高差は二メートルで、その傾斜で順調に水が流れる計算だった。

奥羽山脈のただ中だけに、そのほとんどが硬い岩盤だった。蒸気タービンとドリルを駆使し、ときには細心の注意を払ってダイナマイトも用いた。

山の脇斜面から隧道に向かって、三本の横穴を開けて、空気の取り入れ口を確保した。南が故郷で広瀬井路を造ったときの隧道は、掘れば掘るほど水が湧き出し、それを人力で汲み上げて外に捨てた。

ここでは空気の取り入れ口の横穴から、ポンプの布管を引き入れて、蒸気タービンを作動させた。すると、たちどころに水が吸い出される。

また広瀬井路では、掘り進みながら、随所に松の丸太で支柱を立てた。しかし費用が足らず、丸太を充分に用意できなくて、大雨が降るたびに落盤を起こした。

だが、ここでは岩盤が硬いだけに、雨による落盤の危険は、広瀬井路より少ない。地盤の緩いところがあれば、壁から天井までセメントで覆った。特に隧道の入り口は、今までにない灰色で固められ、いかにも新時代らしい印象になった。

掘り出した岩や土砂は、せっせと田子沼まで運び出して、埋め立てに使い続けた。

隧道が突き抜ければ、五百川の源流近くの斜面に出る見込みだった。隧道の出口と、五百川の水面までの落差は、四十メートル以上ある。ここにできる滝を利用して、水力発電所を作ろうと、山田が提案した場所だ。

滝で五百川に合流させたら、自然の川の流れに任せて東進させる。そのため、しばらくは工区は途切れる。

五番工区は磐梯熱海周辺だった。そこから先の五百川は、どんどん低い場所へと流れて、いずれは阿武隈川に合流する。

ひとたび安積原野よりも低くなってしまえば、もう水は原野に届かない。そのために、ある程度の標高がある磐梯熱海で、分水することにした。

具体策としては、まず温泉街下の川幅を広げ、石垣とセメントで堰を築いて、いったん水が貯まるようにする。そこから北側の斜面に分水路を掘って、貯まった水の一部を導く。

それ以外の水は堰を越えて、ちょっとした滝になって垂直に落下し、五百川として阿武隈川へと向かう。

一方、北斜面に設けた分水路は、標高を保ちつつ東進させる。しかし安積原野は南に位置するために、途中から方向を南に変えなければならない。そうすると低くなった五百川の谷と、どうしても交差する。

そこは、ふたたび児島組の出番だった。五百川に石造りの眼鏡橋を架けて、水道橋にするのだ。そうすれば水は、高さを保ったまま南進できる。

もしも温泉街下の分水路を、北斜面ではなく南側に設けられれば、水道橋は不要になる。しかし南側には低い土地が続いており、地形的に無理だった。

温泉街下の堰の標高は約三百メートルで、安積原野北端は約二百五十メートル。その間は十キロほど離れている。それだけの距離を五十メートルの標高差で、水を流すことになる。

少しでも測量が狂えば、水は淀んで水路から溢《あふ》れ出し、勝手な方向に流れていってしまう。五番工区から先は、もっとも正確な計測値が求められる場所だった。


明治十三年の春が来ると、工事に拍車がかかった。冬の間、働き手は四百名ほどだったが、雪が消えたころには、ほぼ倍増していた。南は急いで飯場を増築した。

一番工区では、児島組が揃いの半纏姿で、十六橋水門の組み立てにかかった。等間隔に礎石を据えて、木組みを渡し、その上に逆台形の石を組み合わせて載せていく。落下しようとする力で、石同士が押し合い、がっしりと固定される構造だった。最後に木組みを外すと、アーチのひとつが完成する。それを十六回、繰り返していく。

水門は当初の見込み通り、角落としにした。アーチ部分の湖側に堰柱を立てて、厚さ十五センチの杉の横板を八枚ずつ、上から差し込む。いちばん下の横板に鉄鎖をかけて、人力で上げ下げする方式だ。

二番工区、湖東岸の山潟では、なおも湧き水に悩まされ続けた。三番工区の田子沼の埋め立てが終わらない限り、作業は再開できない。

田子沼は予想外の難所になった。ひと冬かかっても、まだ底が探れない。働き手の男たちは、本当に底がないのではと怯え始めた。

南は磐梯熱海の宿を拠点に、毎日、それぞれの工区をまわって歩いたが、特に三番工区が気になって、足繁《あししげ》く通った。

ある朝、田子沼に赴くと、ちょうど朝飯を終えた男たちが、近くの飯場から出てきて、作業を始めようとしていた。

南は沼の水面に、何か黒いものが浮いているのに気づいて、近くにいた組頭に聞いた。

「あれは何だ？」

組頭は首を傾げた。

「熊か、猪《いのしし》でも落ちたんでしょうかね」

「作業の邪魔になりそうだし、ちょっと小舟を出して、引き上げよう」

組頭は配下の男たちと一緒に、小舟に乗り込んで、黒い物体に近づいた。

次の瞬間、男たちの絶叫が山にこだました。

「ひ、ひ、人だッ」

「だ、だれかが、し、死んでる」

すぐに引き上げられたが、すっかり冷たくなっていた。昨日の作業後にでも、足を滑らせて落ちたらしい。

南は急いで男たちに命じた。

「戸板だ。飯場から戸板と筵を持ってきてくれ。あと、きれいな水も手桶《ておけ》で頼む」

そのまま遺体のかたわらに膝をついた。

今まで大きな事故もなく、ここまでやってこられた。起工式までの人間関係の煩わしさから比べれば、毎日が楽しかった。だが、とうとう犠牲者を出してしまったのだ。その衝撃が胸を突く。

手桶の水が届くと、南は冷たい遺体の顔を素手で丁寧に拭って、泥を落としてやった。

そのとき組頭が息を呑んだ。

「留吉《とめきち》だッ」

ほかの男たちも気づいた。

「海老名《えびな》留吉だ。間違いない」

南は組頭を見上げて聞いた。

「昨夜《ゆうべ》、いないのに気づかなかったか」

「へえ、もともと目立たないやつだったんで」

「点呼はしなかったのか」

夕方、飯場に帰ってきた人数の確認は、組頭の責任だった。

組頭は消え入りそうな声で答えた。

「へえ。飯場に戻らずに、熱海まで遊びに出るやつもいるんで、いちいち数えていられなくて」

話しているうちに、飯場から戸板が届いた。南も手を添えて、遺体を戸板に載せた。

またしゃがんで、顔や手に水を注ぎ、できるだけきれいにしてやった。最後に新しい筵をかけてから、組頭を見上げた。

「海老名留吉の家はどこだ？」

組頭は首を傾げた。

「あまり自分の話はしなかったんですが、たしか郡山の方だったたと思います」

「それなら家族に知らせてくれ。遺体は郡山まで運んでもらえるか。私も後から行く」

「わかりました」

それから南は山を下り、急いで開成館に戻って、奈良原に告げた。

「田子沼で犠牲者が出ました」

奈良原は顔をしかめた。

「無事故というわけには、いくまいと思ってはいたが」

そして規定の四十円を、金庫から出してくれた。役人の初任給の四ヶ月分が、工事中の事故死の見舞金だった。

南は急いで家に帰って、妻の志津に聞いた。

「いくらか包んでやれる金はないか」

志津は文箱《ふばこ》を開けた。

「十円しかありませんけれど、いいですか」

「それでいい」

南がうなずくと、志津は手早く十円札を半紙で包み、白黒の水引をかけて差し出した。

いまだ暮らしは楽ではない。今年、次男が十四歳になって、長男と同様、東京の学校に入れた。

長女のツネは、もう十六歳だ。最近は嫁入りが遅くなっているが、ひと昔前なら、もう嫁いでいてもおかしくない。でも今は晴れ着一枚すら、買ってやれる余裕がない。

それなのに妻に、なけなしの十円を出させるとは。申し訳ない気持ちが湧く。

「すまないな。でも、こうして自分が痛い思いをしてこそ、二度と事故を起こさないと誓えるんだ。だから」

志津は、やや諦め顔ながらも微笑んだ。

「あなたが、こういうことで何か言い出したら、後に引かないのは、わかっていますから」

「すまない」

南は、もういちど謝って、家を出た。

郡山の宿場裏の菩提寺《ぼだいじ》に、遺体を預けたと、組頭から連絡があり、南は直接、寺を訪ねた。

住職が迎えて案内してくれた。蠟燭《ろうそく》の灯りが揺れる本堂に、棺桶が置かれており、老いた母親が、たったひとりで座っていた。

住職が神妙な口調で言う。

「留吉は名前の通り、貧乏人の子沢山の末子でしてね。家が小さくて葬式が出せないんで、とりあえず仏さんを預かりました。経のひとつも読んで、明日にでも埋葬しようと思っていたところです」

「そうでしたか。ご迷惑を、おかけしました」

南は線香を上げてから、ふたつの紙包みを、母親に差し出した。

「これは国からの見舞金です。こっちは葬式代にでもしてください」

母親は驚いて、白髪の目立つ頭を横に振った。

「そんな。もらえません」

世の習いとして、土木工事で命を落としたら、運が悪かったと諦めるしかない。今までは見舞金などという制度はなかった。

「少ないけれど、決まりなんです」

南が、もういちど差し出すと、住職が言葉を添えた。

「もらっておけ。息子の置き土産《みやげ》だ」

母親は身を縮めながらも、ようやく受け取った。それから小声で話した。

「うちは子沢山で、ちゃんと世話してやれなくて。放ったらかしだったから、気がついたら、悪い仲間に入ってて。博打《ばくち》に手を出して、さんざんな目にあって。でも疏水の普請場で働けば、いい日当がもらえるから、真人間になるんだって言って、家を出ていったんです」

母親は洟をすすった。

「そんなこと言って、本当は、またどこかで悪さでも、してるんだろうと思ってたけど」

袖口を目元に当てて言った。

「本当に、ちゃんと働いてたんですね」

くぐもった声で続けた。

「留吉が二度と帰ってこないのは哀しいけれど、ちゃんと働いてたって、わかっただけでも」

それきり涙で言葉が続かない。

南は嘆いた。なぜ、こんな男に限って死ぬのかと。

住職は数珠を持つ手を合わせ、南に言った。

「真人間として死んで、留吉は成仏できました。ありがとうございます」

自分には礼を言われる筋合いはなく、居たたまれない思いばかりだった。

翌日、田子沼に行ってみると、ずいぶん人数が減っていた。組頭が申し訳なさそうに言う。

「妙な噂が立ちましてね」

「妙な噂？」

「へえ、この底なし沼には竜神さまが潜んでいて、その住処《すみか》を奪おうとしたから、留吉が引きずり込まれたんだって。それで怖がって、いっせいに辞めたんです。なんとか引き止めたけど、まだまだ辞めたがっているやつもいて」

「そうか、わかった」

南は即断した。

「開成山大神宮から神主に来てもらって、お祓《はら》いをしてもらおう。去っていったやつらを呼び戻してくれ。お祓いをしないままでいると、かえって危ないからと言い聞かせるんだ」

翌日には神主が狩衣《かりぎぬ》の正装で現れ、働き手たちも全員が戻ってきた。

小雨模様だったが、神主は装束が濡れるのもかまわず、沼の水際に注連縄《しめなわ》の結界を設けて、おごそかに祝詞を唱えた。働き手たちの頭上で、白い大麻を大きく振って厄《やく》を払う。

神主が小舟で水上に出るというので、南も乗り込んだ。普段は猪苗代湖で漁師をしている男が、及び腰ながらも櫓《ろ》を漕《こ》ぎ、小舟を沼の真ん中まで進めた。

そこでも神主は祝詞を唱え、また大麻を振るった。厄払いを終えて、岸に戻ることになった。いつのまにか雨はあがっており、雲間から陽光がもれて、沼の中まで差し込んでいた。

南は水が澄んでいることに気づいた。昨日、留吉の遺体が上がってから、丸一日以上、埋め立て作業が中断されたために、水中の泥が沈んだらしい。

こんな中に竜神などいるものかと、内心、毒づきながら、陽光にきらめく水を見つめた。そのとき、ぎょっとした。奥底に何かが見えたのだ。

もしや本当に竜神なのかと、目を凝らした。だが、それは竜神ではなかった。はっきりと岩影が見えたのだ。隧道の中で砕けた岩が、運び出されてきたものにちがいなかった。

慌てて船頭に言った。

「ちょっと櫓を貸してくれ」

櫓の先が届くかは定かではなかったが、とにかく試してみたかった。

だが船頭は竜神がいるのだと思い込み、怖がって櫓を手放そうとしない。

南は水底を指さして、神主に聞いた。

「見てください。あれ、竜神じゃなくて、岩ですよね」

神主も船縁《ふなべり》をつかんで目を凝らし、興奮気味に応えた。

「たしかに岩です。すぐそこまで埋まっています」

南は岸に立つ男たちを振り返って、大声で叫んだ。

「底が見えたぞッ。底なしなんかじゃない。ちゃんと埋め立てができてるッ」

小舟が岸に戻ってからも、まだ男たちは怯えていた。南の代わりに、神主が言う。

「竜神さまではなく、はっきりと岩が見えました。間違いなく埋め立てられています」

そのとき、ひとりの男が遠くの空を見上げて、大声をあげた。

「あれはッ」

その場のだれもが、いっせいに男の視線の先に目を向けた。

虹が架かっていたのだ。いつのまにか青空が広がって、七色の弓形が美しく輝いている。

「慶事の兆《きざ》しです」

神主が神妙な口調で言った。

「留吉には気の毒でしたが、人柱になってくれたのかもしれません。埋め立てが終わるのも、あと、ひと息でしょう」

その言葉で、男たちの表情が変わった。南は組頭や主だった男たちを誘った。

「自分の目で見てみないか。水底の岩を」

彼らは、なおも怖がりつつも、なんとか小舟に乗り込んだ。そして沼の中ほどで水底を覗き込むなり、岸に向かって大声で叫んだ。

「本当だッ。もう、すぐそこまで埋まっているぞッ」

大歓声が湧く。男たちは手を取り合い、その場で跳ねまわって、全身で喜びを表した。

南としては、ひと安心の思いだった。これで作業が続けられる。まして埋め立ての終わりが、ようやく見えたのだ。

それにしても不思議だった。神主が祈禱《きとう》を終えたとたんに水底の岩が見えて、そのうえ虹まで架かろうとは。留吉が助けてくれたとしか思えない。

その後まもなく、南は開成社に頼んで、磐梯熱海に神社を建ててもらった。働き手たちが毎朝、仕事に出る前に、安全祈願に立ち寄れるように。小さな社ながら、奈良原が「安積疏水神社」と命名した。

南は神前で全身全霊をかけて祈った。事故は留吉ひとりだけですむようにと。

十六橋水門は十一月三日、磐梯山に初雪が降るころに完成した。

湖の周囲の山々は、冬枯れの薄茶色に変わっていた。湖畔にも雪が積もると、今度は紺碧の湖面が白銀に囲まれる。

そんな自然の背景の中で、新しい十六橋は際立って見えた。

「これなら会津の人たちも、誇りにしてくれるだろう」

南がつぶやくと、児島基三郎が胸を張った。

「腕によりをかけて造った橋です。子々孫々まで誇りにしてもらえますよ」

さっそく児島組は、五番工区、磐梯熱海の水道橋建設へと移動した。二度目の冬を迎え、また石工たちは作業小屋にこもって、石材の準備を始めた。

彼らが去った一番工区では、できたばかりの水門が閉じられた。日橋川の底を干上がらせて、掘り下げに取りかかった。

黒光りする川底の一箇所に、何度も何度もツルハシを振り下ろし、斜めに小さな穴を開けた。かろうじて手が入るほどの大きさだ。

すでに隧道内で発破を経験した男が、筒状のダイナマイトを毛織物で包み、穴の奥深くまで差し入れた。巻かれていた導火線を長く伸ばしていく。

大勢の見物人たちが、森の木陰に身を潜めて、遠巻きに見つめる。

そんな周目の中で、男は導火線の端に蠟燭の炎を移した。すぐに手放して、駆け足で遠ざかる。導火線は、パチパチと火花を散らしながら、燃え進んでいく。

男が森に飛び込むと同時に、すさまじい爆発音が鳴り響き、巨大な火柱が立った。

続いて、とてつもない爆風が起きた。南は顔をそむけて、飛んでくる小石を凌《しの》いだ。

爆風が収まってから振り向くと、辺りには白い煙と火薬の匂いが立ち込めていた。

しだいに煙が薄まっていき、人影が霞《かす》んで見えた。着火をした男が立ち戻ったらしい。空の川底を探っている。

南も急いで駆け寄った。近づくと、まだ咳《せ》き込むほどの煙だったが、男に聞いた。

「どうだ？　岩盤は吹き飛んだか？」

「だいぶ破壊できたみたいです」

目をこすりながら見れば、ダイナマイトを仕掛けた辺りが、大きくえぐれている。手をかけると、大きな岩が、あっけなく動いた。かなり奥深くまで亀裂が入ったらしい。

南は岸辺に立つ男たちに大声で告げた。

「うまくいったぞッ。これなら掘れるぞッ」

男たちが歓声をあげ、ツルハシやスコップを握って、水のない川底に次々と飛び降りてくる。それからは一気に掘り下げが進んだ。

しかし十六橋水門の外側だけを掘ればいいわけではない。橋の際は六十センチだが、下流に向かって、五十センチ、四十センチ、三十センチと、掘る深さを少しずつ減らしていかなければならない。そうして自然に流れるところまで、川底を掘り続けるのだ。

ファン・ドールンの助言を、改めて検討すると、それは二・五キロ近く下流だった。

そこまで何度もダイナマイトを爆発させながら、掘り進んでいくことにした。

南は石造りの十六橋の上に立って、大勢が立ち働く姿を見つめた。

梅雨時には会津で田植えが始まる。その前までには、なんとしても掘り下げを終えなければならない。焦りを覚える反面、水門を開ける日が待ち遠しくもあった。


明治十四年が明けて、工事は正月休みに入った。

南の家では、東京に出した息子たちが帰ってきて、家族揃って開成山大神宮に初詣に出かけた。

南は今度も神前で、工事の無事と期日までの完成を祈った。特に二度と死傷者が出ないようにと、熱心に祈願した。

境内は例年にない混雑ぶりだった。ここのところ安積原野には、新しい移住者が急増しており、彼らも初詣に来ていた。

家に戻ってからは、年始客が次々とやって来た。そんな中、仙次郎が多恵と一緒に現れた。多恵は赤ん坊を抱いていた。

南は目を丸くして、矢継ぎ早に聞いた。

「いつ生まれたんだ？　ずいぶん早くないか。男か女か」

仙次郎は照れ笑いで答えた。

「生まれて半年の男の子です。早くないですよ。一緒になって、もう二年も経つんですから」

「もう二年か。名前は何というんだ？」

「銃太郎《じゅうたろう》です。もともと兄貴の名前だったんですけどね」

「戊辰戦争で亡くなった兄さんか？」

「そうです。まだ二十二歳でした。それで父が兄の名前を、どうしても孫につけたいって言うんで」

「そういえば、お父さんには世話になった。ダイナマイトの話を聞かせてもらったのが、とても、ありがたかった」

「ちょっとでも、お役に立てたんなら、父も喜びますよ」

話しているうちに、赤ん坊が泣き出した。多恵は赤ん坊を抱いたまま、廊下に出た。おむつの交換でもするらしい。

兄が若くして戦死したのは気の毒だが、今は幸せそうな若夫婦だった。

でも彼らは、まだ借金を抱えている。その返済のためにも、疏水は三年の期日で、なんとしても完成させなければならなかった。


三が日が過ぎて、年始客も一段落すると、中條が誘いに来た。

「南さん、新しい村を見に行かないか。去年の秋に、できたばかりの村もあるんだ」

「お、いいな」

南は気軽に応じて、雪靴を履いて外に出た。

南の住まいは郡山の宿場の裏手にある。町は、うっすらと雪景色だった。

表通りの奥州街道に出ると、子供たちの歓声が聞こえた。見れば、綿入れ半纏と藁履《わらぐつ》姿の子供たちが、楽しそうに羽根つきをしていた。

「いい正月だな」

南がつぶやくと、中條は笑顔で言った。

「水が通れば、もっといい正月になるさ」

それから安積原野に向かった。宿場町からは、わずかな上り坂が続き、はく息が白くなる。

ふと中條の散切《ざんぎ》り頭《あたま》に目がいった。

「白髪、増えてないか」

「ああ、苦労してるからな」

「新しい入植者の世話が、たいへんなのか」

「そっちは大丈夫だ。どんどん人数が増えて、やりがいがある。楽しいくらいだ」

桑野村から少し離れた場所に、まだ新しい茅葺き屋根の集落が現れた。

「久留米村《くるめむら》だ。九州の久留米から四十二戸が、集団で入植した。一昨年《おととし》の十一月に来たから、今で一年とちょっとになる」

小さな家の周囲で、子供たちが遊んでいる。南にとっては、どことなく懐かしい九州の言葉が飛び交う。

「住まいは県で用意して、去年、村の周囲を耕して、まず桑の苗木を植えた。芋や大根、青物なんかも育てた。芋は自分たちが食べる分だが、大根や青物は宿場に売りに行って、その金で米を買ったんだ。それが国元の久留米で評判になって、去年は九十九戸が、もっと北の方に入った」

中條が遠くを指さす。

「それとは別に、あっちにも、もっと新しい集落がある。この冬前に鳥取と土佐から来た連中だ。鳥取からは七十一戸、土佐からは、いっぺんに百六戸だ。岡山からは十戸と少ないが、向こうで評判になれば、また後が続くだろう」

「すごいな。続々と来てるんだな」

「安積疏水が通るって聞いて、みんな期待して来たんだ。でも入植者が増えているから、今年は大根でも青物でも作りすぎになって、売りにくくなるかもしれん」

「そうだな」

「今は畑作だが、水が来れば、すぐに田んぼに変えるつもりだ」

水が待ち遠しいという。

「県内の棚倉《たなぐら》から来た士族もいて、あちこちに数戸ずつ分かれて暮らしている。二本松からも新しい入植者が十戸あった。ここ二年で三百五十二戸が増えた勘定だ」

それ以前から桑野村に六十戸あったから、合わせると四百戸は軽く超えた。少なく見積もって一戸あたり五人家族だとして、すでに二千人以上が暮らしている。

「早く移住する方が、条件のいい場所をもらえるって噂で、先を争って来るようになったんだ」

中條の予想を超えるほどの増加だという。

「それで南さん、ものは相談なんだけれど、来年の春に水を通せないかな。山際の本流だけ通してもらえればいいんだ。本流から分かれて、それぞれの村に引く支流は、自分たちで掘るから。来年、田植えができれば、ありがたいんだがな」

「来春か。なんとかしてやりたいけれど、通水は早くて来年の秋かな。それで着工から丸三年だ」

「秋かァ。そうなると最初の稲刈りは、再来年になるな」

「遅いか」

「そうだな。うちの県令が、うるさいんだ。いつから税金を取れるのかって」

今でも山吉は、小林案に固執しているという。

「まったく、うちの県令は未練たらしいんだ。なんとかして須賀川方面にも分水できないかって。たしかに、須賀川でも稲作ができれば、県内の米は大増産になるけどな。そんな損得勘定ばっかりで、嫌になるよ」

中條は古風な顔をしかめた。

「士族の移住は、去年の秋が多かったんだけど、県令がしつこいんだ。春になってから呼んだ方が、よかったんじゃないかって。秋に来られると、冬の間の暮らしを、県が補助しなきゃならないんでね。でも春になってから国許を出発するんじゃ遅いんだ。雪が溶けたら、すぐに土地を耕してもらわないと、間に合わないし」

疏水の工事にも人手を出すのだから、やはり冬前に移住して、暮らしに慣れてもらうしかないという。

「水力発電の話が流れたのも、県令のお気に召さないのさ。発電できたら製糸場だけじゃなくて、いろんな工場で使えたのにって、文句たらたらだ」

「まあ、今のところ、疏水だけでせいいっぱいで、日本最初の発電所は無理だな」

た。

「そうさ。まったく、欲深県令め」

山吉との仲は、よほどこじれているらしい。白髪の理由は、そこだったのかと納得した。

着工から二度目の春を迎え、雪解け直後から、また作業に拍車がかかった。

一番工区である十六橋付近は、田植え前の水門開放が近づき、川底の掘り下げが佳境に入った。

二番工区、湖東岸の山潟は、田子沼の埋め立てが進むにつれて、湧き水が減っていき、作業が再開された。

死者まで出した三番工区の田子沼も、完成が見えてきた。埋立地の真ん中に、石垣で護岸した溝が、まっすぐに伸びていく。

四番工区、中山峠下の大隧道掘りは、まだまだ難航していた。ドリルなどの扱いには慣れたものの、特に硬い岩盤に当たると、一日かかっても、わずかしか進まない。

もしも山の両側から、中心に向かって掘っていくことができれば、早く進むはずだが、正確に同じ位置で出会うのが難しい。少しでも下流側が高くなってしまったら、水が流れなくなり、掘り直しを余儀なくされる。

そのために上流から下流に向かって、ごく緩やかな傾斜をつけつつ、一方向に掘り進んだ。

磐梯熱海の五番工区は、宿舎が温泉旅館なので、働き手たちに人気だった。関わる人数も多く、もっとも活気がある。毎朝、男たちは安積疏水神社に手を合わせてから、現場に向かう。

ここの作業は、五百川の水を貯める堰の建設と、北斜面の分水路掘り、それに石造りの水道橋の準備が、同時に進められた。

水道橋より先の水路は、南下して安積原野の山際を進む。それが幹線になり、そこから東向きに分かれる支流は、主だったものだけで七本。さらに支流から網目のように水路をめぐらし、原野全域に配水することになる。

この部分は六番工区とも呼ぶべきところで、県の担当だったが、現場を取り仕切れるのは南しかいない。二番工区や三番工区が片づいて、手が空いた働き手たちを、順次、そちらに送り込んだ。

原野の新しい村々では、中條の指導で、水田の準備が進められた。村人たちの手で低木や岩が取り除かれ、丁寧に耕されて、畦で四角く仕切られた田ができていく。一枚一枚の田に水を張るための細かい水路も、着々と掘られていった。

六月を迎え、日橋川の川底掘りが、とうとう二・五キロ先まで完了した。

水門開けの日には、ダイナマイトの爆発のとき以上に、大勢の見物人が、水のない川辺に集まった。

十六橋の上は、半纏姿の児島組だけでなく、ほかの工区から応援に来た男たちで、いっぱいだった。南も橋の上に立って、開門の瞬間を待った。

児島基三郎の合図で、男たちが湖側を向いた。十六箇所の角落としを、いっせいに持ち上げるのだ。それぞれの堰柱にはめ込んだ横板は八枚ずつ。いちばん下の板まで掛けまわしてある太い鎖を、全員で握りしめた。

ふたたび基三郎の合図で、男たちが独特な大声を発した。

「さん、のー、がー、はいッ」

九州北部ならではの掛け声で、いっせいに鎖を引く。だが水圧に逆らって、いちどに八枚の板を引き上げるには、とてつもない力が必要だった。

もういちど掛け声で鎖を引き直す。

「さん、のー、がー、はいッ」

何度も何度も声が繰り返され、それに合わせて、男たちは力を振り絞った。

歯を食いしばって足を踏ん張り、全身に力を込める。腕に盛り上がる筋肉がふるえ、額から汗が吹き出す。

一番上の板が、じりじりと、せり上がってきた。すぐに数人が飛びついて、一枚を持ち上げて外す。

なおも掛け声が繰り返される中、二枚目も外され、なんとか三枚目、四枚目と進んでいく。同時に、川辺の見物人たちから歓声が湧き上がった。

声に誘われて、南が川側を振り向くと、すでに十六個のアーチ部分から、真っ白い水が噴き出していた。五枚、六枚と外れるに従って、吹き出す水量が増えていく。

水中に残る枚数が減るたびに、鎖は軽くなっていくようで、最後の二枚は、立て続けに引き上げられた。

十六箇所のうち、遅れているところには、八枚すべて上げきった男たちが、駆けつけて手を貸す。たちまち全水門が開かれた。

へとへとになって、その場に寝転がる者が続出する中、汗だくで、よろけながらも川の方を向く者もいる。そんな男たちの口から、喜びの声があがった。

盛大な水音とともに、水飛沫《みずしぶき》が霧状になって、辺りに立ち込める。落下した水は、川底の泥を巻き上げて濁流となり、一気に下流へと向かっていく。

吹き出しても吹き出しても、湖水は尽きることがない。この水が会津盆地の隅々まで行き渡って、稲を育てるのだ。

十六箇所で八枚ずつ、全部で百二十八枚の杉板が、すべて損なわれることなく引き上げられた。これからも、この方式で水門を開け閉めできるのが、南には嬉しかった。

児島基三郎が近づいてきて、首にかけた手ぬぐいで汗を拭きながら言った。

「南さん、上手くいきましたね」

「ああ、よくやってくれた。これで会津側も喜んでくれるだろう」

大きな達成感が心に満ちていた。


その喜びから、わずか数日後のことだった。ふたりめの死者が出た。今度は隧道内での落盤だった。

昼間、磐梯熱海にいた南は、知らせを聞いて夢中で走った。隧道の入り口に着いたのは夕方だった。

飯場の引き戸を開けると、すでに遺体が運び込まれていた。戸板に乗せられており、筵がかけられている。

南はかたわらに膝をついて、両手を合わせた。筵を少しずらすと、散切りの髪が血で固まっており、その間から白い頭蓋骨が割れているのが見えた。

今まで、ほとんど落盤事故は起きなかった。ただ今日は、たまたま頭上から落ちた岩が直撃して、即死だったという。

南は飯場にいた男たちに聞いた。

「名前は？」

組頭が答えた。

「山岸熊蔵《やまぎしくまぞう》です」

「家は、どこだ？」

「会津若松です」

南は両手で顔をおおった。つい先日、水門開けで会津の人々を喜ばせたというのに、こんなことが待っていようとは。

「家には知らせたか」

「いいえ、まだです。南さんに知らせてからと思いまして」

南は立ち上がって言った。

「すまないが、これから会津若松まで、遺体を運んでくれないか。仏さんも、早く家に帰りたかろう」

組頭と仲間たちはうなずき、神妙な顔で戸板ごと遺体を持ち上げた。南は松明を掲げ、一緒に会津盆地への山道に向かった。

夜を徹して歩き続け、会津若松に着いたときには、六月の短い夜は、もう明けていた。

組頭が熊蔵と同じ村の出であり、勝手知ったる戸長の家へと案内した。

「熊蔵の家は小作ですから、こんな大勢で押しかけるわけにはいかないんで」

何か問題が起きたら、戸長が引き受けるのは、どこの村でも同じだった。

早朝にもかかわらず、高齢の戸長夫妻が応じてくれた。遺体を土間に運び込むと、熊蔵の両親が呼ばれて駆けつけた。

母親は遺体に取りすがって泣き、父親は立ったまま言葉もなかった。

南は死んだ状況を説明した。

「お詫びしても、しつくせない思いですが、せめてもの見舞金が国から出ます。後日、改めて届けます」

また自分でも、いくらかは渡そうと決めていた。

父親は遠慮した。

「そんなのは受け取れねえです。もったいねえ」

すると戸長が言った。

「熊蔵は、お国のために働いて、それで死んだんだ。これは名誉の死だ。見舞金は、熊蔵への褒美なんだから、素直に受け取れ」

父親は小さくうなずき、戸長が南に向き直った。

「南さんは、ファン・ドールン先生の説明会のときに、十六橋の会場まで来てくださった方ですよね」

そう言われて気づいた。戸長なのだから、あの場に来ていたはずだった。

戸長は遺体を見つめて話した。

「熊蔵は、あの日、筵旗を掲げて、会場まで押しかけたんです。あのときの若い衆のひとりでした」

南は驚いて聞き返した。

「そうだったんですか」

「熊蔵はね、あのときのファン・ドールン先生のお話に感動したんです。目の前に、ご馳走があって、隣の家には飢え死にしそうな子供がいる。そんなとき、ご馳走を分けてやらないのかという、あの話です。それで熊蔵は疏水掘りに志願したんです。ここにいる熊蔵の仲間たちも、みんなそうでした。俺たちの大事な水を、郡山にも分けてやるんだって。大張り切りで出かけていったんです」

仲間たちが洟をすすり始めた。

ひとりめの犠牲者、海老名留吉のときにも、南は胸を打たれた。博打にのめり込んだ息子が、真面目に働いていたと知っただけでも嬉しいと、母親が言ってくれたのだ。

でも今度は、自分たちが開いた説明会のせいで、熊蔵は工事に出た。説明会がなかったら死なずにすんだのだ。複雑な思いが湧く。

父親が重い口を開いた。

「熊蔵は喜んでましたよ。大事な工事のお手伝いができるって。だから死んだって、きっと本望で」

強がりの言葉は途切れて続かない。親としての無念や哀しみが、ひしひしと伝わってきた。

翌七月、中山峠下の大隧道が五百八十メートルに達し、まもなく貫通する見込みとなった。

隧道出口は、五百川上流の深い谷の斜面に開くはずだった。計算によると、出口と五百川の水面との落差は四十メートル以上あり、水を通せば大きな滝が出現することになる。

南は斜面の樹木を伐採し、出口と予想される辺りまで足場を組んだ。

今日にでも貫通するかという日に、南は、すべての作業を中断させて、全員に集合をかけた。最大の難工事の成功を、みんなで喜び合いたかったのだ。

奈良原もやって来て、南は児島基三郎たちと一緒に、足場の上に立った。谷間は、びっしりと人で埋めつくされ、だれもが今や遅しと、その時を待った。

油蟬の鳴き声が、やかましいほど谷に響く。夏の日差しを受ける木の葉は、色鮮やかな緑に輝き、影の部分は黒く沈む。

だが昼を過ぎ、日が陰って、すべての木々の緑が濃く染まっても、貫通の気配はなかった。

谷間の男たちは、すっかり飽きてしまい、あちこちで博打が始まった。気の荒い連中だけに、ちょっとしたことで喧嘩も起きる。

奈良原が懐中時計を取り出し、渋面で言った。

「今日は貫通しそうにないな。そろそろ、みんなを飯場に帰すか」

七月の日没は遅く、まだ明るいものの、終業時間が近かった。

「そうですね。残念ですけれど。明日、また出直しましょう」

奈良原が、さっきよりも渋面になった。

「明日も、みんなを集めるのか」

二日間も全作業を中断するのは痛い。南は即断できなかった。

ともかく大声で解散を告げようと、足場の上で、体を谷に向けたときだった。

「待ってください」

児島基三郎が腰をかがめ、樹木を伐採した急斜面に、両手をついて言った。

「かすかですけれど、振動が伝わってきます。ドリルじゃないでしょうか」

そのまま土の地面に耳を当てた。

南も奈良原も、ほかに足場に乗っていた男たちも、いっせいに這いつくばって、地面に耳や手を当てた。

次々と声があがる。

「聞こえるッ。たしかにドリルの音だッ」

南の耳にも、手のひらにも振動が伝わってきた。

奈良原が足場の柱をつかみ、谷間の男たちに向かって、野太い声で叫んだ。

「ドリルの音が聞こえたぞッ。もうすぐ貫通だッ」

どよめきが湧く。博打に興じていた集団も、いっせいに、こちらに顔を向けた。

気がつけば、やかましかった蟬の声が途絶え、谷間が静かになっていた。蟬たちが気配に気づいて飛び去ったのだ。五百川の涼やかな水音だけが、耳に届く。

南は夢中で斜面を探りながら、足場の上の男たちに声をかけた。

「どこだッ？　ドリルの音は、どこから聞こえるッ？　どこが開きそうだ？　探してくれッ」

少し離れたところにいた児島組の石工が、大声で手招きする。

「南さんッ、こっちです。この辺が、はっきり聞こえますッ」

そちらに移動しようとすると、男たちは狭い足場の斜面側に身を寄せて、道を譲った。

南は奈良原を促して移動した。近づくにつれて、立ったままでも、かすかにドリルの音が足裏に響いてきた。

自分たちと、掘り進んでくる者たちを隔てる土が、あとどのくらいの厚さなのか見当もつかない。数十センチなのか、それとも数メートルなのか。

それでも南は近いと確信し、力いっぱい地面をたたいた。隧道の中にいる男たちに、こちらの存在を知らせたかった。

「みんなも、たたいてくれ」

周囲の男たちが、いっせいに両手で斜面をたたき始めた。

そのときドリルの音が途絶えた。その代わり、土の向こうからも、たたき返してくる気配があった。

「気づいたぞッ。向こうも気づいて、応じている」

足場の男たちは、たたくのをやめて口々に言う。

「聞こえる。中のやつらも、わかったんだッ」

「土の、すぐ向こうだ」

「すぐそこまで来てるぞッ」

興奮の声が飛び交う中、ドリルの音が再開した。さらに音が大きくなる。

南は周囲に警告した。

「この辺りだ。この辺りが開くぞ。みんな、離れてくれ。急にドリルの先が飛び出してきたら危ない」

近くにいた男たちが後ずさる。南は、なおも注意を促した。

「突き抜けて、ドリルが止《や》んでも、すぐには近づくな。中のやつらが、ツルハシを使うかもしれない」

　ドリルの音は増していき、目に見えて地表が振動し始めた。土が崩れ、小石や土の塊が、ぽろぽろと斜面を転がっていく。

　どこが開くのか、もう、はっきりとわかる。全員が、その一点に注目した。小刻みに足場も揺れる。

　次の瞬間、轟音《ごうおん》とともに、螺旋形《らせんけい》の刃物が地面から躍り出た。銀色に光るドリルの尖端《せんたん》が、土を突き抜けて飛び出してきたのだ。大量の土を撒き散らしながら、なおも回転を続ける。

　急に回転が止まった。中から歓声が聞こえて、ドリルが中に引っ込む。斜面には黒々とした丸い穴が開いていた。

　そこから黒い手が現れて、穴のまわりを突き崩し始めた。手は何本にも増えていく。

　南は即座に叫んだ。

「ツルハシは使っていないぞッ。こっちからも崩すんだッ」

　近づこうとした瞬間、思いがけないことが起きた。突然、穴の周囲が大きく崩れて、土まみれの男が飛び出してきたのだ。中から体当たりをしたらしい。

　勢いあまって、足場から落ちそうになるのを、南は夢中で抱きとめた。男は、よろけただけで、なんとか体勢を立て直した。男の肩が荒い呼吸で上下する。

また奈良原が下に向かって叫んだ。

「開いたぞッ。隧道が掘り抜かれたッ」

すさまじい大歓声が湧き起こる。男たちの喜びの声が谷に満ちた。

大騒ぎの中、南は男を抱きとめたままで聞いた。

「大丈夫か。体当たりなんかして、怪我はなかったか」

男は黒い顔で、まだ息を弾ませていたが、かろうじて応えた。

「大丈夫です。ただ眩《まぶ》しくて」

すでに日が陰ってはいるものの、暗い穴から出てきたために、眩しくてたまらないらしい。細めた目元に、何度も手を当てる。

男の開けた穴から、ほかの男たちも這《は》い出してくる。だれもが眩しいと言う。

体当りして出てきた男に呼びかけられた。

「南さん」

土で汚れた顔を見直して気づいた。死んだ熊蔵を抱えていた組頭だ。組頭は大きな息をついてから、力強く言った。

「南さん、やりましたよ。みんなで、とうとう掘り抜きましたッ」

なおも谷間の興奮が収まらない中、組頭は声を潤ませた。

「今日、貫通することは、わかってました。それで、どの組も最後の掘り手をやりたがったんです。くじ引きで決めようかって話もあったんですが、結局、俺たちに譲ってくれました。熊蔵の供養になるからって」

後から出てきた仲間たちが、泣きながらうなずく。

「俺たち、熊蔵が死んだときに、この仕事を辞めようとしたんです。でも、ほかの組のやつらに引きとめられて。俺たちが辞めたら、熊蔵が嘆くぞって言われて。それで思い留《とど》まったんです」

だれもが土まみれの手で顔をこする。黒い頬に黒い涙が流れた。

「辞めなくて、よかった。隧道を開けられて、よかった。俺は嬉しいよ、嬉しい。きっと熊蔵も喜んでる」

足場で待っていた男たちも泣いた。南自身も泣き、奈良原までもが、もらい泣きしていた。

熊蔵が死んで泣いた。隧道が貫通しても泣いた。あと何度、泣くのだろうと思って、また南は泣いた。


八月の盆休みが近づく。三年の期限の半分以上が過ぎ、あと一年二ヶ月を残すばかりとなった。そんなときに開成館近くの道端で、中條と出会った。

古風な顔を曇らせて、唐突に言った。

「俺、飛ばされることになった」

南は耳を疑った。

「嘘だろう」

「いや、本当だ」

「どこに？」

「太政官《だじょうかん》だ」

「太政官？　栄転か」

「表面上は、そうかな。でも太政官って何するところか、南さん、知ってるか」

「正直、よく知らん」

太政官は政府の最高官庁で、各省庁の上に君臨し、地方行政の束ね役でもある。だが具体的な仕事は、つかみどころがない。

「そこの小書記官に異動だ」

今は県の大書記官だから、国の小書記官なら、栄転と言えないこともない。

「俺は米沢藩にいたときから、北海道の開拓をやりたかったんだ。それが福島県に拾ってもらえて、この安積原野で、ようやく結果が出ようってときに、異動とはな」

悔しそうに両拳を握りしめる。

南は、なおも信じがたい思いで聞いた。

「でも新しい入植は、まだ続いているんだろう？」

「続いてる。今年に入って、旧会津藩士が二十三戸、二本松からも十一戸。来年以降は松山や米沢からも来る予定だ」

「そこまで上手くいってるのに、なぜ？」

正月に話したことを思い出した。

「もしかして来春に、まだ田植えができないのを、山吉県令に責められたのか」

「それも、ないことはないが」

「それじゃあ、須賀川方面に配水しなかったことか」

まだまだ思い当たるふしがある。

「もしかして小林さんが表彰されたことで、山吉県令が妙に自信をつけたのか」

「ああ、そんなこともあったな。それもあるし、これもある。水力発電所の計画が流れたのも、そうだし。失敗しようが成功しようが、何もかも俺のやることには、県令は気に入らないんだ」

理由はひとつではなくて、いくつもの不平不満が重なった結果だという。

「もう何年も、そうなんだ。でも俺は我慢してきた。安積を開拓して、入植する人たちに幸せになってもらいたくて。でも我慢も限界に近かった。県令も、そうなんだろうな。おたがいさまだよ。だから潮時なんだ」

「でも、でも、せめて通水するまで、いられないのか。あと一年ちょっとじゃないか」

山田が去るときに、南は奈良原に向かって、今と同じことを頼んだ。

「せめて起工式までいさせてください」

しかし、あのときも駄目だった。役所の決定は絶対なのだ。

かえりみれば、最初に大久保利通が暗殺された。それから小林久敬が追い立てられるようにして外され、続いて山田寅吉が跳ね飛ばされた。そして今度は中條までとは。

巨大化した事業は、優秀な男たちを薙《な》ぎ倒しながら進んでいく。南は、ここに自分が居られることが、不思議なくらいだった。

あえて自嘲的に言った。

「私は中條さんや山田ほど優秀じゃないから、ここにいられるのかもしれないな」

中條は南から視線を外して言った。

「俺は南さんのことを、八方美人だと思ったことがあるんだ。人と上手くやれるのが、うらやましかった。前に、その秘訣を聞いたよな。そしたら我慢するとか、人の話を聞くとか答えただろう。でも南さんは人情家なんだな。苦労人の気持ちを汲み取って、かばってやれる。それでいて通すべきところは、きちんと主張する。だから人から慕われるし、信頼も得られるんだ」

「いや、右往左往してばかりだ。中條さんこそ人情家だろう。入植者だって、中條さんを慕ってるよ」

「いや、文句を言うやつの方が、ずっと多いさ」

中條は寂しげに笑った。

故郷で広瀬井路を掘ったときには、資金繰りが何より苦労だった。あれから比べれば、今は、すべて国の金でまかなえる。何の心配もない。

でも人事の苦労は、あのころにはなかった。少なくとも南の意に反して、現場から遠ざけられた者はいない。それだけに中條や山田の異動は、残念でたまらなかった。

しかし開成館で送別会を開くと、会場に入りきらないほど人が集まった。南は人混みの中で、なんとか中條に近づいて、肘で脇腹を小突いた。

「やっぱり慕われてたじゃないか」

「そうかもしれんな。文句を言ってたやつらも、今日は来ている。そういうやつに限って、別れが残念だとかって泣きやがるんだ」

そういう中條の目も潤んでいた。

第七章　涼やかな水音

明治十五年の春が来た。三年の期日まで、あと半年。残るは磐梯熱海の水道橋と、安積原野全域への配水だった。

六番工区ともいうべき原野の幹線水路は、山際を通る。そのために、ちょっとした隧道が、何箇所も必要になった。隧道を掘るほどではないところは、高い部分を削って、切り通しにした。

逆に低い谷を渡る場合は、土手を築いたり、小さな石橋を渡したりして、高さを保った。谷の下に木管を通して、ふたたび高い場所に湧き上がらせる伏越も、二箇所に設けた。

ファン・ドールンが予測した通り、中山峠下ほど岩盤は硬くはないし、それぞれの規模も小さい。ただ数が多いだけに、手間暇はかかる。完成した一番から四番までの工区の働き手を、すべて投入して作業を急いだ。

幹線水路から分かれる支流も、着々と網目状に伸びていく。四角く区切られた田んぼが、今すぐにでも水が欲しいと叫んでいた。

一方、五番工区の磐梯熱海では、五百川の堰が完成した。しかし北斜面の地盤が予想外に脆弱《ぜいじゃく》で、分水路を掘る端から崩れてしまう。そこで斜面に石垣を築き、水路は両側だけでなく、底にも石を敷きつめて、全面石張りの強固な造りにした。

そうして六百メートルほど東進したところで、五百川の谷と交差させるため、児島組が水道橋の組み立てに着手した。

アーチが二つ連なる眼鏡橋が、耐久性に優れているのは明らかだった。ただし切り立った谷は、十五メートルもの深さがあり、岸から岸までの幅は四十メートルを超える。

ここに大きな石橋を架ける難しさは、十六橋水門とは比べものにならない。児島組にとって、これほどの大工事は初めてだった。

石工たちは、まず五百川中央の谷底を掘り下げて、巨大な礎石を据えた。どんな激流が襲っても、決して動かないように固定した。

続いて両岸から礎石に向かって、ふたつのアーチ型に頑丈な材木を組んでいった。これが石橋の仮枠になる。

それからは来る日も来る日も、石工たちは河原にしゃがみ込み、厚さ六寸、約十八センチの平たい石材を、寸分たがわず同じ大きさに揃えた。

この厚さ六寸の平たい石材こそが、輪石《わいし》といって、巨大眼鏡橋の支えになる。断面が、わずかな角度の逆台形になっており、隣り合う台形の側面同士が、完全に密着して押し合うことで、落ちることなく固定されるのだ。

アーチが小さい十六橋とは、桁違いの精度が求められた。石工たちは細心の注意を払って、一枚ずつ木組みの上に載せていく。

わずかでもズレが生じると、児島基三郎の怒声が谷間に響いた。それまでに載せた石を、すべて外し、一枚ずつの断面を詳細に調べて、ゆがみを補正した。

南は何度も現場に足を運んだ。見ていると、やり直しが繰り返されるばかりで、少しも橋の形になっていかない。

ここが完成しない限り、一滴の水も通せない。もしや三年以内の完成は無理かと不安になる。それでも児島組の腕を信じて、黙って見守った。

息が詰まるような緊張の末に、とうとう輪石を二重に積むことができた。

そこからは早かった。輪石の上に、もっと厚みのある逆台形の石材が、見る間に積み上がっていく。両岸の間に、ふたつの巨大アーチが姿を表す。

気がつけば、頑丈そうな眼鏡橋が、みごとに出来上がっていた。橋の全長が百四十七尺、約四十四メートル。水面からアーチのもっとも高いところまでが四十一尺、約十二メートル。橋の上には四・五メートル幅の水路が通る。

木の仮枠を外しても、びくともしない。上の水路部分を、基三郎が歩いて何度も行き来した。それから南と石工たちが、橋の片方のたもとに立った。

全員が揃うのを待って、基三郎が言った。

「南さんは、向こう岸まで、ひとりで歩いていってください。その後、俺たちが走って渡るから、それを向こう岸で見ててください」

「全員で走って渡るのか」

「そうです」

「そんな乱暴なことをして、万が一、崩れたりしたら」

基三郎は笑った。

「ぜったいに崩れません。だいいち、俺たちが走っただけで、どうかなるようでは、水は流せません。万が一、崩れたら、その下敷きになって死んだ方が、ましです」

南は基三郎に背中を押されて、橋の上に踏み出した。何度も基三郎が行き来したのを見たのに、自分が渡るとなると心細い。今にも崩れそうな気がして、恐る恐る歩いた。

橋の中ほどまで至ると、落ち着いた。むしろ川風が心地よく、見渡す限りの蒼《あお》い山並みが美しかった。温泉街の屋根の連なりも望める。下を覗き見ると、五百川のせせらぎが清々《すがすが》しい。

急に足取りが軽くなり、たちまち向こう岸に着いた。振り返って、基三郎たちに手を振ると、歓声が湧いて、それぞれが手を振り返してきた。

だが次の瞬間、また緊張が襲った。向こう岸で基三郎が叫んだのだ。

「いいかッ、行くぞッ」

雄叫《おたけ》びをあげながら、全員いっせいに駆け出した。基三郎を先頭に、揃いの半纏姿の集団が、こちらに向かって走りくる。

「おおおお」

思いがけないほど石橋が揺れる。今にも橋が落ちそうな気がした。

基三郎たちは、もう橋の半分まで来た。どうか、どうか崩れないでくれ。このまま落ちないでくれ。そう叫び出したかった。

早く、早く、こっちまで来てくれ。はらはらしながら、大きく両手で手招きした。

基三郎が跳ねるような足取りで走ってきて、そのまま南に抱きついた。勢いよくぶつかられて、弾みでよろけた。ほかの石工たちも次々と渡りきる。

基三郎は笑っていた。いかにも楽しそうに大笑いする。ほかの石工たちも同じだった。橋の欄干にもたれかかったり、橋の上に転がったりして、腹を抱えて笑っている。

本当は緊張して渡ったのだ。それを無事に乗りきったことで、大笑いするほど嬉しいのだ。

ただ、南ひとりが泣いていた。基三郎は体を離し、まだ頬に笑いを残しながら聞いた。

「南さん、なんで泣いてるんですか」

「いつ崩れるかと思って、気が気じゃなかったんだ。だから無事に渡りきれて、なんだか気が緩《ゆる》んで、泣けてきて」

「去年も泣いてたじゃないですか。隧道が開いたときに」

「あのときは、みんなも泣いただろう」

「そりゃそうだけど、南さん、泣きすぎですよ。笑ってください」

南は首を横に振った。

「これが泣かずにいられるか。みんな九州から、こんな遠いところまで来てくれたんだ。広瀬井路以来、ずっと一緒に働いてくれた。知らない土地で、故郷の言葉を聞けるのは、児島組だけだった」

子供のように泣きながら怒鳴った。

「それが、こんな立派な橋を造ってくれて。それが、ありがたかったんだッ」

安積原野に携わって以来五年、いろいろな人物と関わってきた。でも同郷という児島組との絆《きずな》は格別だった。

基三郎が一転、泣き笑いになった。

「南さんが、そこまで思ってくれてたなんて、嬉しい。俺は嬉しいよ」

それからは石工たちも、肩をふるわせて泣いた。

明治十五年八月、三年の期限を二ヶ月近くも残して、安積疏水は完成した。通水実験で崩れる箇所がないか、確認する時間が必要だったのだ。

猪苗代湖畔から安積北部までの疏水本体は約五十キロ、安積全域への配水路は七十キロもの長さに及んだ。

中でも難工事だったのは、田子沼の埋め立てと、中山峠下の大隧道、それに磐梯熱海の巨大眼鏡橋の三箇所だった。

通水式は、政府高官たちの都合もあって、十月一日に設定された。

山潟の取水口と、磐梯熱海の分水口の二箇所に、南は仮設の水門を設けた。充分に通水実験を繰り返してから、それを閉じ、ふたたび水路を空にして、通水式に備えた。

東京からの一行は岩倉具視をはじめ、松方正義、西郷従道《つぐみち》、徳大寺実則《とくだいじさねのり》などの政府高官たちに、書記官九名と下役人十数名、それに秘書や新聞記者たちも加わり、総勢五十名近い大集団となった。

彼らは九月二十七日に、それぞれの馬車や人力車で東京を出て、二十九日に郡山に到着。三十日には馬を連ねて山に入った。

南は一行を大隧道の出口へと案内した。貫通した日に、すべての働き手たちを集めた谷だ。まだ水は流れておらず、樹木を伐採した斜面が剝《む》き出しになっている。

奈良原が一同の前に立ち、よく通る野太い声で説明した。

「この斜面の上の方を、ご覧ください。周囲が灰色の穴が見えます。あれが隧道の出口です。灰色の部分は、セメントという新しい素材で、がっちりと固めてあります」

奈良原のかたわらで、南は気を揉んでいた。

すでに会津盆地の水田では、稲刈りまですんでおり、水は不要な時期だ。そのため十六橋水門を閉じて、湖の水位を上げてある。

かたや山潟の取水口では、仮設の水門を閉じて、一時的に水を堰き止めてあったが、今朝ほど開けたはずだった。

その水が、そろそろ、この谷まで流れ着く時刻だった。高官たちが待ちくたびれてしまう前に、なんとか流れてきて欲しかった。

案の定、岩倉具視が不満顔で聞く。

「水が流れているところを、見られないのかね」

大久保利通亡き後、実質的に政府を率いているのは伊藤博文だが、起工式のときには来たものの、今回は姿を見せていない。

そのため今日の最重要人物は岩倉具視だった。相変わらず太り肉の強面で、とてつもなく押しが強い。

奈良原が南を振り返って聞く。

「南くん、そろそろかね」

南は緊張を隠して応えた。

「今しばらく、お待ちください」

こめかみに汗が流れる。

こんなことなら、最初から水を流しておけばよかったかと思う。隧道から水が噴き出すところを、政府高官たちに見せたいと言い出したのは、奈良原だった。

劇的な演出になりそうだと、南も承諾した。しかし、おかげで仮設の水門を設けたり、水の流れる時間を何度も測ったりで、余計な手間がかかった。

原野を切り開く人々のために働くのなら、どんな苦労も厭《いと》わない。でも政府高官の機嫌取りなど願い下げだ。そうはいっても、ここは丸く収めなければ、奈良原の顔をつぶすことになる。

とにかく今すぐ流れてきてくれと、祈ったときだった。かすかに地鳴りのような音が聞こえてきて、南は思わず両拳を握った。

じわじわと音が大きくなる。高官たちも気づいて、不審顔を見合わせた。

「何の音だ？」

それは隧道の中を、大量の水が流れてくる響きだった。

南が目で合図を送ると、奈良原はうなずき返し、高々と片手をあげた。

「今いちど、隧道の出口に、ご注目ください」

全員が斜面を見上げた瞬間だった。

轟音とともに、大量の水が真っ白い水飛沫になって、一気に噴き出した。

「おおおおッ」

一同から感嘆の声があがる。

大量の水が斜面に沿って、勢いよく落下する。水は後から後から、音を立てて噴き出す。さっきまで剥き出しだった斜面が、あっというまに堂々たる滝に姿を変えた。水は五百川のせせらぎに注ぎ込む。

高官たちが驚きを口にした。

「こりゃあ、すごいな」

「いやあ、はるかに予想を超える水量だ」

「これほどの大量の水が、安積原野を潤すのか。たいしたものだ」

期待通りの好反応に、奈良原は満面の笑みだ。

それから一行は、いったん磐梯熱海に戻って宿を取り、翌日は猪苗代湖畔に出た。東岸の山潟の取水口と、西岸の十六橋水門を見せると、高官たちは十六橋の美しさを絶賛し、現地で迎えた児島組を感激させた。

同行してきた新聞記者たちは、しきりに手帳に書き込んだり、簡単な絵を描いたりした。箱型の写真機を据えて、シャッターを切る者もいる。

南が十六橋のたもとに立っていると、松方正義が近づいてきた。八の字の立派な黒髭は、昔と変わらない。

「南くん、君と初めて会ったんは、たしか明治二年やったな。おいが知事として最初に地方行政に関わったときで、てえした男が、おっもんじゃとたまがったじゃ。民間の金だけで、広瀬井路なんてもんを、あそこまで掘ったんじゃで」

薩摩弁も健在だった。南は笑顔で言った。

「私は手打ち覚悟で、支援をお願いにうかがったのですが、いきなり腹を立てられて、肝をつぶしました」

「腹を立てた？　おいがか」

「こげん普請に、代官所が金を出さんとは馬鹿たんじゃと、仰せでした」

松方は笑い出した。

「そうやった、そうやった。あんときは無性に腹が立ったもんじゃ」

ひとしきり笑うと、改めて広大な猪苗代湖を見渡した。

「猪苗代湖の水を安積原野に引けんもんかと、大久保どんが言い出したとき、すぐに君んこっを思い出したじゃ。そいで消息をたずねたや、水車小屋に住んじょるち聞いて、そんときも、たまがったもんじゃ」

「こちらに呼んでいただいて、本当に助かりました。家族も感謝しています」

松方は、しみじみと言う。

「こん国家的大事業を、君に任せたおいの目に狂いはなかったな。亡き大久保どんも、さぞや喜んじょいでじゃろ」

南の胸にも、ようやく喜びが湧く。

自分は大勢の力をまとめあげて、大久保利通の最後の夢を、とうとう達成した。参内する馬車の中で、死の間際まで抱いていたはずの夢であり、自分は今こそ胸を張っていいのだと思えた。


十月一日の式典は、三年前の起工式と同じく開成山大神宮で執り行われた。この日も南は、予定通り水が来るかどうかで気を揉んだ。

あれ以来、大隧道出口の滝は、五百川に注ぎ続けている。ただし磐梯熱海の分水口は、ずっと仮設の水門を閉じてあった。それを児島基三郎が、今朝早くに開けたはずだ。

水は石造りの水道橋を通って、通水式の時間には、開成山大神宮下の水路まで、到達する見込みだった。

大神宮での式典は、つつがなく終わり、一同は疏水沿いに移動した。まだ水は来ておらず、水路は空で、とりあえず南は安心した。先に流れてきてしまっては、通水式の意味がない。

だが来ていなければ来ていないで、早く流れてこいと焦る。予定通りに水が見えてきたときには、ほっとした。それでいて、こんなことに何度も右往左往する自分が情けない。

そのうえ岩倉具視が、また文句を言った。

「なんだ、ずいぶんチョロチョロだな」

この辺りは、本流から何度も分水して届くため、一気に大量には流れてこない。先日の滝と比べれば、迫力に欠ける。

すると奈良原が珍しく焦った。

「いえ、これからです。これから、どんどん流れてまいります」

しだいに水量は増していくものの、茶色い濁り水で、新聞記者たちからも落胆の声が聞こえた。

「もっと清流かと思ったよ」

奈良原は大きな声で言った。

「郡山に一泊して、ぜひ明日、麓山《はやま》公園を見てくれたまえ。そちらにも滝がある。明朝までには水は澄んでいるはずだ」

だが岩倉が鋭い目を向けた。

「公園の滝だと？　水田のために引いた水を、見世物にするとは聞き捨てならぬ」

普段は太っ腹の奈良原だが、思わぬ叱責に驚いて、言い返せなくなってしまった。

南が慌てて言い訳に入った。

「麓山公園は疏水支流の末端近くにあって、滝は田を潤した残りの水です。見世物と言われれば、否定はできませんが」

麓山公園は宿場町の近くにあり、古くは二本松藩の馬場だった敷地だ。しかし江戸時代には、すでに風情ある庭園に姿を変えて、地元の人々や旅人たちに開放されていた。

「せっかく下々の憩いの場でしたし、たまたま水の落差ができたので、開成社が金を出して、公園として整備したのです。小高い場所に、こんこんと湧き出る泉もあって、皆、不思議がります」

見世物は滝だけではないと、あえて打ち明けた。

「よく水芸で使われる、伏越という技術を用いました。思いがけない湧き水に、旅人が驚いて話を広めてくれれば、高い技を天下に示せます。日本人の誇りになります」

南は安積の幹線水路でも、二箇所を伏越にしたが、山の中では、だれにも気づいてもらえない。だからこそ麓山公園で見せ場を設けたと説明した。

岩倉は強面を、わずかに和らげた。

「そうか。そういうことなら、まあ、よかろう」

夕方からは開成館で祝賀会が開かれた。西洋式の立食パーティで、派手な音を立てて、シャンパンの栓が次々と抜かれた。

奈良原がシャンパングラスを無骨な手に持ち、南に近づいてきて小声で言った。

「さっきは助かった」

「いいえ、余計なことを申したかとも思いましたが」

「いやいや、ありがたかった。お歴々の機嫌取りも苦労だな」

そのとき背後から思わぬ声がかかった。

「君が南くんだね。さっき麓山公園の説明をした」

奈良原も南も、ぎょっとして振り向くと、岩倉具視だった。奈良原が慌てて紹介する。

「仰せの通り、南一郎平です」

大久保が亡くなった直後の重鎮会議で、南は末席にいたが、岩倉にとっては初対面も同然だった。

「松方くんから聞いている。なかなか優秀な技官だと」

南は首を横に振った。

「優秀なわけではありません。周囲の者が力を出してくれるだけです」

「周囲の力を引き出せるのが、優秀だというのだ」

岩倉はシャンパンを口にしてから言った。

「次はな、琵琶湖《びわこ》をやりたい。琵琶湖の水を京都に引きたいのだ。南くん、やってくれるね」

安積が終われば、ほかに異動する覚悟はできていた。でも不思議な気がした。

「ひとつ、お聞きしてよろしいですか」

「何でも聞きたまえ」

「京都は水の豊かな町だと聞いていますが」

清酒や豆腐など、上質な水を使う名物もある。

岩倉は大きくうなずいた。

「悪くない質問だ。実は、水を引いた後の効果よりも、工事をすること自体に意味があるのだ」

「工事自体に？」

「安積疏水開削で、とてつもない人数が集まった。そのために食料やら物品やらが大量に運ばれて、奥州街道沿いは一気に活気づいた。その波及効果は素晴らしい。戊辰戦争で失速した奥州全域が、この工事で復興できた」

それを京都でもやりたいと言う。

「率直に言おう。今、京都は不景気だ。帝をはじめ、幕末に集まっていた大名も浪士どもも、こぞって東京に移ってしまった。公家《くげ》までいなくなって、衣装を誂える得意先がなくなり、呉服屋も困っている。それがめぐりめぐって、町の八百屋に至るまで、今や商売あがったりだ。都の町衆は侮れぬ。あやつらが幕府を倒したようなものだからな」

幕末に貿易が始まって、大量の生糸が輸出され始めると、京都に生糸が届かなくなった。それで京都の主要産業である呉服業界が、輸出を優先させる幕府を憎悪し、勤皇浪士たちを後押ししたのだった。

「そんな生糸の問題もあったからこそ、安積で養蚕をやるという話に、大久保くんは乗ったのだ。それにな」

またシャンパンを口にした。

「坊主どもも侮れぬ。町衆が不景気になると寄進も減る。京都は寺が多く、まして諸国の寺々の総本山ゆえ、そこから、ひと声かければ、全国の坊主や門人たちが立ち上がる」

もし宗教がらみの反乱が全国規模で起きれば、政府は転覆しかねないという。

「坊主や町衆の不満を、このまま放っておくわけにはいかぬ。何とか都に金を落として、景気を回復せねばならぬ。その手立てが琵琶湖疏水だ」

公家出身の岩倉だからこそ、故郷である京都の不況を案じていた。

「こう言っては何だが、今回ほどの大工事を奥州でやっても、さほど世の中から注目されるわけではない。でも都なら違う。君は言ったであろう。安積の山際に伏越を使っても、だれも気づかぬゆえ、宿場町の近くの公園で見せ場を設けたと。それと同じこととだ」

琵琶湖と京都の間の山に隧道を通し、谷には美しい眼鏡橋を架けたいという。

「それも水を流すだけでなく、川船で人や物も運びたい。東海道の旅人は、こぞって川船に乗るだろう。船ごと隧道をくぐり、眼鏡橋を渡る。こんな楽しいことはない」

物流も変わるし、これが評判にならないはずはないという。

「評判になれば、政府に圧倒的な力があることを、天下に示せる。そうすれば大久保くんが考えた反乱対策にも、通じるものがあるだろう。ぜひ南くんには琵琶湖に行ってもらいたい」

南は戸惑った。たしかに反乱対策は大事だが、農家出身の身としては、あくまでも稲作のために働きたい。景気は工事に付随するだけであり、目的にはなりえない。とはいえ岩倉直々の命令を拒める身でもない。

そんな気持ちを察したのか、岩倉は言い方を変えた。

「琵琶湖疏水は京都の東山《ひがしやま》を抜けねばならぬ。東山の土地は、たいがい寺社のものだ。隧道や眼鏡橋を造るとなれば、坊主どもから反対が起きよう。それでは本末転倒だ。でも君なら反対を抑えられるだろう。会津を説得したように。いわばファン・ドールンくんの役目を、君に託したいのだ」

あまりの大役に驚いて、即座に拒んだ。

「それは無理です」

「いや、無理ではない。安積の大事業を成功させた南一郎平だ。たいへんな権威ではないか。それに大久保くんは、この事業を、本当は日本人だけで成し遂げたかったそうだね。君がファン・ドールンくんを頼った事情は聞いている。だが次の琵琶湖疏水こそは、日本人だけで完成させたい。だから君に頼むのだ」

とっさに南は妙案を思いついた。

「それなら、もっと適任者がいます。フランスで土木を専門に学んだ山田寅吉という者です。彼なら優秀ですし、ファン・ドールン先生の代わりが務まると思います」

あのときは山田の帰国が遅れたこともあって、御雇外国人が必要になったのだ。でも今なら山田本人の力を活かせる。

岩倉は、ようやく頬を緩めた。

「わかった。その山田なにがしと、君のふたりでやりたまえ。安積疏水のまとめ役とフランス帰りの技師。いい組み合わせではないか」

南は急に、やってみたくなった。山田寅吉の出番が来るのなら。

自分が彼を支えて、ふたりで次に踏み出そう。それでこそ安積疏水が、これからの土木事業の規範になるはずだった。

岩倉一行の滞在中、おびただしい数の提灯が、郡山の町と安積の村々に灯《とも》された。毎晩、花火の打ち上げも、華やかに続いた。

彼らが東京に帰っていくと、日暮れを待って、さっそく内輪の慰労会が開かれた。開成館の三階に花茣蓙《はなござ》を敷き詰めて、車座になり、奈良原が立って挨拶をした。

「この大事業が走り出して早々に、大久保利通公が亡くなって、残念ながら、われらは優れた統率者を失った。それでも走り続けて、なんとか通水式に至った。この成功は、海千山千の男どもを、まとめあげた裏方のおかげだ」

奈良原は南に視線を向けた。

「南くん、君のことだよ。この大事業に、もっとも求められたのは君の力だ。東京でも評価は高い。だからこそ次の琵琶湖疏水にも、声がかかったのだ。今夜の酒樽は、君が開けてくれ」

かたわらの一斗樽を示して、木槌を差し出す。南は遠慮した。

「私に力などありません。通水式でも祝賀会でも、右往左往するばかりでした」

すると満座のあちこちから声がかかった。

「そんなことないぞ」

「南さんは頑張った」

「今夜の主役は南さんだ」

冗談も飛ぶ。

「南さん、何でもいいから、早く酒樽を割ってくれよォ」

笑いが起きて、もういちど奈良原が木槌を勧める。

南は苦笑いで受け取った。そして力を込めて酒樽の蓋をたたいた。割れると同時に、酒と樽の香りが広がる。

近くに並んでいた枡に、柄杓《ひしゃく》で酒を注いでいると、横から柄杓を取り上げられた。見れば仙次郎だった。

「俺がやりますよ」

南よりも手際よく注ぐ。

全員に酒が行き渡ると、また奈良原が立って枡を掲げた。

「みんなも通水式には気を使って、疲れただろう。今夜は無礼講だ。大いに呑んでくれ」

乾杯の声が響く。

南が枡を手にして花茣蓙に座ると、中條が現れて、かたわらに胡座《あぐら》をかいた。

南は枡を軽く掲げた。

「中條さん、東京から来てくれたのか。気がつかなくて悪かった」

「いやいや、お偉いさんの機嫌取りで、たいへんだったな。宮仕えはつらいよ」

「中條さんは、今も太政官で？」

「相変わらずだ。早く地方に出たいんだが」

中條は枡に口をつけてから言った。

「この慰労会に、山田を誘ったんだけど、やっぱり来なかったな」

「山田、東京にいるのか」

「ああ、北海道の製糖会社が完成して、去年の四月に内務省の工務局に移った。でも、そこも一年ちょっとで辞めて、今年の七月から東京馬車鉄道って民間会社にいる」

「馬車鉄道じゃ、隧道も橋もないだろう」

「そうだな。東京の町中に、線路を敷くだけだからな」

あの男が働くべき場とは思えない。やはり南としては琵琶湖疏水に誘いたかった。

中條は枡酒を呑み干して言う。

「来年あたり、上野から大宮まで鉄道が開通するんだ。そこから先の線路敷設に、あいつの力を活かせないかと思うんだが」

かつて大久保利通は、奥州にも鉄道を敷きたいと、南に話したことがある。今後、大宮から北に向かって線路が伸びるとしたら、山に分け入ることになる。隧道や橋が必要になり、たしかに山田に向いていた。

太政官は各省庁や地方行政の束ね役だから、鉄道を敷設する工部省に、人事の助言くらいはできそうだった。

しかし中條は自分で言った端から、諦め顔を横に振った。

「だけど、あの性格だからなァ。やっぱり務まらんだろうなァ」

そのとき中條とは反対隣に、仙次郎が大徳利《おおどっくり》を持って現れて、南に酒を勧めた。

「さっき、奈良原さんが言ってたけど、南さん、琵琶湖に行くんですか」

「まだ正式な話ではないが、行くとなったら」

中條に顔を向けて言った。

「山田を、誘うつもりだ」

「そうか。その手があるな」

「琵琶湖なら、あいつの言っていた鉄の水門を造れるかもしれない。鉄鎖と歯車で、大扉を動かすそうだ」

「なるほど、新技術だな」

中條は眉を上げて、仙次郎から酌を受けた。

「でも琵琶湖に連れていく前に、爪の垢《あか》でも煎じて飲ませてやれよ。少しは南さんを見習えってんだ」

南は苦笑した。

「まあ、天才ってのは、あんなものなのかもしれない。私の真似なんかしたら、つまらない男になりそうだ」

「なるほど、そうかもしれんな」

　中條は酒を、ひとすすりした。

「それにしても南さんは、よくやったよ。さっき奈良原さんも誉めてたけど、俺も含めて癖のあるやつらを、よくぞ取りまとめて、こんなでかい仕事を成し遂げたもんだ。感心するよ」

　南も酒をすすった。

「でも、やっぱり、安積疏水を造れたのは、大久保公のおかげさ」

「そうだな。いちばんの功労者は、ほかならぬ大久保公だな」

　中條は枡に目を落とした。

「だけど、東京じゃ、大久保利通は人気がないんだ。故郷の鹿児島でも。俺は、それが残念でならない。せめて郡山では顕彰したい。いつか麓山公園辺りに、大久保利通の銅像を立てたい。それが俺の夢だ」

　南は首を横に振った。

「いや、大久保公は銅像なんか望まないさ。なにせ金銭欲や名誉欲のない人だったし」

　大久保利通が蓄財に励まなかった事実は、今も南の記憶に深く刻まれている。

「顕彰とか銅像とかは、きっと望まないと思う。それより、この安積疏水自体が、大久保利通が誇る遺産であって、何よりの顕彰碑さ」

「なるほど、たしかに、その通りだな」

中條がうなずいたときに、かたわらから奈良原が声をかけてきた。

「なかなか、いい話をしているではないか」

仙次郎が場所を譲ると、枡酒持参で割り込んできて、胡座をかいた。

「南くんは大久保どんのことが、よくわかっているな。だが、この話は知らんだろう。大久保どんが開拓というものに目を向けた、最初のきっかけは、西郷どんだった」

南は意外に思って聞いた。

「西南戦争の首謀者の西郷隆盛ですか」

「そうだ。私の四歳上の兄貴分が大久保どんで、大久保どんの三歳上の兄貴分が西郷どんだった。西郷どんは陸軍大将を務めていたが、いろいろあって、明治六年に新政府を離れて鹿児島に帰った」

以来、三年あまり、荒れ地を開拓して畑にしたり、犬を連れて狩りをしたりして、糊口をしのいでいたという。

「そんな暮らしぶりを伝え聞いて、大久保どんはつぶやいた。西郷どんは不平士族たちに、暮らしていく手本を見せているのかもしれんなと」

だが士族の不満は収まることなく、挙兵に至り、西郷が総大将として担ぎ出されたのだった。

「おそらく西郷どんは、鹿児島の不平士族をひとまとめにして、あの世まで連れていったのだろう。新政府の安泰のため、弟分だった大久保どんのために。みずからの命を犠牲にしてまで、不平士族の一掃に力を尽くしきったのだ」

奈良原は枡を手にしたまま、前を向いて話す。

「挙兵を知った当初、大久保どんは愕然《がくぜん》とし、嘆きもした。でも西郷どんの真意に気づいたのだろう。だから、ためらいを捨てて、鎮圧に踏み切った。たとえ言葉を交わさなくても、あのふたりには、そこまで深い信頼関係があったのだ」

ひとつ大きく息をついて続けた。

「大久保どんが西郷どんを討ったつらさは、人にはわかるまい。でも、私にはわかる。寺田屋事件で、同僚を斬らねばならなかったのでな」

どんなに近しい相手であろうとも、切り捨てなければならないときはあるという。

悔しそうに、唇を噛む。

「たしかに大久保どんは銅像など望まぬだろう。でも私は東京の紀尾井坂に、いずれ石碑を立てたいと思っている。そこで大久保利通が襲われたという理不尽を、後世に訴えるために。見上げるような巨大な石碑で、無念のほどを表すつもりだ」

南は小刻みにうなずいた。

そのとき外で大きな音がした。窓際にいた男たちが歓声をあげる。

「花火だ。今夜も、やってるのか」

連夜の打ち上げ花火だった。われがちに外回廊に飛び出していく。

南も奈良原たちと一緒に出ていくと、仙次郎が言った。

「あれ麓山公園で、うちの親父が打ち上げてるんです。慰労会があるから、今夜もやってくれって、俺が頼んでおいたんで」

「そういえば、仙次郎の親父さん、花火の打ち上げをしているって、話だったな」

南は中條に顔を向けて言った。

「もともと木村家は二本松藩で、砲術指南をしていたそうだ」

「そうか。仙次郎は砲術家の息子だったのか。それじゃあ鼻っ柱が強いはずだ」

冗談めかした言い方に、仙次郎も南たちも笑った。

南は笑いを収めてから言った。

「砲術っていえば、仙次郎の子供に、銃太郎って名づけたって話だったな。戦死した兄さんの名前をもらって」

「そうです。木村銃太郎。戊辰戦争のとき、二本松藩には、十二歳から十七歳までの部隊があったんです。会津の白虎隊みたいに、部隊の名前はないんで、二本松少年隊って呼ぶ人もいるけれど」

仙次郎は回廊の手すりをつかみ、次々と打ち上がる花火を見つめた。

「兄貴は二十二歳で、その少年隊の隊長になったんです。子供みたいなのばっかり二十五人に、銃を持たせて戦って、だれひとり生き残らなかった。親父は、それが忘れられなくてね。だから花火で、兄貴と、そいつらの供養をしてるんです」

中條が、以前の南と同じ反応をした。

「仙次郎の家には、そんな事情があったのか」

仙次郎は頰を緩めた。

「でも、俺は思うんです。俺たちが幸せになることが、兄貴への供養になるんじゃないかって。だから来年からは、力いっぱい田んぼで働きます。南さんや、いろんな人に引いてもらった大事な水で、田植えして、稲刈りして。お金も、ちゃんと開成社に返すつもりです」

中條は、また冗談めかして言う。

「でも阿部さんたちは、けっこう儲けてるぞ。工事で街道の景気がよくなったから、もう銀行の借金も返せたんじゃないのか」

「それはそうだけど、俺たちが借りたお金は返します。また困って借りるときが来るかもしれないし。この花火も開成社の人たちが、お金を出してくれたんですよ。ここ毎晩、全部で二百五十発」

「へえ、さすがに景気がいいな」

いつのまにか背後に、石工の児島基三郎が立っており、南に話しかけてきた。

「南さん、今度は泣きませんでしたね。てっきり通水式で、また泣くかと思ってたけど」

「あんな場で泣けるか。一日中、気を揉んでただけだ」

南も回廊の手すりをつかんで、夜空に顔を向けた。

麓山公園から炎の塊が打ち上がって、長い尾を引きつつ、高みまで昇る。そして闇の中で一気に花開く。光の粒は丸く大きく拡散し、きらきらと舞い落ちる。

耳をつんざく爆音が、わずかな時間を空けて追いかけてくる。その余韻と煌《きら》めきは、たしかに死んだ者への供養にも見えた。

南は、だれに言うともなく、ひとり言のようにつぶやいた。

「工事で死んだ海老名留吉も、山岸熊蔵も、空の上から見ているかな。この花火を」

かたわらにいた奈良原が力強く応えた。

「見ているとも」

一転、しんみりと言い添えた。

「大久保どんも、きっと、見ている。かならず、見ている」

広がった火花のひとつひとつが、消え入りながら落ちていく。ひときわ派手な連発を最後に、花火は幕を閉じた。それは大事業が終わる寂しさに重なる。

去っていった者が何人もいた中で、児島組のように、最後まで一緒に働けた仲間も大勢いる。でも、それが今宵《こよい》限りで散り散りになる。完成という華やぎを置き去りにして、何もかもが手から離れていく。

自分は大久保利通の最後の夢を実現したのだ。なのに、その満足感を、その誇りを、寂しさが凌駕する。

酒宴の後、南は、ひとりで坂道を下って、宿場町裏の借家に帰った。途中の夜道で、あちこちに分岐した水路から、水音が響く。軽い酔いと夜風と涼やかな水音が、心地よさを誘う。

この水を使って、来年こそは仙次郎たちが田植えをして、秋には、たわわに実った米を収穫する。国営事業という巨大な枠組みではなく、ごく近しい者の笑顔を思い浮かべると、思いがけなく胸が熱くなった。

最初に大久保から、この大事業を託されたときに、南は悩んだ。仙次郎のように士族の誇りをかざす若者に、土とともに生きるすべを、どうやって示せばいいのかと。

でも教え導く必要はなかった。大事業が進む中で、仙次郎自身が経験から学んで、みずから進むべき方向を見つけたのだ。

かつて父が遺言した。

「土木が創り出す恩恵は、子々孫々まで続く。大勢の喜びこそが、おまえ自身の何よりの喜びになるはずだ」

広瀬井路が完成したときにも、この遺言を達成できたと思った。

でも今度は、当時とは桁違いの恩恵を、人々にもたらせる。きっと父は誉めてくれる。父の期待を、はるかに超える成果だと。

しかし借家に帰りつくなり、一抹の寂しさが、ふたたび胸によぎった。三年間、馴染んだこの家を引き払って、別の土地に向かうことになる。行く先は琵琶湖畔か、それとも京都か。

引き戸を開けると、奥からツネの弾んだ声が聞こえた。

「あ、父さんよ」

ふいに、水車小屋で暮らしていたころの情景が、よみがえった。南が水辺にたたずんで、ぼんやりと流れを見つめていると、幼いツネが「父さん」と呼びかけてきたのだ。

思い返せば、あのころが、いちばんつらかった。あの情けなさには、どんな工事の苦労も及ばない。それでも耐えられたのは、ひとえにツネの可愛い声があったからだ。

奥から小走りの気配が近づいてくる。しかし息を弾ませて現れたのは、ツネではなく、妻の志津だった。

そのまま滑り込むようにして、上がり框に膝をつき、両手を前に揃えて、深々と頭を下げた。

「まことに、お疲れさまでございました。たいへんなお役目を、ようやく果たされて」

途中から声が潤んで、後が続かない。

思い返せば、背中を押してくれたのは、ツネだけではない。この妻の厳しい励ましがあったからこそ、南は新たな世界に踏み出せたのだ。

こちらに来てからでも、暮らしは楽にはならなかった。息子たちを東京に出して教育を受けさせるのに、思いがけなく費用がかさんだのだ。

それでも志津は愚痴ひとつ言わずに、やりくりしてくれた。犠牲者が出たときにも、十円ずつ包んでくれた。どれほど感謝しても、しつくせない。

ふと見ると、志津の背後の柱に、ツネが身を寄せていた。母の改まった挨拶に臆したのか、さっきの弾んだ声とは裏腹に、少し顔がこわばっている。

南の胸に悔いが湧く。年頃になった娘に、晴れ着一枚、買ってやれなかった。水車小屋からは嫁に出せないという思いで、こちらに来たはずなのに、正直、それどころではなかった。あれほど仕事仲間には気を配ったのに、家族は後まわしだった。

詫びの言葉が出た。

「すまなかったな。おまえたちに、長い間、何もしてやれなくて」

志津は黙って首を横に振る。ツネは柱の陰に立ったまま、思いがけないほど大きな声で言った。

「父さんが、謝ることなんか、何もない」

たちまち涙声になる。

「郡山に来たばかりのころは、寂しかったし、九州に帰りたかったときも、あったけれど」

南は驚いた。そんな娘の寂しさに、今の今まで気づかなかった。生まれ育った村から離れて、これほど遠くの、見ず知らずの土地に連れてきたのだから当然なのに、まるで思いやれなかった。自分の迂闊《うかつ》さに、また悔いが増す。

ツネは大きく息をついてから言った。

「でも今は、父さんが立派なことをしたって、自慢できる。だって、みんなが大喜びしてるもの」

また涙声に戻って繰り返す。

「お水が通って、みんな、とっても喜んでる。それが私には誇らしいの。私には、それだけでいい。だから父さんが謝ることなんか、何もないッ」

そこまで言い切ると、両手を顔に当てて泣いた。

日頃から志津が、そう言い聞かせているのか、ツネ自身が、本当に周囲の声を耳にしているのか、定かではない。ただ昔から勘の鋭い子だけに、父の苦労を思いやってくれているのは疑いない。娘を思いやれなかった父なのに。

頑張ったのは男たちだけではなかった。女たちだって、せいいっぱい頑張ってくれたのだ。不平ひとつ口にしないで。

娘に「誇らしい」と言ってもらえたのが、南には何より誇らしい。自分の方こそ、この家族を誇るべきなのだ。

妻にも娘にも礼を言いたい。なのに喉元に熱いものが込み上げて、言葉が出ない。こんなときには不器用になってしまう。南は玄関の土間に立ったまま、うつむいて泣いた。

児島基三郎が言う通り、ここのところ自分は泣いてばかりだ。そのうえ何かといえば悔いてばかりで、それもまた自戒しつつも、涙は止まらなかった。

結章　よみがえる日々

終戦から二ヶ月が過ぎた昭和二十年十月。渡辺信任は日曜日の朝から、六人の幼馴染みと一緒に、戸ノ口原の森の中をうろついていた。

「こっちの方じゃなかったか」

「違うだろ。そっちじゃ目印の欅の木がねえべさ」

仲間たちが口々に言い立てる。

「本当に欅の大木なんか、あったのかよ」

「だいいち、本当に銅像なんか埋めたのか。なんか夢みてえな気がすんだけどな」

「何、言ってんだ？　たった一年と、ちょっと前のことだぞ」

「けんど、あんときゃ夜だったたし、今となったら、どこがどこやら」

「おまえはジジイだから、ボケてんだよ」

「そういう、おまえだってジジイだよ」

幼馴染みだけあって、たがいに遠慮がない。

渡辺は仲間たちの無駄話を尻目に、一本の欅の木を見上げていた。

「なあ、これじゃないか」

仲間たちが集まってきて、首を横に振った。

「いや、こんなちっぽけな木じゃねえよ。もっと、でっかかったはずだ」

あのときは夜だったせいか、たしかに、もう少し大きかった印象もある。それでも渡辺はかまわずに、目の前の斜面を登り始めた。ほどなくして樹木の混み合っていない場所に出た。

「おい、ここじゃないか。ここのような気がする。下見に来たときに、あんまり木が生えてないから、掘りやすいと思ったんだ」

だが、だれも応じない。

渡辺は持参したシャベルで、見当をつけた場所を少しだけ掘ってみた。だが土しか出てこない。やはり違うかなと思いつつ、シャベルの先を思いきって深く突き刺した。

そのとき手応えを感じた。土とは異質な感触が、シャベルの先から伝わったのだ。

ゆっくりとシャベルごと土を持ち上げた。すると見えたのだ。土と同化しそうな筵と、その下に緑青色の何かが。

すぐさまシャベルを放り出し、素手で土をかき出した。夢中で掘り返し、土色の筵をつかんで、思いきり引っ張った。腐りかけの筵は、あっけなく破れ、その下から紛れもない青銅が現れたのだ。

渡辺は叫んだ。

「あったぞッ」

さらに土と筵をよけていくと、青銅の角ばった部分に触れた。

「肩だッ」

いつのまにか六人の仲間たちが周囲を取り囲んで、渡辺の手元を凝視していた。

子供のころから運動神経が鈍かったニブが、渡辺のすぐ脇に立って、つぶやいた。

「本当に、本当に、ファン・ドールン先生か」

渡辺は急いで顔の辺りの土を除《の》けて、筵をはがして見せた。めりはりのある精悍な目鼻立ちに、広い額、薄めの口髭、もみあげが頬の中程まで生えている。

見る間にニブは笑顔になり、そのまま仲間たちを見まわした。

「本当だ。ファン・ドールン先生だ」

ノッポが叫ぶ。

「掘り出そう。今すぐ穴から出して差し上げるんだッ」

「待て」

渡辺は立ち上がった。

「むやみに掘って、銅像を傷つけたらまずい」

大きさの見当をつけながら、シャベルの先で地面を示した。

「ここが肩で、ここが顔ということは、頭のてっぺんが、この辺りだ。逆側の肩は、その辺かな。足は、ここらだろう。書類台の太柱も、けっこう大きいしな」

足の方まで歩きながら印をつけた。

「その外側から掘ってくれ。気をつけて、銅像を傷つけないように」

仲間たちは、いっせいにシャベルを動かし始めた。

すぐに大声があがる。

「あああ、あったああ。何か硬いものが」

ほかからも叫び声が出た。

「こっちも、ぶつかったぞ。ああ、ズボンだ。ズボンと足だ」

渡辺を含めた七人が、夢中で掘った。

しばらくすると銅像全体が現れた。泥だらけながらも、三つ揃えの背広に、立襟のシャツと蝶《ちょう》ネクタイ姿だった。左側には書類台の太柱が並んでいる。

ニブがシャベルの先を、土に突き刺したままで言った。

「これを、どうやって台座に立たせるか、だな」

ノッポが応じた。

「銅を買ってきて、溶接してつけるか？」

「今どき銅なんか、あるわけがないだろ」

「郡山駅前の闇市に、米を持ってきゃ、何だって探してくるってやつがいるけどな」

郡山には軍需工場があったために、今年の四月から終戦直前まで、四回も空襲を受けた。そのため市街地は焼け野原になったが、今や駅前には闇市が立ち、希望通りのものを何でも用立てるという怪しげな店もある。軍事物資の横流しが横行していた。

だがニブが怒り出した。

「そんな怪しいやつの持ってくる銅で、ファン・ドールン先生のおみ足をくっつけて、いいと思ってんのかッ」

ノッポは困り顔で、肩をすくめた。

「銅だけに、どうしましょう」

駄洒落《だじゃれ》に、だれも笑わない。

渡辺が言った。

「とにかく事務所まで運ぶのを手伝ってくれ。あとは私がなんとかする」

「おんぼろトラックで、ちゃんと帰れるんだろうな」

一年前も、今日、水門管理事務所から、ここまで来るときにも、始動に手こずった。

「ガソリンは昨日、少しだけ配給を受けたから大丈夫だろうけど、エンジンがかかるかどうかは運次第だ。とにかく、また押してくれ」

銅像と仲間たちを荷台に乗せて、なんとかエンジンもかかり、十六橋水門近くの事務所に戻れた。

ペンキのはげた洋館前でエンジンを切ると、それきりトラックは、二度と動かなかった。

渡辺が運転席から降り、仲間たちも荷台から次々と降りてきた。ノッポが事務所を目で示して聞く。

「今日は事務所は空かい」

「ああ、日曜日は、だれもいない。五十嵐くんも、ほかの独身者も、昨日から家に帰ってる」

出征していた男性職員たちが、終戦以来、次々と復員してきて、事務所の二階の小部屋は、週日なら単身者でいっぱいだ。

しかし彼らは、毎週土曜日の午後になると、それぞれの実家に帰る。渡辺自身も普段は、郡山から磐越西線で通っている。自宅は、ちょうど空襲から焼け残った一角だが、今夜は当直を引き受けていた。

ノッポがトラックの荷台を、軽くたたきながら聞く。

「銅像、事務所の中に入れとくか」

渡辺が答えた。

「まあ、こんなに重いものを盗んでいくやつは、いないとは思うが、最近は物騒だし、念のため事務所の中に入れよう」

「そうだな。ここまで守り通して、今さら盗まれたら、目も当てらんねえ」

仲間たちがアオリをおろして、降りたばかりの荷台に、もういちど乗り込んだ。六人で銅像のあちこちをつかみ、中腰で掛け声を発した。

「わっせえの、せッ」

銅像が宙に浮く。

渡辺は先に事務所の玄関に駆け寄り、ポケットから真鍮《しんちゆう》の鍵を取り出して、木製扉の鍵穴に差し込んだ。観音開きのドアを全開にして、仲間たちと銅像を迎え入れる。

ノッポが聞いた。

「どこに置く？」

「あの辺がいい。階段の横だ」

「こんなとこに置いて、また女の事務員が、ぶったまげるんでねえか」

「そりゃ驚くだろうけど、まあ、いいさ」

六人は階段脇の廊下に銅像を横たえた。まだ、あちこちに泥が残るが、「長工師ファンドールン君」と刻まれた縦長銅板も、一緒に置いた。

外に出ると、それぞれが煙草を吸い始めた。たいがい煙管《キセル》だが、ノッポひとりが紙巻きの金鵄《ゴールデンバット》を吸っている。

「お、いいの吸ってんじゃねえか。そんなのどうした？　配給じゃねえだろ」

「ああ、闇市で手に入れた」

「闇市、好きだな」

「米、持ってきゃ、なんだって手に入るぞ」

「金でなくていいのか」

「ああ、今は、金より米の方が、ありがたがられる。今年は豊作だったしな」

「東京から買い出しが来るべ」

「ああ、来る来る。派手な振袖とか持ってきてよォ、米と交換してくれって頭下げるけど、うちの孫じゃ田舎娘すぎて、似合わねえしな。だいいち一枚ありゃ、充分だ」

「東京じゃ、よっぽど腹すかしてんだろうな」

「その点、わしらは米にゃ困らねえ。ありがてえことだ」

「ご先祖さまに感謝しねえと、なんねえな」

「あと、ファン・ドールン先生にも」

「んだ、んだ」

ノッポは煙草の根本ぎりぎりまで吸い切ると、地面に擦《こす》りつけて火を消し、吸い殻を煙草の袋に戻した。そうすれば家で煙管に詰めて、吸い直せる。

渡辺が改まって礼を言った。

「みんな、今日は助かった。でも、まだ盗難届を取り下げてないから、この件は黙っててくれ」

「盗難届なんて、今さら意味ねえだろ。それより、どうすんだ？　どうやって台座に立たすんだよ」

「まあ、なんとかするよ。あとは任せてくれ」

「信任ひとりで、大丈夫だべか」

六人は心配顔ながらも十六橋を渡って、磐越西線の翁島《おきなしま》駅に向かって帰っていった。

六人とも郡山の郊外、丸守村の農家だ。渡辺も同じ村で生まれ育った。昔は安積原野だった一角で、明治十三年に岡山から来た士族たちが切り開いた村だ。

安積には、ほかにも久留米や土佐、松山など、全国から士族が入植した。だが最初の入植者は、ほとんど定着できなかったと聞いている。その代わり地元の農家の次男三男が、土地を買って耕作を続けたのだ。

渡辺は子供のころから、祖父が囲炉裏端で煙管を吹かしながら、話すのを聞いて育った。

「お国のお偉方はな、安積を侍の土地にしてやりてえと思ったんだが、お侍にゃ、田んぼの仕事は無理だったんだ。それでも遠くから来て、苦労して田んぼを作ってくれたことを、ありがてえと思わなきゃいかん。考えようによっちゃ、原野の開拓そのものが、その人たちの役目だったのかもしれん」

祖父は煙管の頭を、囲炉裏の枠でたたいて、中の灰を落とした。

「わしらだって、何も二束三文で、田んぼを手に入れたわけじゃねえ。価値のある土地だし、お侍たちは、まとまった金を手にして東京や大阪に出て、息子たちを学校に行かせて、銀行員やら会社員やらにさせたって聞いてる。そういう役割分担だったわけだ」

士族授産は、決して失敗ではなかったと、祖父は何度も繰り返した。

ファン・ドールンの業績や、移住士族による開拓については、渡辺は学校でも習った。だからこそ幼馴染みに協力してもらって、銅像を金属供出から守ったのだった。

六人の仲間たちを見送ってから、ひとりで事務所に戻り、階段横に横たわる銅像を見おろして、つぶやいた。

「さあて、どうするかな」

「きゃーッ」

月曜日の朝、階下からの絶叫で、渡辺は目を覚ました。寝台から立ち上がり、あくびをしながら、ゆっくりと階段を降りた。

　一階の玄関扉は開けっぱなしになっていた。その外で、出勤してきた女性職員が立ちすくんでいる。やっぱり驚かせてしまったかと、頭をかきながら階段下まで降りた。

　すると女性職員は怯えながら、中に向かって指をさした。

「所長、そ、そこに、人が」

　渡辺はとぼけた。

「人？」

「人が、人が、倒れてるんです。そ、その階段脇に」

　渡辺は振り返って、白々しく言った。

「ああ、これか。これは人じゃない。銅像だ。人より、ずっと大きいだろう」

「銅像？」

「はい、どうぞう、見てください」

　女性職員は、にこりともしない。渡辺は、銅像は駄洒落にしやすいけれど、受けもしないなと反省した。

　女性職員は恐る恐る中に入り、首を伸ばして階段脇を覗いた。そして、また叫んだ。

「あッ、ファン・ドールン先生のッ」

　渡辺につかみかからんばかりに聞く。

「ど、どうしたんですか。この銅像」

渡辺は平然と応えた。

「帰ってきたんだ」

「だれが返しにきたんですか」

「いや、ファン・ドールン先生が、自分で帰ってきた」

「自分でって、銅像が？」

「そうだ」

女性職員は探るような目になって、もういちど聞いた。

「銅像が、ひとりで歩いて帰ってきたとでも、言うんですか」

「まあ、そんなところだ」

すると、なおさら怯えた顔になった。事務室の丸いドアノブをつかむなり、さっと開けて中に滑り込み、音を立てて閉めた。

まもなく五十嵐昭一が出勤してきた。

「おはようございます」

五十嵐は、すぐに気づいた。

「あッ、ファン・ドールン先生だッ」

銅像の脇にしゃがんで、ずり落ちてくる丸眼鏡を持ち上げながら、愛しげに手を触れる。

た。

「無事に戻ったんですねえ。よかった」

やはり何もかも承知していたらしい。

五十嵐が事務室に入ると、女性職員が駆け寄って言い立てるのが、廊下にまで聞こえた。

「ねえ、ねえ、所長が変なの。銅像が、ひとりで歩いてきたとかって」

五十嵐は笑って応えた。

「そうなんだろう。ひとりで歩いて帰ってきたんだよ。そうしておこうよ」

「五十嵐さんまで、そんなことを」

「いいんだ。僕たちは知らなくて。あの銅像を去年、だれが持ち去って、だれが持って帰ってきたかなんてことは、知らなくていいのさ」

女性職員は、ようやく呑み込めたらしい。

その後、出勤者が相次ぎ、大喜びする者、不思議がる者、まちまちだった。

全員が揃ったところで、五十嵐が言った。

「銅像を台座に戻してあげましょうよ」

ほかの職員が聞く。

「でも、どうやって立たせる？」

像の足元はもとより、台座深くまで埋め込まれた心棒を、三本とも断ち切ってしまった。それをつなぐとなると、容易ではない。

渡辺が考えを口にした。

「当座は、足元と太柱の根本を、セメントで固めておけば、いいだろう」

物不足で量は充分ではないものの、セメントは堰や水路の修繕用として、物置に常備してある。

でも、そんなことをしたら、ニブが激怒するのが目に見える。

「セメントなんかで、ファン・ドールン先生のおみ足をくっつけて、いいと思ってんのかッ」

それでも渡辺は職員たちに言った。

「いずれは会津と郡山の両方から寄付を募って、ちゃんと直そう。でも、とりあえずはセメントでつけておけばいいさ」

銅像の泥を、きれいに落としてから、撤去したときと同じように足場を組み、チェーンブロックとウィンチを使って、台座に載せた。

五十嵐が脚立に登って、具合を見ながら言う。

「しっかり足元だけ固めておけば、書類台の太柱の方は、何もしなくても立ちそうですけどね。たくさんセメントを使うのも、もったいないし」

渡辺は腰に手を当てて見上げた。

「そうか。それなら、まずは足だけ固めてみるか」

職員たちがセメントの量を惜しみながら、湖の砂と水を混ぜてこねて、五十嵐がコテで、靴と台座に丁寧に塗りつけた。


翌週の土曜日、セメントが完全に固まってから、足場や鎖を外した。すると予測通り、傾くことなく、しっかりと立った。緑青色の銅像の、足だけが白い。

幼馴染みたちに知らせると、翌日、丸守村から見にきた。

「おお、いいでねえか」

「これは、やっぱり、ここにねえとな」

「足はセメントかァ」

渡辺は、けなされる前に言い訳した。

「これじゃ、格好が悪いよな。でも、これは当座の修理だ。いずれは、ちゃんと、やり直すつもりだ」

だがニブが意外なことを言った。

「いいんでねえか。このまんまでも」

「ええッ？　いいのか、これで」

「ああ、この足は、おらたちが銅像を隠した証拠になっぺ。この先も、このままでいいべさ。そのうち書類台の太柱の下だけ、溶接でつなげときゃ」

　半信半疑でつぶやいた。

「これからも、ずっとか」

　ノッポも笑顔で賛成した。

「セメントの足でも、そう悪くねえよ。おらたちの手柄を残すっぺよ」

　渡辺は、もういちど立像を見上げた。

「うーん、セメントの足かァ」

　迷っていると、ニブが、もっと意外なことを言い出した。

「信任よ、ちょっと考えてみろや。安積開拓の功労者って話になると、阿部茂兵衛だ、いや中條政恒だって、あっちこっちで、いろんな名前が出てくるべ。そんなら、この銅像を守ったおらたちだって、言ってみりゃ、ちょっとした功労者でねえか」

　たしかに安積原野を美田に変えた人物というと、複数の名前が挙がる。

　中でも、開成社の社長だった阿部茂兵衛は、私財を投じて開拓を支えたとして、地元の評価が高い。以前は開成山大神宮の境内に、大きな銅像があったが、金属供出で失われた。でも、もう再建の声があがっている。

　中條政恒については、孫である宮本百合子《みやもとゆりこ》が、大正五年にデビュー作『貧しき人々の群』で描いた。安積開拓を題材にした小説であり、以来、中條は特別な存在になった。

小林久敬は実際の工事には携わらなかったせいか、評価が二分する。国から感謝状や銀盃を授かった理由も、その事実さえも忘れられがちだ。

南一郎平は安積疏水の後で、琵琶湖疏水や那須《なす》疏水などの開削にも従事した。そのため「日本三大疏水の父」と呼ばれ、故郷に銅像があったが、これも金属供出で失われた。

ほかにも「この人物こそが功労者である」と推す声は、ちらほらと聞こえてくる。それは時に論争にまで発展する。

そんな中、渡辺には終戦前に驚いたことがある。十歳になる孫がファン・ドールンを知らなかったのだ。それどころか、安積疏水計画の策定が大久保利通だったことも、国民学校で習っていなかった。

渡辺が話して聞かせると、翌日、孫は帰宅するなり、口をとがらせた。

「先生が言ってたけど、ファン・ドールンって人は、こっちに六日しかいなかったから、たいしたことはしなかったんだってよ。それにオランダ人って、日本の敵なんだって」

鬼畜米英と同類だと教わったという。大久保利通に関しては、なお容赦なかった。

「大久保利通って、西郷隆盛の仇《かたき》だよね。西郷さんは、大久保利通が鹿児島に送り込んだ軍隊を相手に、正々堂々と戦って切腹したんだよ。そんな立派な人を見捨てたから、大久保利通は道端で襲われて死んだんだって」

渡辺は、これが戦時教育だと思い知った。死をいとわずに戦うことが何より大事であり、以前から人気の高かった西郷隆盛の評価が、さらに上がって、相対的に大久保は、おとしめられたのだ。

祖父が安積疏水の責任者だと知っていながら、孫は言い立てる。

「それに大久保利通は、安積を侍だけのものにしようと企《たくら》んだんでしょう。だけど侍は、みんな逃げ出して、後を耕したのは、地元の農家の人たちだったんだよ」

もはや渡辺は、孫の思い込みを正すのをやめた。教師への反抗心を芽生えさせてはならないと判断したのだ。その代わり、ぜったいにファン・ドールンの銅像を隠そうと、意志を固めたのだった。

渡辺は幼馴染みたちを誘う際に、こう言った。

「戦争が終わりさえすれば、きちんとした教育が復活して、ファン・ドールン先生も大久保利通公も、きっと見直される。でも、それは銅像が残ればこそだ。なくなれば、大事な歴史が忘れられてしまう。安積疏水開削の象徴として、なんとしても銅像を守ろう」

そうして戦争が終わり、無事に銅像が台座に戻ったのだった。

ニブがセメントの足を見上げて、もういちど言った。

「疏水の成り立ちを、先々まで覚えててもらうべよ。おらたちだって、そのための功労者だ。ひとりひとりの名前は、残らなくたって、いいけんど」

「そうか」

ようやく渡辺は納得して、両手を打った。

「そうだな。とりあえずは、このままにしよう」

固まったセメントは、よほど無理な力を加えない限り、まず壊れることはない。それでも、もし傾くようなことがあったら、そのとき改めて修繕しようと決めた。

もういちど仰ぎ見ると、白い足に少し違和感はあるものの、懐かしい風景がよみがえっていた。深い森を背にした緑青色の銅像が、凜とした眼差しで湖を見つめている。揺るぎない姿だ。

渡辺は改めて記憶をたぐった。

「明治十二年から十五年までの三年間で、疏水の工事に投じられた巨費は、当時の金で四十万七千円。これは国家予算の三分の一だった。動員された人数は、のべ八十五万人。その中で公式な犠牲者は、たったのふたりだ」

初めて犠牲者の人数を知ったときには、あまりの少なさに、渡辺は首を傾げた。だが、よく考えてみれば、いくら当時の最新鋭機材を使ったとはいえ、まだまだ手掘りに近い時代だった。

その後、ダイナマイトの威力が増し、機材が大型化していくうちに、事故の規模も大きくなり、犠牲者の数が増えていったのかもしれなかった。

渡辺はファン・ドールンの銅像を見上げながら、さらに数字を口にした。

「安積までの本流は五十二キロ、安積に出てからの支流は七十八キロ。トンネルは三十七箇所。潤った田んぼは三千ヘクタールだ」

ニブが目を丸くした。

「なんで、そだなことを知ってんだ？」

ノッポが自分の頭を人さし指でたたいた。

「信任はな、おらたちとは、ここのできが違うんだよ。昔っから秀才だっぺ」

渡辺は笑った。

「はばかりながら、ちょっとした自慢だ。それに忘れたくないから、ときどき口に出して言うことにしてるんだ」

それから振り返って、東の方を向いた。

「トンネル出口の滝を利用して、発電所ができたのは、通水から十六年後の明治三十一年。最初の思惑通り、製糸場を建てるときに一緒に造ったんだ。製糸場だけでは余るほど電気ができたんで、ほかの業種も工場を建てた。それが郡山の工業の発展のもとだ」

今や第二安積疏水の計画が持ち上がっている。戦後の食糧難対策として、もう一本、猪苗代湖からの疏水を掘って、今度は須賀川方面に配水するのだ。かつての小林久敬の夢が実現しようとしていた。

「戊辰戦争で痛めつけられた東北が、明治十二年からの工事のおかげで、息を吹き返せたんだ。第二安積疏水だって、今度の太平洋戦争の痛手から、復興するきっかけになるだろう。日本中が、どれほど焼け野原になっても、この先、どんな災害にさらされようとも、かならず日本人は立ち直る。その手本が、その嚆矢が、安積疏水だ」

感心顔の幼馴染みたちの前で、渡辺は、いっそう声を張った。

「計画を策定したのは大久保利通、事業の総責任者は奈良原繁、現場を取り仕切ったのは南一郎平。功労者は彼らも含めて、のべ八十五万人というわけだ。それ以外にも、原野を沃野に変えた侍たちだって、立派な功労者だ」

そして心の中でつけ加えた。

「忘れないでくれ、彼らの尽力を。語り継いでくれ、彼らの思いを」

主な参考資料

安積疏水百年史編さん委員会編『安積疏水百年史』安積疏水土地改良区、一九八二年
藤田龍之『安積疏水研究』歴史春秋社、二〇二三年
立岩寧『安積開拓全史』青史出版、二〇一六年
立岩寧『大久保利通と安積開拓─開拓者の群像』青史出版、二〇〇四年
根本博『みずのみち安積疏水と郡山の発展』歴史春秋出版、二〇〇二年
助川英樹『誰にでもわかる安積開拓の話─安積疏水百年のあゆみ』歴史春秋社、一九八四年
渡辺春也『安積開拓物語』FCTサービス出版部、一九七六年
畠純子編『宇佐細見読本⑦南一郎平の世界』豊の国宇佐市塾、一九九四年
大分県宇佐市編・瀬井恵介作画『日本三大疏水の父南一郎平』梓書院、二〇一六年
立岩寧『中條政恒伝─富強の基はこの地に在り』青史出版、二〇一三年
酒井徹郎『夢を実現させた男 先覚者小林久敬─猪苗代湖疏水はこうしてつくられた』歴史春秋出版、二〇〇四年
松浦茂樹「忘れられた技術者・山田寅吉」(「水利科学」一九九九年第四十三巻第五号)

藤田龍之「『安積疏水史』を別の角度からみる―山田寅吉と土質力学」（「土と基礎」一九九三年六月号）
藤田龍之「猪苗代湖疏水（安積疏水）の建設に活躍した南一郎平について」（「土木学会・土木史研究」一九九三年六月号）
知野泰明・藤田龍之「猪苗代湖疏水（安積疏水）事業における測量日誌に関する研究」（「土木学会・土木史研究」一九九九年五月号）
「土木紀行　安積疏水『十六橋水門』福島県郡山市」（「建築マネジメント技術」二〇〇六年五月号）
柳田和久「安積の歴史シリーズ第35回　近代　製糸所や工場・会社の創立」（「福島の進路」二〇二三年二月号）
「未来を拓いた『一本の水路』」郡山市歴史資料館
「安積疏水125年の水しるべ」安積疏水土地改良区
「十六橋水門」安積疏水土地改良区

解説

大矢博子

福島県郡山市。

約三十二万人の人口を擁する県の主要都市であり、仙台圏に次ぐ東北地方有数の商工業都市であるとともに、米の生産も県内一を誇る米どころだ。

だがわずか百五十年前の郡山は、雨が少なく水源も乏しい不毛の原野だった。その原野がなぜ、福島を代表する米どころに、ひいては東北を代表する商工業都市になったのか。原野を開拓し稲作を可能にしたのは、明治時代に行われた疏水工事——会津地方の猪苗代湖から山を穿《うが》って水を引くという大工事である。

戊辰戦争で賊軍とされた藩の土地。猪苗代湖と郡山の間に聳《そび》える岩盤の硬い奥羽山脈。三年間の工期で国家予算の三分の一を費やしたこの工事は、登場人物の言葉を借りるなら「動員された人数は、のべ八十五万人」「(猪苗代湖から)安積までの本流は五十二キロ、安積に出てからの支流は七十八キロ。トンネルは三十七箇所」だ。

安積疏水と名付けられたその疏水は、明治政府による開発事業の第一号であり、琵琶湖疏水、那須疏水とともに日本三大疏水のひとつに数えられ、今も郡山市とその周辺地域を潤し続けている。

本書は、そんな安積疏水建設完遂までの物語である。


――と、なんだか「プロジェクトX」風な書き出しになってしまったが、これが実に興味深いのだ。事業そのものはもちろんだが、何より計画から完遂までの人間模様がとにかく読ませるのである。


序章は昭和十九年だが、それはちょっと後回しにする。

明治十年、内務省の臨時雇いだった南一郎平が、福島県の権参事・中條政恒と出会う場面で本編は幕を開ける。南は内《ない》務卿《むきょう》の大久保利通から奥州での新田開発候補地を探すように命じられたのだが、中條が推した安積原野は水源がなく到底新田など望めない。断ろうとするも、猪苗代湖から引水するという計画は大久保も認めたものだという。

ここから南の奮闘が始まる。金策、測量、技術者集め、猪苗代湖を擁する会津側との交渉。頼りにしていた大久保の突然の死。オランダからお雇い外国人を招いて教えを乞い、フランス帰りの技術者に手を焼き、県令や明治政府といった「上」と、現場との間で板挟みになる苦労。南は周囲と協力しながら、それらをひとつひとつ乗り越えていく――。

物語は南一郎平の視点で描かれるが、読み始めるとすぐに気づく。彼は確かに事業の現場責任者ではあったが、その役目は調整役だ。そして本書は、彼が「調整」したひとりひとりの関係者こそが真の主人公であり、多くの主人公の思惑が絡み合って安積疏水が完成する様子を描いているのである。

たとえば大久保利通だ。

戊辰戦争で新政府軍にとことん抵抗した賊軍の会津藩とその周辺地域に便宜を図る安積原野の開拓は、西南戦争に代表される多くの士族の乱を教訓にした「士族授産」、つまり不平士族に誇りある生活の道を与える手段だった。確かに原野が水田になれば、食に困ることはなくなる。と同時に、本書では詳細は割愛されているが、会津の抑え込みのために郡山に会津とは縁のない地域から多くの士族を移住させたという側面もあったろう。

これが大久保の思惑であるのに対し、中條の思惑はひたすらに郡山の発展だ。まずは養蚕を始めさせ、灌漑池《かんがいいけ》も作った。会社も作った。郡山はもともと小さな宿場町だが、養蚕が軌道に乗れば輸送が増え、宿場も活気づくと中條は言う。だがその一方で、近隣の二本松から移住してきた木村仙次郎は、日照りで米が採れず住民は娘を売るところまで追い詰められていると不満をあらわにする。

また、まったく別の思惑もある。郡山の南に位置する須賀川で問屋場をやっている小林久敬は、須賀川まで水を引きたくて独自に猪苗代から安積原野までの測量をやっていた。彼にとっては引水が安積で止まっては意味がないので、データを見せることを渋る。また、猪苗代湖の水を取られてはこちらの農作業に差し支えると一揆《いっき》も辞さない構えの会津の人々もいる。フランス帰りの技術者である山田寅吉は、ドリルやダイナマイトなどの最新技術や就労規則という概念を導入する一方、洋行帰りの若いインテリにありがちな〝上から目線〟が現場の反発を招く。

これだけバラバラの人々を、それぞれ肉厚に描いている著者の手腕にまず驚く。小林も山田も「こういう人、いるいる」とつい笑ってしまい、その人間らしさが憎めない。総責任者の奈良原繁の豪快さ。自分たちの田んぼをまず第一に考える会津の人々の積み重なった苦しみ。士族のプライドを捨てられない者たちのジレンマ。ひとりひとりの性格が、考え方が、立場が、しっかりと描かれているからこそ、彼らが物語の駒ではなく実際にいた人々として目の前に浮かび上がる。それだけの説得力と、人間としてのリアリティが物語に満ちているのだ。

彼らの思いは、それぞれの立場なら当然のものばかりで、誰も悪くない。だがそれが、疏水事業に照らし合わされたときには対立する。是非が、損得が、理想と現実が、絡み合う。これらの落とし所を探さねばならない調整役・南一郎平の苦労は並大抵ではない、ということは想像がつくだろう。

ちょっとここで横道に逸《そ》れることをお許しいただきたい。

私は四十年ほど前のテレビドラマをきっかけに会津藩と白虎隊にハマり、猪苗代湖や鶴《つる》ケ城《がじょう》まで「聖地巡礼」に訪れ、郡山や二本松にも足を延ばしたことがある。なので本書の解説の依頼は喜んで引き受けたのだが、もうひとつ、解説を担当したい理由があった。南一郎平と、彼が郡山に招いて十六橋水門の建設を主導した石工の児島佐左衛門《さざえもん》（本書では基三郎）は、私の故郷・大分の偉人なのだ。南は隣の市、児島に至っては同じ市の出身で、南の出身地の宇佐市では朝ドラの誘致運動が行われている。

最初は、地元では有名だが全国的には無名に等しい彼らが、大好きな福島県を舞台にした小説に描かれるのは嬉《うれ》しいなと単純に喜んだ。九州と東北という離れた場所にもかかわらず、好きなものと好きなものがつながったことに、ただ喜んだ。

しかし本書を読みながら、いや待てよ、その「つながったこと」こそが本書のテーマなんじゃないか、と気づいたのである。

この事業に携わった人すべてに別の事情があり、思惑がある。生まれも身分も、ここまでの来し方も異なる。福島という土地ならではの事情と歴史もある。それらがせめぎ合い、ぶつかり合い、折り合いをつけ混ざり合ってひとつの成果を摑《つか》む様子が、まるで異なる色の糸が織り合わさってひとつの美しい絵を描いていくかのように見えたのだ。

異なる思惑の者たちが持つ異なる情報や技術を、南は縒《よ》り合わせた。そもそも大久保の士族授産と中條の郡山発展という異なる動機が合わさって始まった事業である。南はそこに小林の測量とオランダ人技師の知見を擦り合わせた。フランスで学んだ若い技術者の知恵を現場に取り入れた。互いに背を向けていた会津と郡山を同じ方向に導いた。郡山には二本松や東北からだけではなく西国からも大勢の入植者が集まり、ともに開拓に励んだ。何より、南が故郷の宇佐で培った水路作りの経験を当時の知事だった旧薩摩藩士の松方正義が認め、大久保につなぎ、遠く離れた郡山での事業に抜擢《ばってき》されたのも、その南が連れてきた石工集団の児島組が大分県での実績を安積で活《い》かしたのも、異なる者たちのつながりによるものに他ならない。

　地元の思いと努力が第一なのはもちろんだが、そこに加えて異なる地で育った者の、異なる思いが、異なる技術が、異なる経験が、ひとつの大きなうねりになった。それこそが安積疏水なのだ。誰かひとりの手柄でも、どこか一ヶ所の成果でもない。異なる者が集まったからこそ流れた水であり、戊辰戦争で蹂躙《じゅうりん》された場所でそれがなされたからこそ尊いのだと、著者は言いたかったのではないか。南が「調整」したひとりひとりの関係者こそが真の主人公、と書いた理由がこれだ。調整役の南はその象徴なのだと私は読んだ。

　それを裏付けてくれたのが、序章と結章である。戦時下の昭和十九年、猪苗代湖畔の水門管理事務所近くに立つファン・ドールンの銅像が、金属供出の名の下に取り外された。しかし管理事務所責任者の渡辺信任は恩人であるドールンの銅像が溶かされるのを良しとせず、盗まれたと称してそれを隠す。これは実際にあった出来事だ。

その渡辺が、終戦の時点で疏水関係者のことが子どもたちに正しく教えられていないことを知って驚く。そして言うのだ。功労者はのべ八十五万人、と。「それ以外にも、原野を沃野に変えた侍たちだって、立派な功労者だ」と。

本書を読み終わった今なら、その言葉の意味がよくわかる。人は皆違う。けれど違うままに協力し、その違いが交わることで何かを成し遂げることができるのだと、本書は伝えているのである。

（おおや・ひろこ　書評家）

本書は、集英社文庫のために書き下ろされた作品です。

地図作製　今井秀之

集英社文庫

侍《さむらい》たちの沃野《よくや》 大久保利通最後《おおくぼとしみちさいご》の夢《ゆめ》

2024年12月25日　第1刷　　定価はカバーに表示してあります。

著　者　植松三十里《うえまつみどり》

発行者　樋口尚也

発行所　株式会社 集英社
東京都千代田区一ツ橋2-5-10　〒101-8050
電話　【編集部】03-3230-6095
【読者係】03-3230-6080
【販売部】03-3230-6393（書店専用）

印　刷　TOPPAN株式会社

製　本　TOPPAN株式会社

フォーマットデザイン　アリヤマデザインストア　　マークデザイン　居山浩二

ISBN978-4-08-744727-9 C0193